全国高职高专规划教材·财经系列

经济学基础

主　编　龚江南
副主编　李瑛珊　肖俊哲
参　编　姚凌云

内 容 简 介

这是一本形式新颖，只要有中学数学基础就可读懂的经济学入门教材。

本教材在兼顾经济学理论体系的前提下，根据“够用、实用”的原则，对传统经济学教材的内容进行精选与整合。全书避开高等数学，借助读者熟悉的案例、故事来阐述概念，说明经济学原理，使深奥的经济学理论变得通俗易懂。

本教材共分为10章，内容包括：经济学是什么、价格如何决定、消费者如何决策、企业如何决策、市场是万能的吗、如何衡量一国的富裕程度、失业与通货膨胀离你远吗、经济增长的源泉是什么、你希望人民币升值吗、政府如何调控经济。

本书简明扼要、脉络清晰、通俗易懂、操作性和实用性强，可作为高职院校、成人高校相关专业的通用基础课教材，也可作为在职人员的岗位培训教材。

为方便教学，本教材配有电子课件及习题答案，如有需要，请与编者联系。

编者 E-mail：gongjn2011@126. com

图书在版编目（CIP）数据

经济学基础/龚江南主编. —北京：北京大学出版社，2011. 8
（全国高职高专规划教材·财经系列）
ISBN 978-7-301-16793-9

Ⅰ. 经… Ⅱ. ①龚… Ⅲ. ①经济学—高等职业教育—教材 Ⅳ. ①F0
中国版本图书馆 CIP 数据核字（2011）第 092819 号

书　　　名：经济学基础
著作责任者：龚江南　主编
策 划 编 辑：郭　芳
责 任 编 辑：成　淼
标 准 书 号：ISBN 978-7-301-16793-9/F·2487
出　版　者：北京大学出版社
地　　　址：海淀区成府路205号　100871
网　　　址：http: //www. pup. cn
电　　　话：邮购部 62752015　发行部 62750672　编辑部 62765126　出版部 62754962
电 子 信 箱：zyjy@pup. cn
印　刷　者：三河市欣欣印刷有限公司
发　行　者：北京大学出版社
经　销　者：新华书店
787毫米×1092毫米　16开本　12. 25印张　303千字
2011年8月第1版　2011年8月第1次印刷
定　　　价：26. 00元

前　言

随着社会对大学毕业生经济学知识要求的提高，“经济学基础”这门课程在高职院校受到普遍重视。除财经类专业外，许多非财经类专业如文秘、行政管理、商务法律、商务英语等也开设了这一课程。然而经济学自身的学科性质决定了这门课程理论性强，内容多，难度大。教师感觉难教，学生感觉难学，教学效果不理想。我们认为，要改变这一现状，必须从改革教材入手。

据了解，全国每年至少有几十种高职《经济学基础》教材出版，这些教材各具特色，是同行们在高职经济学教学改革与探索中的成果展示。但从总体来看，大部分教材过于追求体系严谨、内容完整，注重数学推导、曲线分析，其难度超出了高职学生的理解与学习能力范畴。虽然也有部分教材做了一些整合与简化，但是其难度依然过大。此外，不同院校、不同专业的学生基础不同，学习的目的和要求不同，从而对《经济学基础》教材的难易、内容的要求也不同。因此，编写一本能适合不同层次学生选用的《经济学基础》教材显得尤为迫切。

本教材根据高职学生的学习特点及就业岗位需要，在兼顾经济学理论体系的前提下，试图突破传统经济学教材内容全、数学公式多、难度大的思维定势，力求体现以下特色：

1. 在内容选择上体现“够用、实用”

本教材对传统经济学教材内容进行了精选与整合，压缩与删减了部分内容，大大降低了难度，突出了实用性。本书内容基本能满足高职毕业生工作需要及可持续发展的需要。

2. 在内容叙述上体现“简明扼要、通俗易懂”

本教材根据高职学生特点并结合编者多年本科与高职的教学体会，在内容叙述上完全避开高等数学，尽量借助学生熟知的案例和故事来阐述概念，说明经济学原理，使深奥的经济学理论变得通俗易懂。

3. 在内容表现形式上体现“以学生为主体、易于掌握、便于应用”

本教材在编排中通过“学习目标、案例导入、扩展阅读、课堂讨论、要点回顾、学以致用、附录”等便于学生接受的形式介绍教学内容，适应以“学生为主体”的教学改革需要。教材案例除了有生活中的经典实例外，还对当前经济形势下相关经济问题进行分析，使学生既能了解和掌握经济学基础知识，又能运用这些知识分析和解决各种经济问题。

4. 在内容编排的逻辑结构上体现“便于师生按需取舍”

由于不同院校、不同专业在经济学基础课程学时方面有较大差别，本教材有意淡化各章节知识之间的联系与衔接，学生在学习了前三章之后，可以按需要选学书中其他章节。教师在教学过程中也可灵活增删知识点，教学内容富有弹性，适合32—72学时的需要。

本教材由龚江南主编，李瑛珊、肖俊哲副主编。各章分工如下：龚江南（第1章、第6章、第8章、第9章），李瑛珊（第2章、第3章、第10章），肖俊哲（第5章、第7章）、姚凌云（第4章）。本书由龚江南拟定编写大纲、进行全书修改并统稿。本书在编写过程中，参阅、借鉴并引用了相关教材及文献的研究成果，主要书目列于本书的参考文献中，特此说明并致谢意。

由于编者水平有限，教材中难免有欠妥和不足之处，敬请广大同行和读者批评指正。

编　者

2011年6月

前言

目　　录

第一章 经济学是什么

【知识目标】

- 了解欲望无限性与资源稀缺性的含义
- 了解经济活动中的四要素
- 理解经济学中“生产什么，生产多少，如何生产，为谁生产”的含义
- 掌握经济学的概念

【技能目标】

- 能用稀缺性的原理分析现实中的简单经济问题

案例导入

天堂与地狱

从前，有一位叫娜娜的女孩偶遇上帝，并有幸进入天堂和地狱参观。

上帝首先带她来到地狱，只见一群人，这些人看起来都营养不良、面黄肌瘦，绝望又饥饿。他们正围着一大锅肉汤，每个人都拿着一把一米多长的长柄勺子，尽管勺子里装满了肉汤，但怎么也无法把东西送进嘴里。他们看起来非常悲苦。

紧接着，上帝带娜娜进入另一个地方。这个地方和先前的地方完全一样：一锅汤、一群人、一样的一米多长的勺子。但每个人都很快乐，吃得也很愉快。上帝告诉她，这就是天堂。

娜娜很迷惑：为什么看似情况相同的两个地方，结果却完全不同？经过仔细观察，她终于得出结论，原来，在地狱里的每个人都想着自己舀肉汤；而在天堂里的每一个人都在用勺子喂对面的另一个人。结果，在地狱里的人都挨饿而且可怜，而在天堂的人却吃得很好。

同样的条件，同样的环境，为什么一些人把它变成了地狱，而另一些人却把它经营成了天堂？其关键就在于你是如何进行“选择”的。你选择了“地狱”，任凭你如何努力也无济于事，因为你的“选择”一开始就是错误的；如果你选择了“天堂”，那么只要你稍微付出一点，就会得到相应的回报。

思考：

(1) 在现实中，每个人经常都会面临选择，例如，高中毕业时，你可以读高职，也可以读独立学院本科，还可以工作，你会如何选择？

(2) 每个企业经常需要选择，例如，是维持现状还是扩大再生产？是只生产并做强一种产品，还是多元化发展？

(3) 每个国家也会面临选择，例如，选择什么样的政治制度？选择什么样的经济制度？

笔记：

提示： 经济学就是研究人们如何进行“选择”的一门科学，经济学将帮助你做出更好的选择。

第一节 经济学的含义

自古以来，人类社会就为经济问题所困扰，生存与发展始终是各个社会所关心的热门话题。失业、通货膨胀、经济危机、能源短缺、贫富悬殊、生态恶化等都是经济问题的直接或间接表现。通过各种表面现象发现，人类经济问题的根源在于资源的稀缺性。一方面，相对于人类的无穷欲望而言，大自然赋予我们的资源太少了；另一方面，由于自然或社会的原因，这些有限的资源还往往得不到充分利用。因此，如何用有限的资源去满足人类的无限欲望，就成为人类社会永恒的难题。经济学正是为解决这个难题而产生的。我们可以从以下几个方面来理解经济学的含义。

一、人的欲望是无限的

人类社会要生存和发展，就需要不断地用产品和劳务来满足人们日益增长的需求。需求来自欲望，欲望是一种缺乏的感觉与求得满足的愿望。在现实生活中，我们常说“人有七情六欲”，这“六欲”就是欲望或者需要。人的欲望多种多样，并且是无限的。当一种较低层次的欲望得到解决满足时，就会产生新的更高层次的欲望，永无止境。这也就是中国人常说的：“欲壑难填”、“人心不足蛇吞象”。

经济学家认为，正是欲望的无限性，才构成了人类不断追求与探索的原动力，从而推动人类社会不断向前发展。

扩展阅读 1-1

欲望的五个层次

美国社会心理学家马斯洛将人的需求欲望分为以下五个层次。

(1) 基本生理需要，包括对衣食住行等基本生存条件的需要，也就是解决人们的温饱问题。这是人类最基本的欲望。

(2) 安全的需要，包括生命安全、财产安全、职业安全等。主要是对现在和未来生活安全感的需要，实际上是生理需要的延伸。

(3) 归属和爱的需要，包括情感、爱与归属感等。人作为社会的人总要有一种归属感，希望在自己的群体里有一席之地，希望与别人建立起友情，能够得到理解和爱。这种欲望产生于人的社会性。

(4) 尊重的需要，包括自尊与来自别人的尊重。自尊包括对获得信心、能力、本领、成就、独立和自由等的愿望。来自他人的尊重包括威望、承认、接受、关心、地位、名誉和赏识。这是人更高层次的社会需要。

(5) 自我实现的需要，包括自我发展、自我理想的实现等。这种需要包括对真、善、美的追求，对完善自我的追求，以及实现自己理想和抱负的愿望。这是人类最高层次的欲望。

马斯洛认为，人的需要这五个层次是按从低到高的层次组织起来的，只有当较低层次的需要得到某种程度的满足时，较高层次的需要才会出现并要求得到满足。一个人生理上的迫切需要得到满足后，才能去寻求安全保障，也只有在基本的安全需要获得满足之后，爱与归属的需要才会出现，并要求得到满足，依此类推。

课堂讨论

（一）资料

十不足

终日奔忙只为饥，才得有食又思衣。
置下绫罗身上穿，抬头又嫌房屋低。
盖下高楼并大厦，床前却少美貌妻。
娇妻美妾都娶下，又虑出门没马骑。
将钱买下高头马，马前马后少跟随。
家人招下数十个，有钱没势被人欺。

一铨铨到知县位，又说官小势位卑。
一攀攀到阁老位，每日思想要登基。
一日南面坐天下，又想神仙来下棋。
洞宾与他把棋下，又问哪是上天梯。
上天梯子未坐下，阎王发牌鬼来催。
若非此人大限到，上到天上还嫌低。

这是明代朱载育的散曲《十不足》，它把一些人的“不知足”本性，刻画得入木三分，淋漓尽致。

（二）讨论

(1) 你对自己或家庭的现状满足了吗？

(2) 你认为世界上最富有的人对自己的现状满足了吗？

(3) 若每一个人真的都对自己的现状满足了，你认为会出现什么新情况？

笔记：

二、资源是稀缺的

一方面，人类欲望是无限的；另一方面，用于满足人类欲望的资源又是有限的。这两者之间必然产生矛盾，从而引出了经济学中一个重要的概念——稀缺性。稀缺性是指相对于人类的无限欲望而言，资源总是不足的。

人类欲望的满足是需要借助于一定的物品来实现的，用来满足人类欲望的物品可以分为两类，即自由取用物品与经济物品。

自由取用物品是指自然界中原来就存在的物品，不用付出任何代价就可以随意得到，如空气、阳光。面对人类无限的欲望，用来满足人类需要的自由取用物品将越来越少，如在几百年前，可以说水资源是自由取用物品，但在今天，水已变成人类最宝贵的稀缺资源之一。

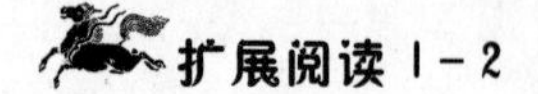

水资源是取之不尽、用之不竭的吗？

地球上有丰富的水，分布也很广泛，全球约有3/4的面积覆盖着水，地球上的水的储量也很大，约有140亿亿立方米。但其中94%分布在海洋中，不可能直接为人类生活与生产所利用。据联合国1977年统计，全球的淡水储量仅3.5亿立方米，其中99.66%分布在南北两极与高山冰川积雪、永冻土底冰层及深层地下等，难以利用，因此，只有占淡水总量0.34%的淡水才是人类可以利用的淡水资源，它们只占全球总储水量的0.007%。这表明能被人类利用的淡水资源确实是有限的，并非取之不尽、用之不竭的。

淡水资源虽然有限，但绝对数量还是不少，人均占有量也有几百万立方米之多。那为什么有些地方还经常闹水荒呢？原来，淡水资源在全球的地理分布极不平衡。多水的地区，如东亚、南亚、大量的雨水转化为地表径流，白白流归大海；而干旱的荒漠地区则极度缺水，如埃塞俄比亚、苏丹、南非、肯尼

亚等地区。以我国而言，内蒙古及大西北是极度干旱地区，黄淮海地区也是十分缺乏水资源的地区。再加上世界工农业生产的发展，耗水量急剧增加；城市和城市人口的不断增加，饮用水大幅度增加，致使全世界60%的地区供水不足，很多国家闹水荒。

目前全世界大约有20亿人处于缺水状态，水资源的稀缺已成为制约世界经济发展的主要因素。

中国是个严重贫水的国家。我国水资源总量少于巴西、俄罗斯、加拿大、美国和印度尼西亚，居世界第6位。若按人均水资源占有量这一指标来衡量，则仅占世界平均水平的1/4，排名在第110名之后。缺水状况在我国普遍存在，而且有不断加剧的趋势。全国约670个城市中，一半以上存在着不同程度的缺水现象，其中严重缺水的有110多个。

思考：

上述案例说明了人类正面临水资源稀缺的困惑，你知道还有哪些资源也是稀缺的？

笔记：

自由取用物品由于可以自由取用，它给人类带来的满足感是十分有限的，人类的各种欲望主要依赖经济物品来满足。经济物品是指人类必须付出代价才能得到的物品，即必须投入生产要素才能生产出来的物品，如衣服、食品、房屋、汽车、手机、书本等。生产要素包括土地、劳动、资本和企业家才能。

劳动是指劳动者在生产过程中所提供的劳务，它包括体力劳动和脑力劳动，是最基本的生产要素。

资本是指生产中所使用的资金，它包括无形的人力资本和有形的物质资本。前者指体现在劳动者身上的身体、文化、技术状态；后者指在生产过程中使用的各种生产设备，如机器、厂房、工具、仓库等。

土地是指生产中所使用的各种自然资源，是一国的自然禀赋，它不仅包括土地，还包括自然状态的矿藏、森林、河山、能源、原料等。

企业家才能是企业家的经营管理能力与创新能力，即企业家对整个生产过程的组织与管理能力。

由于用于生产经济物品的生产要素总是有限的，因此，用于满足人类欲望的经济物品的数量必然是有限的。

资源的稀缺性是人类社会的永恒主题，它存在于人类社会的各个时期。从历史来看，稀缺性存在于人类社会的所有时期和一切社会，无论是生产力水平极低的原始社会，还是科技高度发达的现代社会；从现实来看，稀缺性存在于世界各地，无论是贫穷的非洲，还是富裕的欧美；从个人来看，稀缺性存在于所有人当中，无论是非洲一贫如洗的难民，还是美国富可敌国的比尔·盖茨都会面临这一矛盾。

扩展阅读 1－3

矿藏、土地、劳动力、资本、时间等资源都是有限的

1. 矿藏是稀缺的。例如，石油、金、银、铜、宝石、玉石等资源都是稀缺的。

2. 土地是稀缺的。城里的房子很贵，特别是像北京、上海、香港等大城市，房价高得吓人，真正是“都市居，大不易”。可是这不是因为房子本身贵，房子本身不过是砖瓦砂石，并不贵，而是土地太金贵。在北京、上海、香港的房价中，又以香港为最，因为香港的土地可谓寸土寸金，香港岛人口稠密，不得不高楼林立，而著名的香港启德机场，居然是靠填海造地修建的。

3. 劳动力是稀缺的。虽然中国人口有13亿多，可是受过中等、高等教育的却不多，农民工人数超过2亿，但是受过专门训练的很少。

4. 资本是稀缺的。干什么都需要钱，没钱简直寸步难行。如果你大学毕业，没找到工作，想自己创业，可是没本钱，你一定会感叹，资本是稀缺的。企业家更稀缺，合格的企业家少之又少，所以，有些出色的企业家，年薪可以高达千万元人民币，甚至更高，如李开复、唐骏等，我们称他们为“打工皇帝”。

5. 时间也是稀缺的。大家都想多活几年，都觉得时间不够，不但每天只有24小时，一个人的一生也“不过百年”（长寿的纪录是由法国人让娜·卡尔曼夫人创造的，121岁），如果时间不稀缺，人们又有什么可以担心的呢？慢慢来吧。

（资料来源：王福重，《写给中国人的经济学》，机械工业出版社，2010年）

三、解决资源稀缺性问题的途径

课堂讨论

资源是有限的，而人的欲望是无限的，这是一对矛盾，应如何解决？在现实中，当你的消费欲望超出了你拥有的现金时，你是如何解决的？

笔记：

……………………………………………………

……………………………………………………

……………………………………………………

……………………………………………………

……………………………………………………

（一）解决资源稀缺性问题的途径——选择

如何解决人类欲望无穷与资源稀缺这一矛盾？有以下两种办法。

其一，减少或压抑自己的欲望，这样的办法，虽然能缓解资源的稀缺性，但不利于提升人类的物质生活水平，也有悖人性。

其二，不是压抑人的欲望，而是发展生产，缓解资源的稀缺性，这也是现代社会普遍认可的办法。

但是无论人类再怎么努力发展生产，所能提供的资源总是比人们的欲望要少，只能满足人们的一部分欲望，不可能满足人类的所有欲望。此时，人类就需要有一定的准则来研究“先满足哪些欲望，后满足哪些欲望？”或“只满足哪些欲望，不满足哪些欲望？”这个

过程就是“选择”。每个人都会遇到许许多多的“选择”问题。

例如，大学几年的时间是有限的，用多少时间安排学习，用多少时间进行娱乐、体育活动等，需要“选择”；找到一份收入不错的工作，应去工作还是继续读书？需要“选择”；我们个人的收入总是有限的，花多少钱消费，多少钱留作储蓄，需要“选择”；一国政府的财政收入总是有限的，如何安排财政支出，建设经费多少，教育经费多少，社会福利多少，也需要“选择”，等等。只要人们合理地做出选择，人们的欲望就能得到最大限度地满足。

从这个意义上说，经济学就是研究人类社会面对稀缺的资源如何做出选择的科学。经济学中的选择是指如何利用现有的稀缺资源去生产各种产品和劳务，以更好地满足人类的各种欲望。

（二）经济学要解决的基本问题

经济学中面临的选择问题，实际上就是经济学要解决的问题。具体来说，经济学要解决的问题可以归纳为以下三个方面。

1. 生产什么，生产多少

生产什么，生产多少是指决定生产哪些产品，产量多少。由于资源稀缺，人们在使用资源之前，首先必须明确生产什么产品，生产多少。用于生产某种产品的资源多用一些，用于生产另一种产品的资源就会少一些。人们必须做出选择，用多少资源生产某一产品，用多少资源生产其他产品？

2. 如何生产

如何生产，主要指选择何种生产方式的问题，包括用怎样的生产资源，采用何种技术、工艺、手段来生产。一般来说，同一种产品，在不同的国家，或在同一国家的不同经济发展时期，可以选择不同的生产方式（劳动密集型方式、资本密集型方式和技术密集型方式）进行生产。

例如，家具可以用手工来生产（劳动密集型方式），也可以用机器来生产（资本密集型方式），最先进的机器还可以用电脑来操控（技术密集型方式）。不同的生产方式，决定了不同的劳动生产效率。到底采用哪一种方法？是什么因素决定要采用这一种方法而不采用其他方法？我们必须选择合适的生产方式进行生产，才能提高经济效率。

3. 为谁生产

为谁生产，简单地说是产品如何分配的问题，具体来说是收入和财富的分配问题。由于资源有限，因此不可能使全社会中每一个人的欲望同时获得满足。很显然，收入高的人，可以消费更多更好的产品；收入低的人只能消费更少更差的产品。因此，应根据什么原则，将有限的产品在全体社会成员之间进行合理分配，是任何社会都必须解决的重要问题。

上述经济学要解决的三个问题，被认为是人类社会共同面对的基本经济问题，也被称为资源配置问题。所谓资源配置，就是把资源分配到各种可供选择的用途中，以生产出能满足人们不同需要的产品。

通过以上介绍，可以给出经济学一个简单的定义：经济学是被称为“选择”的科学，即研究人类在面对资源稀缺性和人类欲望无限时就“生产什么”、“如何生产”和“为谁生产”做出选择的科学。

扩展阅读 1-4

资源利用问题

资源利用问题是指人类社会如何更好地利用现有的稀缺资源，生产出更多的物品。在现实中，人类社会往往面临这样一种矛盾：一方面资源是稀缺的，另一方面稀缺的资源又得不到充分地利用。所以，经济学家不仅要研究资源配置问题，还要研究资源利用问题。资源利用也涉及三个问题。

(1) 为什么稀缺的资源得不到充分利用，如何解决失业问题，实现充分就业？

(2) 一国经济水平和产量为什么会发生波动，如何才能实现经济持续增长？

(3) 为何一国会发生通货膨胀及通货紧缩，应采用什么经济政策加以解决？

由以上可以看出，稀缺性不仅引起了资源配置问题，而且还引起了资源利用问题。正因为如此，许多经济学家把经济学定义为“研究稀缺资源配置和利用的科学”。

第二节　经济学中的几个重要概念

一、经济活动的四要素

经济活动是一种在买者和卖者之间开展的活动，需要四个要素：厂商、消费者、市场和政府。

1. 厂商

厂商也称企业，它是经济活动的主体。所有的生产者，无论他生产什么，我们都称之为厂商。在经济学中，生产物质产品的是厂商，为人们提供各种服务的也是厂商，如影剧院、旅行社、医院、出租车公司等；为大家提供资本的，如银行也是厂商。只要是能独立做出决策并进行生产的组织都是厂商。

2. 消费者

经济活动的另一个主体是消费者，即有购买欲望和购买能力（收入、时间）的个人或集团。他们也是独立做出消费选择的。当然所谓“消费”也是多种多样的，可以花钱买东西，也可以花钱买服务，还可以花钱娱乐或者读书深造。

3. 市场

消费者需要购买消费品，厂商也需要找到能购买其产品的人，但让所有的消费者直接找厂商购买是不现实的，这样，市场作为交易的场所就应运而生。传统的市场是指固定的买卖场所，一个农贸集市就是一个典型的市场。到了现代，市场的概念已变得十分宽泛，它包括了所有进行交易的场所，如农贸市场、房地产市场、百货超市、技术市场、信息市场、股市、期货市场等。而交易的方式也不再局限于传统的一手交钱，一手交货，而是大量地运用银行转账系统。市场已演变成了庞大的市场体系。

市场体系的构成也是十分复杂的。从时序上看，市场体系有现货市场、期货市场；从空间上看，有地方市场、全国市场和世界市场；从交易对象上来看，有产品市场、生产要素市场。在产品市场中，人们买卖产品和劳务；在生产要素市场中，人们买卖劳动、土地、资本。从竞争与垄断的程度来看，又可分为完全竞争市场、垄断市场、垄断竞争市场和寡头市场。

4. 政府

虽然市场为厂商和消费者的相互交易提供了平台，但市场有时也会出现一些毛病（经济学中称为“市场失灵”），不能解决我们需要解决的所有问题，如环境污染问题、贫富差距问题、基础教育问题等，此时，需要政府介入，需要政府从全局利益出发，对环境污染的行为进行限制和惩罚，通过税收以及各种福利措施，调节富人和穷人的收入差距，提供基础教育，等等。

二、经济人假定

经济人假定，又称理性人假定，其含义是每个人（不但包括自然人，也包括厂商）都是在给定约束的条件下追求自己利益的极大化。因为资源稀缺，所以人是受资源稀缺约束的，如收入的限制、时间的限制等。人们只能在这个约束下追求利益极大化。

“经济人”最早由英国经济学家亚当·斯密提出。他在其1776年出版的名著《国民财富的性质和原因的研究》（简称《国富论》）里说：“我们每天所需的食料与饮料，不是出自屠户、酿酒家或烙面师的恩惠，而是出于他们自利的打算。”对亚当·斯密的这一思想，后人归纳为“经济人假定”。其含义有二：一方面人是理性的；另一方面人也是自私的。

在经济学家眼里，千差万别的活生生的人都是理性经济人——不懈地追求自身最大利益的人。经济人都是自利的，以自身利益最大化作为自己的追求目标。当一个人在经济活动中面临若干不同的选择机会时，他总是倾向于选择能给自己带来更大利益的那种机会。

经济人假定人自私，绝非倡导人们自私。恰恰相反，它是提醒决策者，若要惩恶扬善，就必须注意人性自私的弱点。民间有句俗语：“先小人后君子”。意思是说，为了事后不伤和气，事前不妨把人往坏处看，如朋友做买卖，明知都是君子，可签合同时，双方还得把违约责任写上。经济人假定也如此。对事不对人，不管张三李四是否自私，但要做经济分析，就得假定人是自私的。

课堂讨论

一个社会为什么要有道德和法律约束？

笔记：

三、看不见的手

“看不见的手”是指家庭或厂商受价格这只看不见的手指引，决定购买什么、购买多少、何时购买，决定生产什么、生产多少、如何生产、为谁生产，他们时刻关注着价格，不知不觉地考虑他们行动的收益与成本。结果，价格指引这些个别决策者通过市场在大多数情况下实现了整个社会福利的最大化。

“看不见的手”最早由亚当·斯密提出。17 和 18 世纪是资本主义形成和发展的初期阶段，生产规模还相对狭小，经济自由竞争还受到各种限制。亚当·斯密在《国富论》中，对经济自由竞争、自由贸易进行了详尽地阐述，动机良好的法令和干预手段。不能帮助经济制度运转，非计划的、利己的润滑油会使经济齿轮奇迹般地正常运转，市场里，价格这只“看不见的手”会解决一切。每个人既不打算促进公共的利益，也不知道他所增进的公共福利为多少。他所追求的仅仅是他个人的利益。在这个场合，像在其他许多场合一样，是这只“看不见的手”引导他去促进一种目标，而这种目标决不是他所追求的东西，由于他追逐自己的利益，他经常促进了社会利益，其效果要比他真正想促进社会利益时所得到的效果更大。

四、看得见的手

“看得见的手”一般是指政府宏观经济调控或管理，也称“有形之手”，是“看不见的手”的对称提法。

现代市场经济的运行，价格这只“看不见的手”在其中发挥着关键的作用。可是，当出现外部性、公共产品、垄断、信息不对称、贫富差距、经济失衡时，市场经济就束手无策了。所以市场经济存在缺陷，光靠市场自身的调节是难以克服的，由此导致市场失灵。在市场失灵的领域，政府干预就不可避免。政府干预的手段是通过经济手段，指明经济发展的目标、任务、重点；通过法律手段，规范经济活动参加者的行为；通过行政手段，采取命令、指示、规定等行政措施，直接、迅速地调整和管理经济活动。其最终目的是为了补救“看不见的手”在调节微观经济运行中的失效。如果政府的作用发挥不当，不遵循市场的规律，也会产生消极的后果。

在现代市场经济的发展中，市场这只“看不见的手”与政府这只“看得见的手”必须配合运用。

第三节　经济学的基本内容

经济学的内容大体分为两大类：一类是微观经济学，主要研究资源配置问题；另一类是宏观经济学，主要研究资源利用问题。

一、微观经济学

微观经济学是以单个经济单位为研究对象，通过研究单个经济单位的经济行为来说明如何解决社会的资源配置问题。

这里所说的单个经济单位指组成经济的最基本的单位：个人、家庭与企业。其中，个人、家庭又称为居民户，是经济中的消费者和生产要素的提供者；企业是经济中的生产者和生产要素的需求者。在微观经济学中，假设家庭与企业经济行为的目标是实现最大化，即家庭要实现满足程度（即效用）最大化，企业要实现利润最大化。微观经济学研究家庭如何把有限的收入分配于各种物品的消费，以实现满足程度最大化，以及企业如何把有限的资源用于各种物品的生产，以实现利润最大化。

微观经济学的内容主要包括以下几个方面。

（1）价格理论。研究某种商品的价格如何决定，以及价格如何调节整个经济的运行。价格理论是微观经济学的中心，其他内容都是围绕这一中心而展开的。

（2）消费者行为理论。研究消费者如何把有限的收入分配到各种物品的消费上，以实现效用最大化。

（3）生产理论，即生产者行为理论。研究生产者如何把有限的资源用于各种物品的生产上而实现利润最大化。这一部分包括生产要素投入与产量之间关系的生产理论，成本与收益之间关系，不同市场条件下厂商如何决策才能实现利润最大化。

（4）分配理论。主要研究各生产要素所有者的收入如何决定，以及如何实现社会收入分配公平。

（5）市场失灵与微观经济政策。主要研究市场失灵产生的原因及政府解决的方法。

二、宏观经济学

宏观经济学是以整个国民经济为研究对象，研究资源如何才能得到充分利用。

宏观经济学中，研究对象是整个国民经济，而不是单个消费者或单个生产者。宏观经济学从整体上分析经济问题，研究现有资源未能得到充分利用的原因，达到充分利用的途径等。

宏观经济学的内容主要包括以下几个方面。

（1）宏观经济总量的衡量理论。衡量宏观经济总量最核心的指标是 GDP（国内生产总值），宏观经济学要研究 GDP 的变动及其变动的规律，这是宏观经济学的中心。

（2）失业与通货膨胀理论。失业与通货膨胀是各国经济中存在的最主要问题。宏观经济学要分析失业与通货膨胀的成因及其相互关系，以便找出解决这两个问题的途径。

（3）经济周期与经济增长理论。这一理论要分析一国经济波动的原因、经济增长的源泉等问题。

（4）宏观经济政策。宏观经济学是为国家干预经济服务的，宏观经济政策要说明国家为什么必须干预经济，以及应该如何干预经济。

扩展阅读 1-5

微观经济学与宏观经济学的关系

微观经济学与宏观经济学的内容是不同的，是经济学的两个组成部分，但它们之间又有密切的联系。

首先，微观经济学与宏观经济学是互相补充的。经济学要研究如何用稀缺的资源去满足人类的无限欲望。为了达到这一目的，既要考虑资源的最优配置，又要实现资源的充分利用。微观经济学所研究的是如何使资源达到最优配置；宏观经济学要研究的是如何才能使资源得到充分利用。它们是从不同的角度分析社会经济问题，两者是互相补充的，共同组成经济学的基本原理。

其次，微观经济学是宏观经济学的基础。整个国民经济是由单独的、个别的经济单位组成的，个别的经济单位是整个国民经济的基础，所以微观经济学就成为宏观经济学的基础。

第四节　为何要学习经济学

打开电视，翻开报纸，满眼尽是财经新闻、股票行情。如果不懂一点经济学，不知道需求、供给、GDP、CPI、股票指数、汇率、税收等，你就会感觉自己仿佛置身世外，简直是寸步难行。作为一名高职学生，大部分人将会到中小企业从事各类工作，不论你在哪个岗位工作，如果懂一点经济学，将能为你的事业发展助一臂之力。

一、学习经济学有助于你做出更好的决策

在你的一生中，你需要做出各种各样的经济决策。例如：

你高中毕业时，既可以上职业学院，也可以上独立学院本科，还可以找一份工作，你需要决定是上学还是工作，上大学，上什么大学？

当你大学毕业的时候，你需要决定是继续读书，还是去工作？

在工作之后，你要决定如何花费你的收入，多少用于现在的消费，多少用于储蓄？如何使用你的储蓄，是买股票、买房子，还是存在银行？

若有一天你成了一名企业的老板或经理，此时，你需要决定你的企业应该生产什么产品？卖什么样的价格？在什么媒体上作广告？招收什么样的人员？提拔谁当你的助手？

……

为什么要进行上述问题的决策？因为你的资源是有限的——你的时间有限，收入也有限。如果你参加工作，就可能没有时间上大学；如果你把钱用于买房子，就可能没有钱再来买汽车。所以你必须在需求之间合理分配你有限的资源。

经济学是有关个人选择的科学，学习经济学有助于你做出更好的决策。

二、学习经济学有助于你理解世界是如何运转的

为何会出现金融危机？

为何会出现大学生就业难？为何有了工作，还会有失业的可能？

为何同一个人，在不同家、不同地区或不同单位工作，其收入差距悬殊？

为何一个手机号或车牌号可以卖到几十万元甚至几百万元？

为何垄断行业的服务那么差，而收费却那么高？

为何一个流行歌手演出一晚上可以赚好几万甚至几十万，而一个在工厂打工的普通员工一个月也只能赚到一至二千元？

为什么中国经济增长这么快，而失业的人还那么多？为什么许多曾经很好的企业却在一夜之间倒闭？

大街上的路灯坏了，为何没有哪个居民自己主动去修理？

街上垃圾成山，为何你不会主动去清扫？

受金融危机的影响，为何世界各国经济增长普遍受到影响？

……

看到上述问题，你能得出什么结论？

你的生活状况不仅取决于你自己的决策，而且依赖于其他人的决策，以及周围环境的变化。理解你周围的世界如何运行，自然有助于改进你的决策。学了经济学，你就可以明白经济世界是如何运转的。

三、学习经济学有助于你理解政府政策的优与劣

为什么我们生活的地区经济发展了，城市变得漂亮了，马路变得宽阔了，环境却破坏了，空气污染了，河水变黑了？

为什么我们生活的地方经济发展了，社会治安却变差了？

……

上述问题应由谁来解决？是个人、企业还是政府？许多同学可能会立刻想到政府。事实上，每个社会成员都离不开政府。如果没有政府，或许没有谁会为你提供诸如路灯、义务教育、环境保护、国防这样的公共产品；如何没有政府，没有谁会为我们提供市场交易所需要的规则和秩序这样一类公共产品，也没有谁会来保护我们的个人财产和人身安全。

学习了经济学，你会明白我们为什么需要政府，什么是政府应该干的，什么是政府不应该干的。

无论你今后干什么，你不会后悔自己学过经济学。

要点回顾

1. 经济学（Economics）是研究如何用稀缺的资源来满足人类无限欲望的一门社会科学。

2. 经济学被称为“选择”的科学，即研究人类在面对资源稀缺性和人类欲望无限时就“生产什么”、“如何生产”和“为谁生产”做出选择的科学。

3. 经济学要研究的基本内容可归纳为“生产什么”、“如何生产”和“为谁生产”三个问题。

4. 微观经济学是以单个经济单位为研究对象，通过研究单个经济单位的经济行为来说明如何实现资源的最优配置。宏观经济学是以整个国民经济为研究对象，研究资源如何

才能得到充分利用。

5. 学习经济学有助于你做出更好的决策，有助于你理解你生活于其间的世界是如何运转的，有助于你理解政府政策的优与劣。

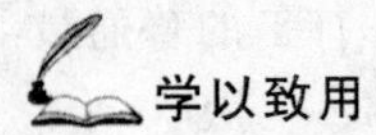

学以致用

一、选择题

1. 经济学上所说的稀缺性是指（　　）。

A. 欲望的无限性　　B. 欲望的相对有限性

C. 资源的相对有限性　　D. 资源的绝对稀缺性

2. 稀缺性问题（　　）。

A. 只存在于依靠市场机制的经济中

B. 只存在于依靠中央计划机制的经济中

C. 只存在于发展中国家中

D. 存在于所有经济中

3. 当资源有限而欲望无限时，人们必须（　　）。

A. 做出选择　　B. 节制欲望

C. 使公共利益优先于个人利益　　D. 自给自足

4. 作为经济学的一个分支，微观经济学主要研究（　　）。

A. 通货膨胀和失业　　B. 一国的经济增长

C. 消费者和生产者的经济行为　　D. 国际贸易

5. 作为经济学的一个分支，宏观经济学主要研究（　　）。

A. 作为总体经济组成部分的个体的行为

B. 研究整个国民经济的运行方式和规律，如失业和通货膨胀等

C. 市场经济

D. 单个消费者和企业的相互作用

二、简答题

1. 如何理解资源的稀缺性?

2. 如何理解经济学中的“选择”?

3. 经济学要解决哪三个基本问题?

4. 如何理解经济人假定?

笔记：

三、案例分析题

第 1 题

（一）资料

由于紧贴珠三角产业需求，广东省 2009 年 12 月 8 日举行的首场 2010 届高职高专毕业生招聘会呈现出供需两旺的局面。本场供需见面会共有 3 万名毕业生进场，到场企业 417 家，提供 8500 多个岗位，比去年增加 1000 多个，其中不乏中国联通、美的等知名企业。

随着经济形势好转，企业对高职高专毕业生的薪酬也有所提高，底薪每月普涨 300～500 元。此次供需见面会上，企业开出的薪酬普遍为 1500～2000 元，较往年 1200～1800 元有所上调。

广州三川田数码科技有限公司部门负责人说，今年公司需求 20 人，比去年增加了 1 倍。由于高职高专的学生实践动手能力强，愿意下基层，“挑拣现象较少”，比较受企业欢迎。

广东白云学院何副院长说，由于高职高专院校培养目标紧贴珠三角产业需求，毕业生多是社会急需的生产一线高等技术人才和管理人才，即便在金融危机环境下，也属于“保值”人才，就业前景看好。

（资料来源：广东高职高专毕业生招聘供需两旺企业薪酬提高，新华网，2009 年 12 月 09 日）

（二）要求

人才是一种重要的资源，作为一名高职学生，应对自己的前途充满信心。你将如何使自己成为稀缺性人才？

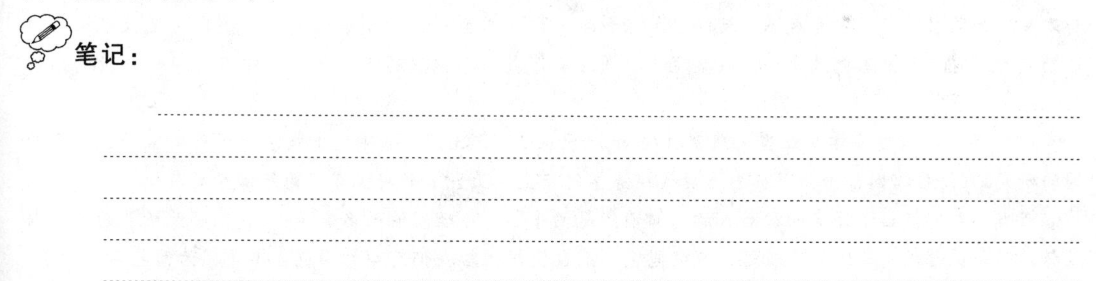

第 2 题

（一）资料

通过调查本院或外院学生获取有关资料。

（二）要求

全班分成 4～6 组；

分组行动，每组调查至少 20 名学生；

调查问题：所调查的学生分别面临哪些稀缺性问题（如学习时间、生活费、专业选择等），他们是如何解决这些稀缺性问题的。

分组讨论如何解决这些稀缺性问题。

各组派出一名代表汇报小组讨论的意见，最后由教师点评。

笔记：

附录

经济学的产生与发展

“经济”一词，在西方源于希腊文，原意是家计管理。在中国古汉语中，虽然没有现代意义上的“经济”一词，但有另一个近似的词，即“经世济民”。经，可以当经营讲；济，就是帮助，救助的意思。经世济民就是使社会繁荣，百姓安居的意思，这是中国古代贤士的立世准则。

1867年，日本的神田孝平最先把economics译成三个汉字：经济学。我们现在所讲的“经济”和“经济学”，都是在19世纪末20世纪初，随着中日两国文化和人员的交流，从日本传到中国的。

一、经济学的产生

人类社会早在几千年前就有了哲学和社会科学，但经济学产生的历史却很晚，它是一门年轻的科学。

最早的经济学说是16～17世纪的重商主义。1615年，重商主义者蒙克莱田发表《献给国王和王后的政治经济学》，表明经济理论已从研究家产管理扩展到国家财富。重商主义的基本观点是：金银形态的货币是财富的唯一形态，一国的财富来自对外贸易，增加财富的唯一方法就是扩大出口，限制进口。由此出发，它的基本政策主张是国家干预经济，即用国家的力量来增加出口限制进口，通过多卖少买、贵卖贱买增加国家财富。这些观点，反映了原始积累时期资本主义经济发展的要求。重商主义仅限于对流通领域的研究，其内容也只是一些政策主张，并没有形成一个完整的理论体系，它只是早期阶段的经济学说。

1776年，英国经济学家亚当·斯密（Adam Smith，1723—1790年）出版了《国民财富的性质和原因的研究》（简称《国富论》），标志着现代经济学的产生，亚当·斯密被尊称为经济学的鼻祖。

亚当·斯密提出了著名的被后人称为“看不见的手”的原理。他的名言是：“我们每天所需的食料与饮料，不是出自屠户、酿酒家或烙面师的恩惠，面包商提供给我们可口的面包，不是因为面包师的仁慈，而是出于他自利的打算……在他追求个人利益的时候，有一只‘看不见的手’引导他促进了社会利益，并且其效果往往要比他真正处于本意想促进社会利益时好得多。”

亚当·斯密主张国家不要干预经济，让经济自由发展，让价格机制自发地起作用。每个人都会自动按照价格机制、根据自己的利益去做事，这样经济就会发展了。

在他的思想指引之下，英国的经济首先得到发展，然后是西欧，之后是美国。斯密的思想统治了资本主义世界150年之久。在这么长的时间里，人们用他的经济思想来管理一个国家，政府不干预经济，让经济自由发展，政府只做个守夜人。直到今天经济学家们还在争论不休：政府究竟该不该管着经济，还是政府应该回家去？

二、经济学的发展

经济学产生之后，历经以下几个阶段。

1. 经济学的第一阶段：古典经济学

所谓古典经济学，核心的一点是强调劳动决定商品的价值。古典经济学体系的创立者就是亚当·

斯密。斯密之后，1817年，英国经济学家大卫·李嘉图（1772—1823年）发表《政治经济学及赋税原理》，开创了经济学的演绎法，把经济学的分析引领到科学轨道。他在书中提出了影响深远的“比较优势原理”。

古典经济学批判和否定封建主义的生产方式，研究和提倡资本主义的生产方式。但是，随着资产阶级确立政治统治地位，资产阶级与无产阶级的矛盾趋于激化，使古典经济学发生了危机。

2. 经济学的第二阶段：传统经济学阶段

18世纪末，古典经济学宣告解体，形成了以法国的萨伊、英国的马歇尔等为代表人物的传统经济学流派。其标志是马歇尔在1890年所出版的《经济学原理》一书。马歇尔认为，商品的价格（价值）既取决于劳动等客观因素，即供给，也取决于效用等主观因素，即需求。供给和需求共同决定价格。

传统经济学主张自由竞争和自由放任的经济原则，反对政府干预经济，认为资本主义市场经济能够自行调节而实现经济资源的有效配置，保证经济增长。但是，20世纪30年代，资本主义国家发生的严重经济危机，使传统经济学走入困境。

3. 经济学的第三阶段：现代经济学阶段

现代经济学产生的标志，是英国经济学家凯恩斯于1936年出版的《就业、利息和货币通论》一书。

自18世纪亚当·斯密以来的经济学家一直坚信市场上“看不见的手”的原则，主张采取放任自流的经济政策，“商品供给自行创造需求”。但是，西方资本主义世界在1929—1933年爆发的经济危机，使整个资本主义世界都陷入了同样的困境。传统经济学对于这一现象无法给出一个合理的解释。正是在这样的历史背景下，凯恩斯发表了《就业、利息和货币通论》。在书中，凯恩斯解释了资本主义世界1929—1933年“大萧条”的原因。他认为资本主义市场机制并不能自行调节资源的有效配置，资本主义经济也不总是实现充分就业，相反，资本主义经济常常没有达到充分就业。他主张，要实现充分就业，资本主义国家就必须对经济进行干预，有效刺激总需求。凯恩斯的国家干预政策，帮助危机中的资本主义国家走出了困境，因此受到了普遍的重视。凯恩斯的经济学理论从产生到20世纪60年代，一直是经济学的主流。但是，20世纪70年代初，西方国家普遍发生了经济“滞涨”，即经济停滞与通货膨胀并存。凯恩斯主义对此无法解释，也没有有效的应对方法，从而使经济学又一次陷入困境。

面对这种局面，经济学的众多流派纷纷出现，出现百家争鸣的局面。不过大体可以分为凯恩斯主义的支持者和反对者。

支持的流派主要有新凯恩斯主义经济学（新古典综合派）和新剑桥学派。

新凯恩斯主义经济学，即新古典综合派。他们既认为市场是有效的，市场的作用是基本的，又承认市场有时候有缺陷，政府的干预也是必要的。这一派代表人物很多，最杰出的是美国经济学家保罗·萨缪尔森，诺贝尔经济学奖获得者，构建了现代经济学的分析框架。

新剑桥学派，其主要人物在剑桥大学，基本观点和新古典综合派大同小异，主要代表人物是琼·罗宾逊夫人，其代表作是《不完全竞争经济学》。

凯恩斯主义的反对派主要有货币主义和新奥地利学派。

货币主义，其领袖是美国经济学家弗里德曼，诺贝尔经济学奖获得者，自由主义的大师，强烈反对国家干预。

新奥地利学派以哈耶克等为代表，反对国家干预，提倡自由主义，崇拜市场自发势力，反对计划经济。哈耶克曾经在20世纪30年代的论战中输给凯恩斯。哈耶克是1974年诺贝尔经济学奖得主，是享誉世界的自由主义大师。

第二章 价格如何决定

【知识目标】

- 理解需求和供给的概念及其影响因素
- 掌握需求定理、供给定理
- 了解均衡价格的形成和变动
- 理解需求价格弹性的概念
- 了解支持价格、限制价格的含义

【技能目标】

- 根据影响需求和供给的不同因素，初步分析商品需求和供给的关系
- 能用价格理论解释生活中常见的经济问题

案例导入

娜娜的困惑

一天，娜娜和男朋友一起逛街。由于天气炎热，娜娜很想喝水，于是两个人就到一家大型商店买水。在经过商店一楼时，娜娜不经意间看到了“钻石成就梦想”的广告语。广告写道：自古以来，钻石对每个人来说都是一个梦，一种理想和一种形象。钻石对某些人来讲代表权力、富贵、地位、成就和安祥，而对某些人来说却是爱情、永恒、纯洁和忠实、勇敢、坚贞的象征。娜娜看完了这则广告后，对钻石产生了浓厚的兴趣，她仔细看了看钻石的价格，发现像米粒大小的一小颗钻石竟然要几千元。娜娜不仅感叹：“好贵呀！不过结婚的时候，我也一定要买一块。”娜娜的男朋友看了看说：“就是，这么贵，钻石除了做首饰也没有什么用，不着急买，等我们有钱了再买吧。现在，我们还是先买点水喝，要不然我的娜娜公主就要渴死了。钻石这么贵，却既不能吃也不能喝。而水这么有用，却只要2块钱一瓶。”

娜娜认为男朋友说的话有一定的道理。但她还是感觉很困惑。根据常识，水对维持人的生命至关重要，人不吃饭尚可以生存一周，完全不喝水，三四天就会死去。奇怪的是，如此重要的水，价格却非常便宜。而钻石是非必需品，没有它，我们根本不会觉得有任何不便。与水相比，钻石是可有可无的东西。但不可思议是，和它的实际用处相反，钻石的价格却非常昂贵，这是为什么？

思考：

(1) 你是如何看待水和钻石的价格悖论的？

(2) 为什么看起来不值钱的广州车牌粤A8888Q能卖出131.4万元，而看起来很值钱的笔记本电脑最便宜的只需要二千多元？

(3) 你认为一种商品的价格是由哪些因素决定的？

笔记：

提示：

如果你遇到一个问题，苦思冥想都不得其解，那就试试从供给和需求的角度考虑一下吧，或许不能完全解决问题，但是离解决问题一定不会太远。西方流传一句妙语：只要你教鹦鹉学会说供给与需求，就可以把它培养成一个经济学家。事实上，当然没有这样简单，但这句妙语却十分恰当地强调了需求与供给在经济学中的重要作用。如果我们深刻理解了需求与供给这两个概念，就能够更好地分析现实中的经济问题，在经济生活中得心应手，游刃有余。

第一节　需　　求

一、需求及其影响因素

(一) 需求

经济学中所讲的需求（Demand）是指消费者在一定时期内，在不同价格水平下愿意并且能够购买的某种商品的数量。简单地说，需求就是购买能力与购买欲望的统一。

在理解这个概念的时候应该注意“愿意并且能够购买”的含义。“愿意”就是有购买欲望，“能够”就是有购买能力。因此，对某种商品的需求，必须具备两个条件。

(1) 消费者必须要有购买欲望。如果消费者有购买能力但没有购买欲望，就不能成为需求。例如，在2009年，许多人有钱去旅游，但受H1N1甲型流感的影响，人们担心旅游期间的安全问题，缺乏旅游的欲望。没有欲望，就不能构成有效的旅游需求。

(2) 消费者还必须有一定的购买能力。要构成需求，购买欲望和购买能力缺一不可。当我们走进大型超市时，好多东西我们都喜欢，可惜自己没有那么多钱。“没有那么多钱”就是没有那么多的购买能力，也就形成不了有效需求。

在理解需求时还必须注意以下几点。

(1) 需求不同于我们平常所说的需要，需要是指人的主观欲望，需要可以不受购买能力的限制，任凭自己天马行空地想象。

(2) 需求不同于需求量，需求量是在某一既定的价格时，消费者愿意而且能够购买的某种商品数量。而需求则是不同价格水平所对应的不同需求量的统称，指的是商品需求量变动与商品价格变动之间的数量对应关系。

(3) 需求分为个人需求与市场需求。个人需求是指单个消费者对某种商品的需求，即对应该商品每一可能的价格，消费者愿意并有能力购买的数量。将某一商品每一可能的价格下所有个人需求量加总求和，即得到与不同价格相对应的市场需求量。由此可见，个人需求是构成市场需求的基础，市场需求是所有个人需求的总和。

扩展阅读2-1

失算的英国商人——消费需求

鸦片战争以后，一批英国商人进入中国。当时英国棉纺织业中心曼彻斯特的商人估计，中国有4亿人，假如有1亿人晚上戴睡帽，每人每年用两顶，整个曼彻斯特的棉纺厂日夜加班也不够。于是他们把大量的洋布运到中国。结果与他们的梦想相反，中国人没有戴睡帽的习惯，衣服也用自产的丝绸或土布，洋布根本卖不出去。按当时中国人的收入，并不是没有购买洋布的能力，起码许多上层社会人士的购买力还是相当强的。英国人的洋布为什么完全卖不出去呢？关键在于中国人没有购买洋布的欲望。购买意愿或欲望在很大程度上是由当时的消费时尚所决定的。鸦片战争以后，中国仍然处于一种自给自足的封建经济，并在此基础上形成保守。洋布和其他洋货受到冷落主要不在于价格高，也不在于人们收入太低，而在于没有购买欲望。这种购买欲望又是当时消费时尚以及抵制洋货心理的结果。可见购买意愿对需求的决定是极为重要的。

构成需求的是购买意愿和购买能力，两者缺一都不能称其为需求。所以，需求预测既要考虑购买能力，又要考虑购买意愿。英国人仅考虑到购买能力，而没有考虑到购买意愿，这正是他们的洋布在中国没有市场的原因。

（资料来源：梁小民，微观经济学纵横谈，生活·读书·新知三联书店，2000年8月）

(二) 影响需求的因素

消费者对某种商品的需求要受多种因素的影响，这些因素可以分为两类：一是商品本身价格；二是除商品本身价格之外的其他因素（简称其他因素），包括消费者的收入、相关商品价格、消费者偏好和消费者对未来的预期等。

1. 商品本身的价格

一般来说，商品需求量与其价格之间呈反方向变动，商品价格升高，需求量降低；商品价格降低，需求量增加。

例如，当草莓价格为 13 元/千克时，需求量为 100 千克；当价格上涨到 14 元/千克时，需求量为 90 千克；当价格下降到 12 元/千克时，需求量为 110 千克。

2. 消费者的收入

一般情况下，消费者的收入提高了，意味着消费者的支付能力提高，在相同的价格水平下，人们对某些商品的需求量也会增加。如果消费者的收入减少，他一般会相应减少对某些商品的需求。

3. 相关商品价格

一种商品的需求不仅取决于其本身的价格，而且还取决于相关商品的价格。这种相关商品分为以下两类。

一是互补商品，这类商品要互相补充配套，才能正常使用。如镜架与镜片、枪和子弹、汽车和汽油、乒乓球和乒乓球拍等。当一种商品的互补商品（如汽油）价格上升时，这种商品的需求数量（如汽车）就会下降，反之亦然。

二是替代商品，这类商品在某种程度上可以互相替代。如面包和蛋糕、梨与苹果、猪肉与牛肉、火车与飞机等。当一种商品的替代商品（如苹果）价格上升时，这种商品（如梨）的需求数量就会上升，反之亦然。

4. 消费者偏好（也称嗜好）

人们的消费行为与他们的偏好有关。在其他条件相同的情况下，喜欢吃草莓的人对草莓的需求量自然大于不喜欢吃草莓的人。在医学研究发现多吃鱼对人类健康有好处后，消费者将会增加对鱼类的需求，这是因为这项发现改变了人们的偏好。

5. 消费者对未来的预期

消费者对自己的收入水平、对商品的价格水平的预期直接影响其消费欲望。如果消费者预期未来几个月会赚到更多的钱，就可能用当前的收入去多购买一些他喜欢的商品，则该商品的需求量会增加。对一个计划购房的人而言，如果他预期半年后房价一定会下跌，那么他可能会决定等几个月以后再买房子；如果他预期房价还要上涨，那么他就可能现在就去购房。

（三）需求表与需求曲线

在一定时期和特定的市场上，消费者在不同的价格水平下愿意且能够购买的商品数量可以列成一张表格，这张表格就称为需求表。例如，在某地市场上，当草莓的价格为 12 元/千克时，需求量为 110 千克；当价格为 13 元/千克时，需求量为 100 千克；当价格为 14 元/千克时，需求量为 90 千克；当价格为 15 元/千克时，需求量为 80 千克；当价格为 16 元/千克时，需求量为 70 千克等。根据这些数字，我们可以编制成一张需求表，如表 2－1 所示。该需求表可以表示出某种商品的价格和消费者在此价位上愿意且能够购买的商品量之间的对应关系。

根据需求表 2-1，我们可以做出草莓的需求曲线如图 2-1 所示。

表 2-1 需求表

	价格（元/千克）	需求量（千克）
a	12	110
b	13	100
c	14	90
d	15	80
e	16	70

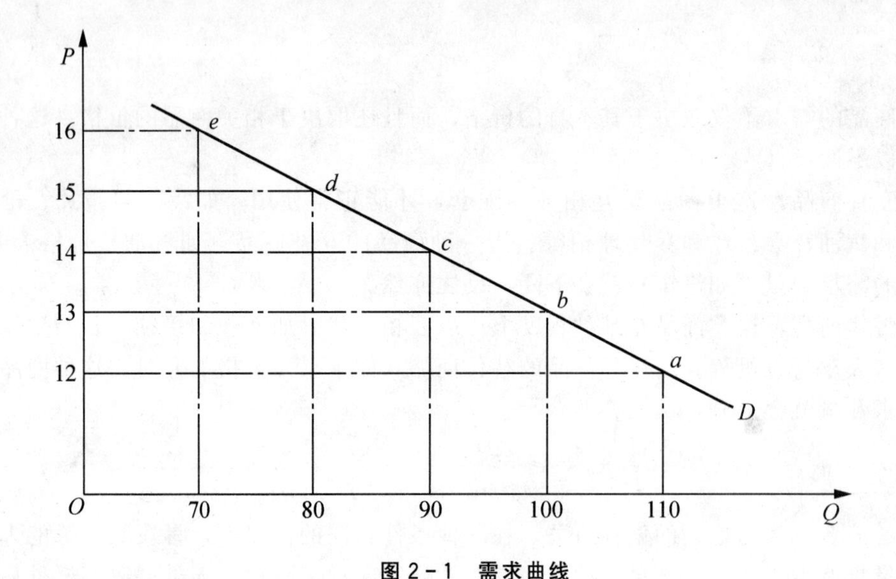

图 2-1 需求曲线

在图 2-1 中，横轴 OQ 代表消费者对草莓的需求量，纵轴 OP 代表草莓的价格，D 即为需求曲线。

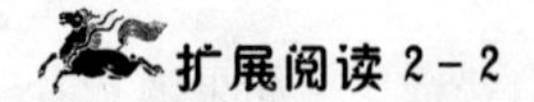
扩展阅读 2-2

需求函数

通过对影响需求因素的分析，我们可以将某种商品的需求数量与其影响因素之间的关系用一个函数表示出来，这个函数就是需求函数。如果把影响需求量的因素作为自变量，把需求量作为因变量，则需求函数可写为：

$$Q_D = f(a, b, c, d, \cdots)$$

式中，Q 代表某种商品的需求量；a，b，c，d，…代表影响需求量的因素。

在影响商品需求量的众多因素中，商品的价格是最重要的因素。在进行经济分析时，通常假定其他条件不变，仅分析一种商品的价格变化对该商品需求量的影响，这样需求函数可表示为：

$$Q = f(P)$$

式中，P 表示价格，即某种商品的需求量是其价格的函数。

若需求曲线是一条直线，则需求函数可写为：

$$Q_D=a-bP$$

需求曲线向右下方倾斜，这是因为其他条件相同时，价格较低时意味着需求量较多。

思考：

若将图 2-1 写成 $Q_D=a-bP$ 的形式，式中的 a 和 b 的值如何确定？

笔记：

提示： $Q_D=230-10P$

二、需求规律

从需求表和需求曲线中可以看出，一种商品的需求量与其自身价格呈反方向变动的，这种现象被称为需求规律。其基本内容是：在其他条件不变的情况下，一种商品的需求量与其自身价格之间存在着反方向变动的关系。即需求量随着商品自身价格的上升而减少，随着商品自身价格的下降而增加。

在理解这个规律的时候要注意“在其他条件不变的情况下”这句话。所谓“其他条件不变”，是指除了商品自身的价格以外，其他任何能够影响需求的因素（如消费者的收入、相关商品价格、消费者的偏好和消费者对未来的预期等）都保持不变。也就是说，需求规律是在假定影响需求的其他因素都不变的情况下，研究商品自身价格和需求量之间的关系。离开了“其他条件不变”这个前提，需求规律也将不复存在。例如，羽绒服在冬天的需求量比较大，而到了夏天后，即使羽绒服的价格下降，其需求量可能还是会减少。

课堂讨论

有没有不符合需求规律的商品呢？如果有，请试举出不符合需求规律的商品。假设你经营的商品属于此类，那么当你涨价时，该商品销售量会不会增加呢？

笔记：

扩展阅读 2-3

需求规律的例外

从需求规律我们知道：价格越低，商品的需求量越大；价格越高，需求量越小。但这一规律也有例外。需求规律的例外有以下三种情况。

1. 吉芬商品

吉芬商品是指价格上升引起需求量增加的物品，它一般是低档的生活必需品。英国统计学家罗伯特·吉芬最早发现，1845年爱尔兰发生灾荒，土豆价格上升，但是土豆需求量反而增加了。这一现象在当时被称为“吉芬难题”。根据需求规律，消费者对商品的购买数量一般随着价格的上升而减少。吉芬商品所表现出来的特性显然有悖于一般商品的正常情形。

其实这在现实生活中也不难理解。试想一下，爱尔兰1845年饥荒使得大量的家庭因此陷入贫困，土豆这样的仅能维持生活和生命的低档品，无疑会在大多数贫困家庭的消费支出中占一个较大比重，土豆价格的上升更会导致贫困家庭实际收入水平大幅度下降。相比起土豆这种低档商品来说，已经没有比这更便宜的替代品了，从而造成土豆的需求量随着土豆价格的上升而增加的特殊现象。

2. 高档炫耀性商品

炫耀性商品，如首饰、豪华汽车、高档手表、名牌服饰，只有在高价时才能显示其社会身份，低价时，大众化后，其需求量反而下降。因此，这类商品的需求量与价格成同方向变动，它反映了人们进行挥霍性消费的心理愿望。它是由美国经济学家凡勃伦首先发现的，因此也称为凡勃伦效应。

1899年，美国经济学家和社会批评家凡勃伦对消费享乐主义进行了彻底研究，出版了一本名为《有闲阶级论》的书，阐述了一种“摆阔气”的消费理论。凡勃伦的观点是，随着财富的扩大，驱动消费者行为的已经越来越既非生存也非舒适，而是要获得“人们的尊重和羡慕”。因而，出现了摆阔气的消费理论。这种消费是以消费品代表一定的社会地位和阶层，表示教养和品位。

实际上，随着我国经济改革开放，在我国出现了一个暴富阶层，对这个消费群来说，商品价格越高越具有吸引力。他们会选择最昂贵的商店、酒店，吃饭动辄上万元，他们就是把消费作为身份和地位的一种代表，商品价格越高越能体现其地位，或者说越奢侈，越能体现其地位，就在北京近郊，有一个富商花了600万买了一栋别墅，然后说别墅盖得不好，轻易的将别墅炸掉，要重新找人设计建造。

并且统计数字也表明，如果这些暴富阶层出入的地方的商品进行降价，在很短的时期内销售额可能会增加，但在长期内就会失去这些顾客。

很多时候，我们买一样东西，看中的并不完全是它的实际用途，而是希望通过这样东西显示自己的财富、地位或者其他，所以，有些东西往往是越贵越有人追捧，例如，一部昂贵的手机、一栋豪华的别墅、一顿天价年夜饭，为何会有那么多人追棒呢？实际上，消费者购买这类商品的目的并不仅仅是为了获得直接的物质满足和享受，更大程度上是为了获得心理上的满足。随着社会经济的发展，人们对炫耀性商品的消费会随着收入的增加而增加。

3. 投机性商品

投机性商品是指商品的价格发生变动时，需求呈不规则变化，需求同人们对未来价格的预期和投机的需要相关。例如，股票、债券、黄金、邮票等商品的需求，受人们心理预期影响较大，有时会出现“买涨不买落”、“追高杀低”的现象，即价格上涨时反而抢购，其价格下跌反而抛出的现象。

三、需求量变动与需求变动

需求量是指在某一特定的价格水平下，消费者计划购买的商品量。例如，当草莓的价格为12元/千克时，消费者购买120千克，这120千克就是单价为12元时的需求量。在需求曲线图上，需求量就是需求曲线上的一点。

需求是指在不同价格水平时，不同需求量的总称。例如，当草莓的价格为 12 元/千克时，消费者购买 120 千克；当草莓的价格为 13 元/千克时，消费者购买 110 千克；当草莓的价格为 14 元/千克时，消费者购买 90 千克等，这种不同价格时所对应的不同需求量称为需求，在需求曲线图中，需求是指整个需求曲线。

1. 需求量的变动

在其他条件不变的情况下，由商品本身的价格变动引起的需求量的变化，称为需求量变动，表现为在一条既定的需求曲线上点的位置移动。

需求量的变动＝从同一条需求曲线上的一点移动到另一点

如图 2-2（a）反映了需求量的变动。当某种商品的价格为 P_1 时，需求量为 Q_1，当价格由 P_1 下降到 P_2 时，需求量由 Q_1 增加到 Q_2，在需求曲线上表现为从 a 点向 b 点移动。需求曲线上的点向左上方移动是需求量的减少，向右下方移动是需求量的增加。

需要指出的是，这种变动虽然表示需求数量的变化，但是并不表示整个需求情况的变化。因为这些变动的点都在同一条需求曲线上。

2. 需求的变动

除商品价格以外的其他因素的变动引起的需求量的变动，称为需求的变动，表现为整条需求曲线的转移。这里所说的其他因素变动是指消费者的收入变动、相关商品价格的变动、消费者的偏好变动和消费者对未来的预期的变动等。

需求的变动＝需求曲线的移动

如图 2-2（b）反映了需求的变动，图中原有的需求曲线为 D_1，在商品价格不变的前提下，如果其他因素的变化使得需求增加，则需求曲线向右平移，由图中的 D_1 曲线向右平移到 D_2 曲线的位置；如果其他因素的变化使得需求减少，则需求曲线向左平移。由图中的 D_1 曲线向左平移到 D_3 曲线的位置。

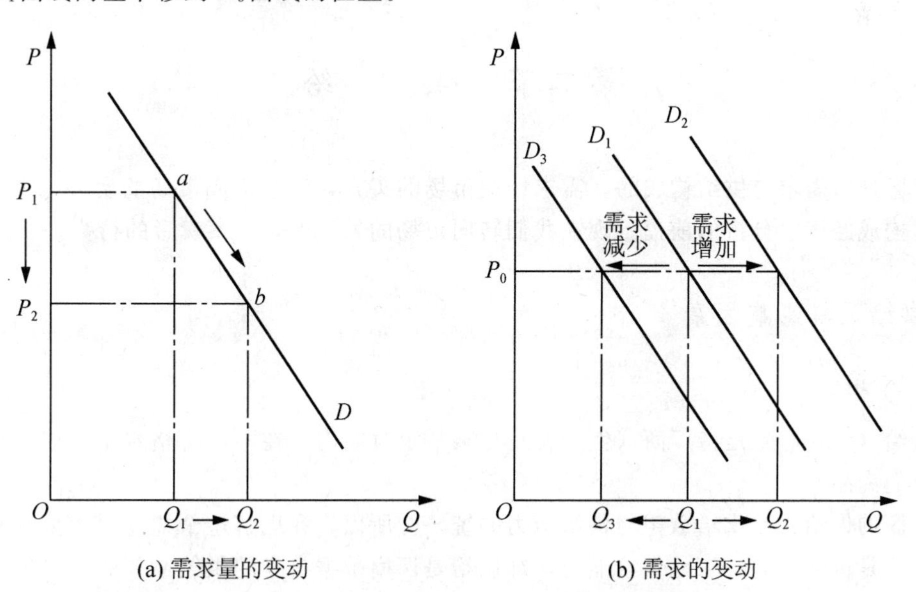

图 2-2　需求量变动和需求变动

由需求变动所引起的这种需求曲线位置的移动，表示在每一个既定的价格水平下，需求数量都增加或减少。

例如，在既定的价格水平 P_0，原来的需求数量为 D_1 曲线上的 Q_1，需求增加后的需求数量为 D_2 曲线上的 Q_2，需求减少后的需求数量为 D_3 曲线上的 Q_3。而且，这种在原有价格水平上所发生的需求增加量 Q_1Q_2 和需求减少量 Q_1Q_3 都是由其他因素的变动所引起的。譬如说，它们分别是由消费者收入水平的提高和下降所引起的。显然，需求的变动所引起的需求曲线的位置的移动，表示整个需求情况的变化。

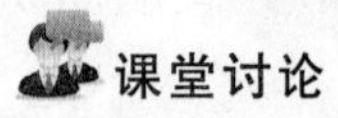

课堂讨论

（一）资料

假设中国营养学会突然公布他们的最新研究成果：香蕉具有抗癌作用，经常吃香蕉的人比不吃香蕉的人患癌症的比例低20%，并且已患癌症的患者多吃香蕉可以延长寿命1年。

（二）讨论

1. 这个研究结果的公布会对香蕉市场产生什么影响呢？在价格不变时，人们是否会因为更加偏好香蕉而增加对香蕉的需求？

2. 香蕉市场的这种变化属于需求的变化还是需求量的变化？

笔记：

第二节　供　　给

市场是由需求与供给构成的。需求构成市场的买方，供给构成市场的卖方，需求与供给一起构成经济学分析的前提。现在我们转向市场的另一方，考察卖者的行为。

一、供给及其影响因素

（一）供给

供给（Supply）是指厂商（生产者）在某一定时期内，在不同价格水平下愿意而且能够供应的商品量。

厂商的供给也是供给欲望与供给能力的统一。所以，在理解这个概念时也要注意两个方面：一是供给欲望；二是供给能力，即供给是厂商根据自身的供给欲望和供给能力计划提供的商品量。若生产者对某种商品只有提供出售的愿望，而没有提供出售的能力，则不能形成有效供给，也不能当做供给。

在理解供给时还必须注意以下两点。

(1) 供给与供给量的差别。供给量是指在某一特定价格水平时，厂商愿意或计划供给的商品量，即每个供给量都是和特定的价格水平相对应的。

(2) 供给也分为个别供给与市场供给。个别供给是指单个厂商对某种商品的供给，市场供给是指厂商全体对某种商品供给。市场供给是所有个别供给的总和。

(二) 影响供给的因素

在微观经济学中，一般假设厂商的目标是利润最大化，即厂商供给多少取决于这些供给能否给他带来最大的利润。在这一假设下，如果让你管理一家种植并销售草莓的企业。什么因素决定你愿意生产并销售草莓呢?

1. 商品自身的价格

商品的价格是决定供给量的关键因素。一般情况下，根据供给规律，在其他因素（指生产要素价格、相关商品价格、生产技术水平、生产者预期）不变时，某商品的供给量与其价格呈同方向变动，即一种商品的价格越高，生产者越愿意提供产品；相反，价格越低，生产者愿意提供的产品就越少。这就是供给规律。

例如，当草莓价格升高时，种植和销售草莓是可以获得利润的，作为草莓经营者希望能增加供应量，愿意增加种植面积，并雇用更多的工人来种植和加工草莓。当草莓价格降低时，出售草莓可能无利可图甚至还会亏损，你一定会减少生产，甚至不种植草莓。

2. 生产要素的价格

生产过程就是投入产出的过程，生产要素的价格直接影响到商品的生产成本。生产要素价格上升，企业利润减少，供给也会减少。反之，则供给增加。

例如，为了种植草莓，企业要投入各种生产要素，如化肥、拖拉机、工人以及存储草莓的设备等。如果草莓的市场价格一定，而生产要素的价格上升，则一定会减少利润，从而降低果农种植草莓的积极性，减少草莓的供给量。反之，则会增加草莓的供给量。

3. 相关商品的价格

当一种商品的价格保持不变，而和它相关的其他商品的价格发生变化时，也会引起该商品供给量发生变化。

假定草莓和蓝莓是替代品，如果草莓价格不变，而草莓的替代品蓝莓价格上涨，那么你就会把种植草莓的土地改成种植蓝莓，少种植草莓多种植蓝莓，从而减少草莓的供给量。

4. 生产技术水平

技术进步可以大大提高生产效率，使企业在同样的资源条件下生产出更多的产品，从而增加供给。

如果科学家成功育出一种杂交草莓，它能把使草莓的亩产量提高30%，无疑将大大增加草莓的供给。

5. 生产者预期

如果生产者对未来的经济持乐观态度，则会增加供给。如果生产者对未来的经济持悲观态度，则会减少供给。

如果企业预期当年草莓的价格会上涨，该企业现在就会增加草莓的种植；如预期草莓的价格会下降，则会减少草莓的种植。

（三）供给表与供给曲线

我们仍用以前草莓的例子来表述供给这个概念。例如，在某水果市场上，当草莓的价格为 12 元/千克时，供给量为 70 千克；当价格为 13 元/千克时，供给量为 80 千克；当价格为 14 元/千克时，供给量为 90 千克；当价格为 15 元/千克时，供给量为 100 千克；当价格为 16 元/千克时，供给量为 110 千克等。根据这些数字，我们可以作出供给表，如表 2－2所示。该供给表表明了某种商品（草莓）的价格和供给量之间关系。

表 2－2 供给表

	价格（元/千克）	供给量（千克）
a	12	70
b	13	80
c	14	90
d	15	100
e	16	110

根据供给表 2－2，我们可以做出供给曲线如图 2－3 所示。

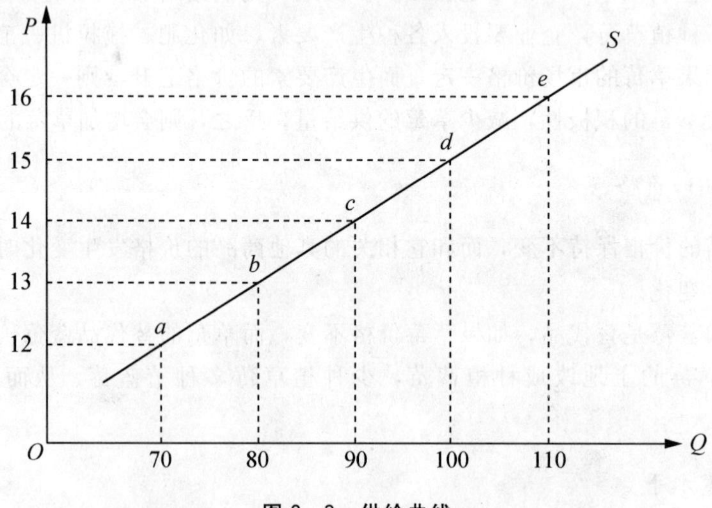

图 2－3 供给曲线

在图 2－3 中，横轴 OQ 代表果农对草莓的供给量，纵轴 OP 代表草莓的价格，S 即为供给曲线。供给曲线是根据供给表作出的，是用来表示某种商品的价格与供给量之间关系的曲线，它向右上方倾斜。

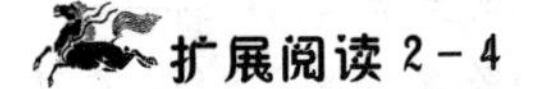

扩展阅读 2-4

供给函数

通过对影响供给因素的分析，我们可以将某种商品的供给数量与其影响因素之间的关系用函数形式表示出来，这个函数就是供给函数。将各影响供给量的因素作为自变量，供给量作为因变量，供给函数可记为：

$$Q=f(a, b, c, d, \cdots)$$

式中，Q 代表供给量；a，b，c，d，…代表影响供给量的因素。

在进行经济分析时，通常假设其他因素不变，只分析商品的供给量与该商品价格之间的关系，此时供给函数可表示为：

$$Q=f(P)\ (P\text{表示价格})$$

这个公式表明了某种商品的供给量 Q 是其价格 P 的函数。供给函数可以用代数表达法、表格或曲线来表示。

若供给曲线为一条直线，则供给函数可写为：

$$Q_s=-a+bP$$

思考：

图 2-3 中的供给曲线若用 $Q_s=-a+bP$ 来表示，你能确定式中的 a 和 b 的值分别为多少吗？

笔记：

....

....

....

....

....

提示：$Q_s=-50+10P$

二、供给规律

从供给表（表 2-2）和供给曲线（图 2-3）中可以看出，某种商品的供给量与其价格呈同方向变动的，这种现象被称为供给规律。供给规律的基本内容是：在其他条件不变的情况下，一种商品的供给量与价格之间呈同方向变动，即供给量随着商品本身价格的上升而增加，随商品本身价格的下降而减少。

在理解供给规律时，也同样要注意"在其他条件不变的情况下"这个假设前提。这也就是说，供给规律是在假定影响供给的其他因素不变的前提下，研究商品本身价格与供给量之间的关系。离开了这一前提，供给规律就无法成立。例如，当技术进步时，即使某种商品价格下降，供给量也会增加。

扩展阅读 2-5

供给规律的例外

供给规律是一般商品在一般情况下的规律，对于某些特殊商品来说也有例外。

例如，当工资（劳动力的价格）增加时，劳动力的供给开始随工资的增加而增加，但当工资增加到一定程度时，如果工资继续增加，劳动力的供给反而减少。这是因为，当劳动者的生活水平达到一定程度后，他就不一定愿意加班，而是希望休息、闲暇和娱乐。如果将劳动与工资的关系也绘成曲线，则可以看到它的形状与普通供给曲线形状不同，劳动的供给曲线如图 2-4 所示，其中 W 代表劳动力价格，L 代表劳动力的供给量。

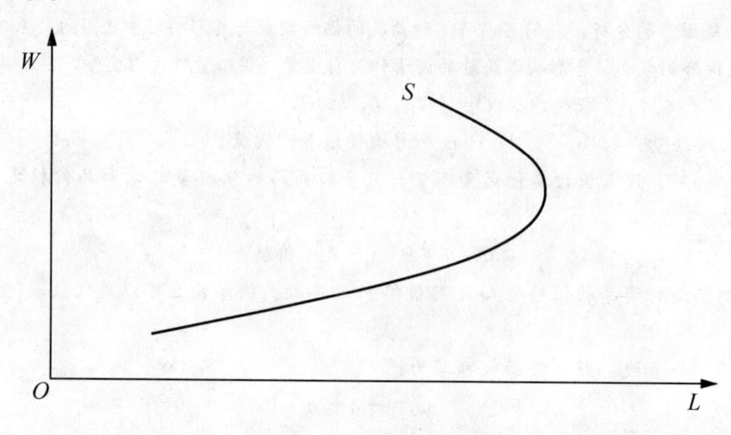

图 2-4　劳动的供给曲线

而像土地、古董、古画、名贵邮票等，它们的供给量是固定的，无论价格如何上涨，其供给也无法增加。此外，像证券、黄金等，由于受各种环境和条件的影响，其供给可能呈不规则的变化。

三、供给量变动与供给变动

供给量是指在某一特定的价格水平下，厂商愿意提供的商品量。例如，当草莓的价格为 12 元/千克时，厂商的供给量为 60 千克，这 60 千克就是单价为 12 元时的供给量。在供给曲线图上，供给量就是供给曲线上的一点。

供给是指在不同价格水平时，不同供给量的总称。例如，当草莓的价格为 12 元/千克时，厂商的供给量为 60 千克；当草莓的价格为 13 元/千克时，厂商的供给量 80 千克；当草莓的价格为 14 元/千克时，厂商的供给量 90 千克等，这种不同价格时所对应的不同供给量称为供给，在供给曲线图中，供给是指整个供给曲线。

1. 供给量的变动

其他条件不变，由商品本身的价格变动引起的供给量的变化，称为供给量变动，表现为在一条既定的供给曲线上点的位置移动。

供给量的变动＝从同一条供给曲线上的一点移动到另一点

如图 2-5 (a) 反映了供给量的变动。当某种商品的价格为 P_1 时，供给量为 Q_1，当价格由 P_1 上升到 P_2 时，供给量由 Q_1 增加到 Q_2，在供给曲线上表现为从 a 点向 b 点移动。供给曲线上的点向右上方移动时供给量增加，向左下方移动时供给量减少。

2. 供给的变动

除商品自身的价格以外其他因素的变动引起的供给量的变动，称为供给变化，表现为整条供给曲线的转移。这里所说的其他因素变动是指生产成本的变动、生产技术水平的变动、相关商品价格的变动和生产者对未来的预期的变动等。

供给的变动＝供给曲线的移动

如图 2－5（b）反映了供给的变动。在图中，供给的变动表现为供给曲线的位置发生平行移动。

由于商品本身价格以外的其他因素变动而引起的供给曲线的移动是供给的变动。例如，假设化肥的价格下降了。这种变动如何影响草莓的供给呢？由于化肥是生产草莓的一种原料。所以，化肥的价格下降使种植草莓更有利可图。这就会使企业增加草莓的供给。在任何一种既定的价格水平 P_0 时，厂商现在愿意生产更多的产量，供给从 Q_1 增加到 Q_2。因此，草莓的供给曲线向右平行移动，从 S_1 移动到 S_2。相反，就会导致在任何同一价格水平 P_0 时，草莓的供给减少，从 Q_1 减少到 Q_3，供给曲线向左平行移动，从 S_1 移动到 S_3。可见，供给增加表现为供给曲线向右移动，供给减少表现为供给曲线向左移动。

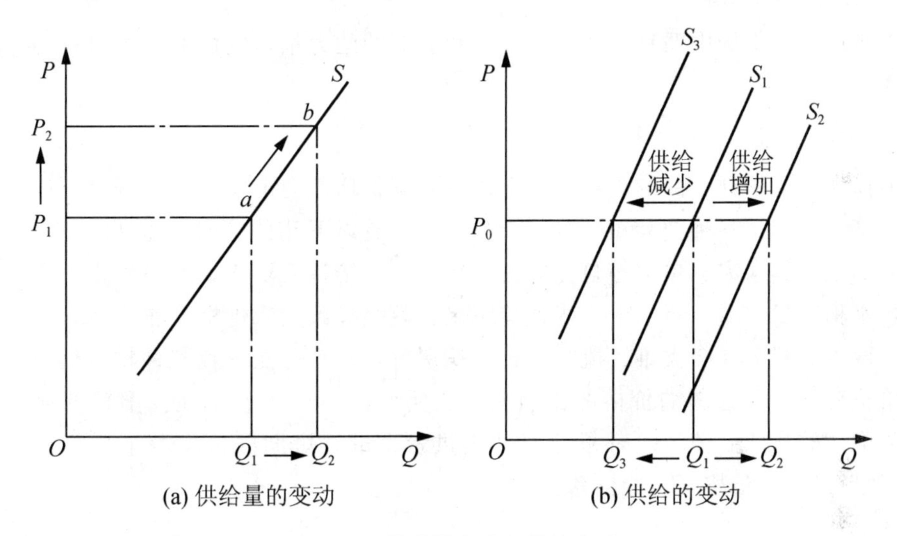

图 2－5　供给量变动和供给变动

扩展阅读 2－6

技术进步与电脑供给

供给理论的分析以供给量和价格的关系为中心。但应该看到，在今天决定供给的关键因素是技术。电脑的供给说明了这一点。20 世纪 80 年代个人电脑的价格按运算次数、速度和储存能力折算，每台为 100 万美元。尽管价格如此高昂，但供给量极少，只有少数工程师和科学家使用。如今同样能力的个人电脑已降至 1000 美元左右。价格只是当初价格的千分之一，但供给量增加了不止 1 万倍。现在个人电脑的普及程度是许多未来学家所未预见到的。

电脑供给的这种增加不是由于价格的变动引起的，而是由于技术进步变动引起的。从 20 世纪 80 年代末开始，电脑行业的生产技术发生了根本性变化。集成电路技术的发展、硬件与软件技术标准的统一、规模经济的实现与高度专业化分工使电脑的生产成本迅速下降，而质量日益提高。这种技术变化引起电脑供给曲线向右移动，而且，移动幅度相当大。这样，尽管价格下降，供给还是大大增加了。

技术是决定某种商品供给的决定性因素。正因为如此，经济学家越来越关注技术进步。

（资料来源：黄德林，西方经济学微观部分案例分析，智库文档）

第三节　均衡价格及其应用

假定今天某水果市场上草莓的价格是 14 元/千克，这个价格为什么不是 13 元/千克，也不是 11 元/千克？那草莓 14 元/千克的价格由种植草莓的果农决定的，还是由购买草莓的消费者决定的呢？其实，草莓的价格是由需求与供给这两种力量决定的，是在市场竞争中自发形成的。这一节我们就来分析均衡价格是如何决定，又是如何变动的。

一、供求关系对价格的影响

需求与供给是市场中两种既相互依存又相互制约的力量，它们对市场价格的影响是不同的，主要有两种情况。

（一）供小于求，价格上升

一般而言，当一种商品的供给小于需求时，其价格就会上升。

在经济生活中，某种商品短缺导致价格上涨，有以下几种常见的现象。

（1）如果遇到水灾、旱灾等自然灾害，例如，一场特大洪水，冲毁农田，严重影响农业生产，水稻产量锐减，市场上大米供应不足，就会导致大米价格上涨。

（2）政治动乱、社会灾难、流行性传染病爆发，都有可能导致某种物品供应不足，从而导致价格变动，甚至影响价格的剧烈变动。例如，2003 年春季在我国部分地区发生的突如其来的“非典”疫情，一时板蓝根冲剂供货奇缺，短期内价格翻了几倍，甚至十几倍，“非典”过后，价格又急剧回落。

课堂讨论

（一）资料

2011 年 3 月 11 日，日本东北地区宫城县北部发生 9 级强震，而且海啸淹没多个县市，又引发核电厂爆炸，除了造成很多人员伤亡之外，此次地震不但对日本经济产生巨大冲击，同时对多个 IT 产业造成直接或间接影响，其中以硅晶圆和内存产业最为直接。硅晶圆的供应将出现吃紧现象，令到日本以外的全球半导体业将会出现抢料效应。

（二）讨论

请问在一定时间内，此次地震会对中国经济产生什么影响？

笔记：

....

....

....

....

....

（3）一种技术含量高、性能优越的新产品问世，受到市场的欢迎，但供货不足，此时，新产品的价格往往居高不下。价格高，产品受欢迎，企业必定愿意增加产量，继续供给。例如，我国手机市场、彩电市场等高科技产品层出不穷，都曾先后出现过以上情况。

（二）供大于求，价格下降

一般而言，当一种商品的供给大于需求时，其价格会下降。

在现实的经济生活中，某种物品过剩导致价格下降，有以下几种常见的现象。

（1）一种新的产品问世，往往包含更多的高科技，或其性能、质量等更具有竞争力，这样就会冲击和影响原有的产品，市场需求减少，产品积压。库存增多。例如，随着手机市场的扩展，曾经风靡一时的“BB”机市场日益萎缩，产品过剩，价格下跌，直至退出市场；曾深受大家喜爱的“小灵通”也将面临退市的命运。

（2）从19世纪初开始，每隔若干年，在主要资本主义国家或整个资本主义世界，就要爆发一次经济危机。经济危机是指资本主义经济发展过程中周期性爆发的生产过剩的危机。危机爆发时，产品大量积压，大批工厂减产或停工，金融企业倒闭，失业人口剧增，价格下跌，大批的商品被销毁。整个社会经济生活一片混乱。这种现象，是生产过剩在社会经济生活各个方面的表现。

（3）遇到风调雨顺的好年景，农业获得大丰收，也往往出现农产品过剩、价格下跌的现象，这就是经济学中的所谓“丰收悖论”，丰产不丰收。

课堂讨论

明星的高收入合理吗？

（一）资料

据2009福布斯中国名人榜公布，入围的前十名的中国明星2009年收入分别如下。

2009中国福布斯名人榜榜单

综合排名	姓名	职业	收入（万元）	收入排名
1	姚明	运动员	35 777	1
2	章子怡	演员	7 800	4
3	易建联	运动员	3 710	7
4	郭晶晶	运动员	3 050	8
5	刘翔	运动员	13 028	2
6	李连杰	演员	3 000	9
7	赵薇	演员	2 400	14
8	范冰冰	演员	2 680	12
9	周迅	演员	2 700	11
10	李冰冰	演员	2 310	15

（二）讨论

你认为上述明星的高收入合理吗？说说你的理由。

笔记：

二、均衡价格的形成

（一）均衡价格的含义

在经济学中，均衡是指经济中各种对立的、变动着的力量处于一种力量相当、相对静止、不再变动的状态。均衡最直观的例子就是我们经常看到的拔河比赛。均衡是经济学中非常重要和广泛应用的概念。

均衡价格是指一种商品需求量与供给量相等时的价格。这时该商品的需求价格与供给价格相等，该商品的需求量与供给量相等称为均衡数量。

如图 2－6，需求曲线 D 与供给曲线 S 相交于 E。在 E 点就实现了均衡，E 点所对应的价格 P_E 即为均衡价格，E 点所应的产量 Q_E 即为均衡产量。

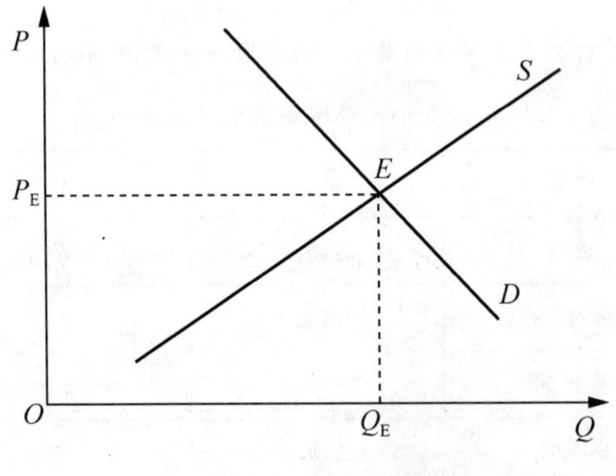

图 2－6　均衡价格

（二）均衡价格的形成

均衡价格是在市场上供求双方的竞争过程中自发形成的，均衡价格的形成就是价格决定的过程。下面用表 2－3 来说明均衡价格形成的过程。

我们假定市场上有一个草莓销售者，他先报出每千克草莓的价格为 16 元，这时需求量为 70 千克，而供给量为 110 千克，供给量大于需求量，草莓卖不出去，必然降价。他再报出每千克草莓的价格为 12 元，这时需求量为 110 千克，而供给量只有 70 千克，需求量大于供给量，必然提价。草莓的销售者经多次报价之后，最终会叫到草莓的价格为 14

元/千克，这时需求量为 90 千克，供给量也是 90 千克，供给等于需求，于是就得出均衡价格为 14 元，均衡数量为 90 千克。换一句话说，市场上自发地进行的竞争过程就决定了草莓的价格为 14 元/千克，这是供求双方都可以接受的价格，也就是均衡价格。

表 2-3　均衡价格的形成

	价格（元/千克）	需求量（千克）	供给量（千克）	价格变动趋势
a	12	110	70	向上
b	13	100	80	
c	14	90	90	均衡
d	15	80	100	向下
e	16	70	110	

我们还可以通过图 2-7 来说明均衡价格的形成过程。

在图 2-7 中，如果草莓价格为 16 元/千克，需求量为 70 千克，供给量为 110 千克，供给大于需求（图中的 *f*—*g* 过剩部分），草莓价格必然按箭头所示的方向向下移动。如果价格为 12 元/千克，则需求量为 110 千克，供给量为 70 千克，供给小于需求（图中的 *h*—*k* 短缺部分），价格必然按箭头所示的方向向上移动。这种一涨一跌的现象会一直持续下去，直到最终达到 14 元/千克时为止。因为此时供给与需求相等，达到了均衡状态。这样，14 元就是均衡价格。

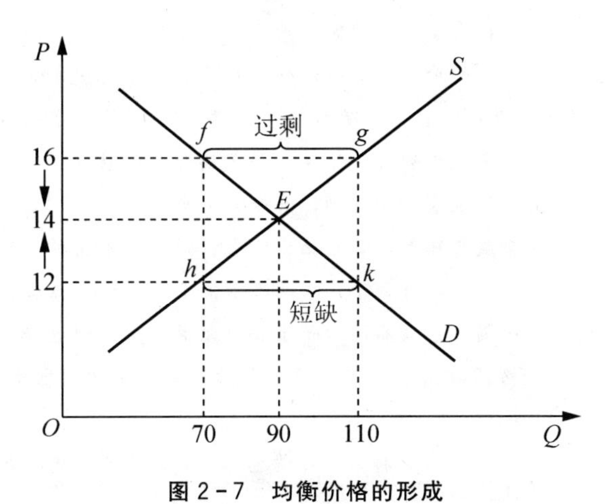

图 2-7　均衡价格的形成

扩展阅读 2-7

用数学方法求均衡价格

在数学方面，还可以用方程式来表示均衡价格的决定。

根据扩展阅读 2-2 及扩展阅读 2-4，草莓的需求与供给的函数式分别为：

$Q_D=230-10P$，$Q_s=-50+10P$

思考：

应如何求均衡价格和均衡产量？

笔记：

……………………………………

……………………………………

……………………………………

……………………………………

……………………………………

扩展阅读 2-8

家电市场价格的变化

我国在改革开放初期，生产力水平落后、生产厂家少，家电产品的总需求量远远高于其总供给量，出现了1989年凭票排队抢购冰箱的场面，当时最普通的一款冰箱卖到2800元左右，还要凭票供应。虽然不排除通货膨胀的影响，但就其当时国内各家电生产厂家的技术水平和产品质量而言，连续几年的高价倾销，家电市场长期供小于求，厂商的利润可观，因此有越来越多的厂家投身于家电产品的生产，由原来的几个增加到几十个。

随着改革开放的不断发展，国外先进技术的不断引进以及国外家电产品的不断进入，如索尼、东芝、三星、飞利浦等也都看准了中国家电市场这块蛋糕，竞争越发激烈，供求平衡随之改变，由原来的供小于求，逐步转变为供大于求。同时，由于竞争的需要产品的质量优化了，品种式样不断增加，由低端产品到高端数字化产品一应俱全，产品的价格更加市场化，厂家的服务也更加优质化，带给消费者的实惠也就越大。2000年由长虹彩电引领的彩电价格跳水，2002年、2003年的空调价格跳水，都说明了行业竞争的激烈，同时消费者的消费观念也更理性化了。再加之消费者的收入影响着商品的供给，收入越高消费的档次越高，对劣等产品的供给呈反方向变动。如今的家电市场竞争已进入白热化，各厂家为了争夺市场不断用降价、促销等手段来赢得顾客，甚至推出了大批低于成本价的特价机来争得一时的高市场份额，而这样做往往是饮鸩止渴，不少品牌由于厂家的收不抵支而逐渐退出家电市场。

我们可以看到，商品的价格是围绕着商品的价值上下浮动的，但同时也受市场供求的影响，有时甚至出现价格背离价值的现象。价格调节供求，市场竞争最后结果，使得家电市场更加规范化、品牌化，逐渐趋于供求平衡。

（资料来源：黄德林，西方经济学微观部分案例分析，智库文档）

三、需求和供给变动对均衡价格的影响

均衡价格和均衡数量取决于供给与需求，供给和需求变动了，均衡点也随之改变，从而产生新的均衡。下面我们来分析供给与需求的变动对均衡的影响。

（一）供给不变，需求变动对均衡价格的影响

需求变动是指价格不变的情况下，影响需求的其他因素变动所引起的变动，这种变动在图形上表现为需求曲线的平行移动。需求变动分为需求增加与需求减少两种情况。

1. 需求增加的情况

假设科学研究证明“多吃草莓使人体内的营养更加均衡”，这项研究将如何影响草莓市场呢？如图 2－8 所示。由于多吃草莓使人体内的营养更加均衡，刺激了消费者购买更多草莓的愿望，引起草莓的需求增加，所以需求曲线 D 右移到 D_1，原来的均衡点 E_0 就移到了新均衡点 E_1 上，这时均衡价格上升（$P_1>P_0$），均衡数量增加（$Q_1>Q_0$）。这表明由于需求的增加，均衡价格上升了，均衡数量也增加了。

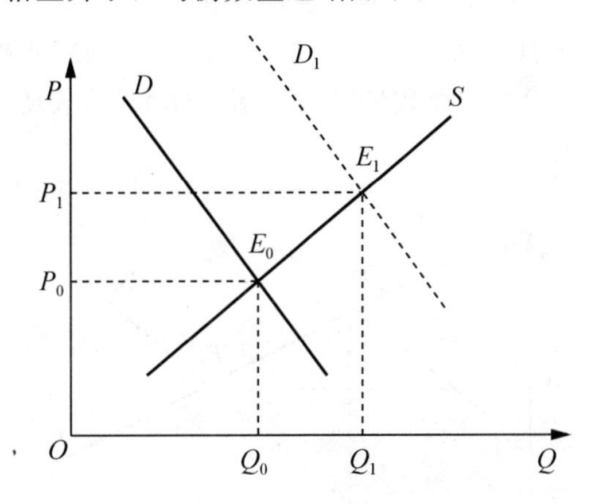

图 2－8 需求增加对市场均衡的影响

2. 需求减少的情况

假设有关专家认为草莓对人体健康可能有负面影响，这将导致消费者对草莓的需求减少，如图 2－9 所示。需求曲线 D 会向左移到 D_1，这时均衡价格下降，均衡数量减少。这表明由于需求的减少，均衡价格下降了，均衡数量减少了。

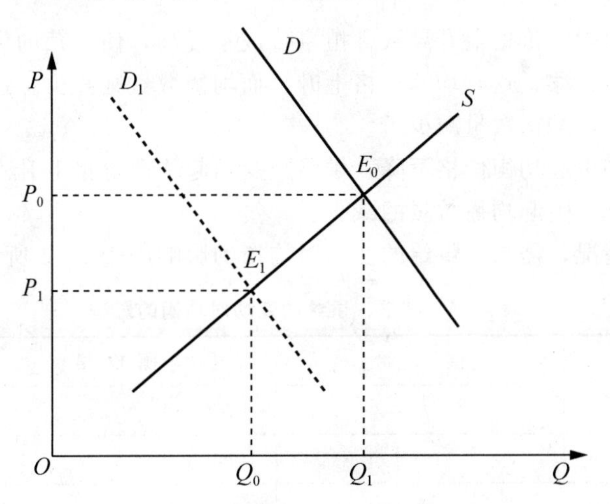

图 2－9 需求减少对市场均衡的影响

所以，当供给不变的情况下，需求增加引起均衡价格上升，需求减少引起均衡价格下降。需求增加引起均衡数量增加，需求减少引起均衡数量减少。

（二）需求不变，供给变动对均衡价格的影响

供给变化是指价格不变的情况下，影响供给的其他因素变动所引起的变动。这种变动在图形上表现为供给曲线的平行移动。供给变动分为供给增加和供给减少两种情况。

1. 供给增加的情况

假设发明出一种杂交草莓，它能把草莓长的像苹果那么大。这项发明将如何影响草莓所在的水果市场呢？如图 2-10 所示，由于新发明使草莓的生产能力大大提高，无疑将增加草莓的供给，所以供给曲线 S 右移到 S_1，原来的均衡点 E_0 就移到了新均衡点 E_1 上，这时均衡价格下降（$P_1<P_0$），均衡数量增加（$Q_1>Q_0$）。这表明由于供给的增加，均衡价格下降了，均衡数量增加了。

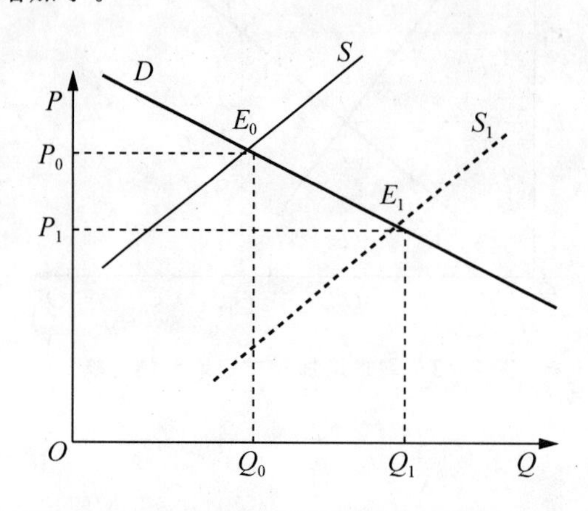

图 2-10　供给变动对市场均衡的影响

2. 供给减少的情况

假设草莓生产要素的价格上升导致种植草莓成本提高，使草莓的供给减少，进而使得草莓的供给曲线向左平移，这时均衡价格上升，而均衡数量则减少。这表明由于供给的减少，均衡价格上升了，均衡数量减少了。

所以，供给增加引起均衡价格下降，供给减少引起均衡价格上升。供给增加引起均衡数量的增加，供给减少引起均衡数量的减少。

综合以上两种情况，需求、供给的变动对均衡的影响如表 2-4 所示。

表 2-4　需求、供给的变动对均衡的影响

需　求	供　给	均衡价格	均衡数量
↑	—	↑	↑
↓	—	↓	↓
—	↑	↓	↑
—	↓	↑	↓

注：↑和↓分别表示增加和减少；—表示不变。

课堂讨论

需求与供给同时变动对均衡价格影响

（一）资料

需求、供给变动对均衡的影响还有第三种情况，即供求同时变动对均衡价格的影响。这里又具体分为四种情况：

（1）供给增加，需求增加；

（2）供给增加，需求减少；

（3）供给减少，需求减少；

（4）供给减少，需求增加。

（二）讨论

假设科学研究多吃草莓使人体内的营养更加均衡的证明和能使草莓大得像苹果的杂交草莓发明同时发生，那将对草莓所在的水果市场的均衡产生何种影响呢？请同学们画图，说明上述情况的发生会引起均衡价格如何变动？

笔记：

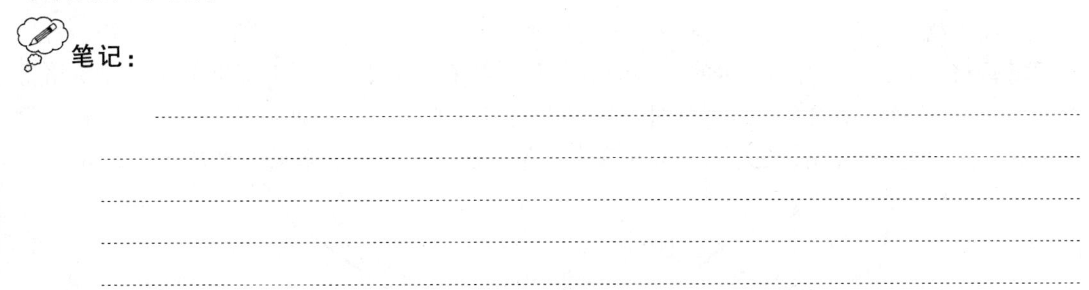

（三）供求规律

从以上关于需求与供给变动对均衡价格的影响的分析可以得出以下结论。

（1）需求的增加引起均衡价格上升，需求的减少引起均衡价格下降。

（2）需求的增加引起均衡数量增加，需求的减少引起均衡数量减少。

（3）供给的增加引起均衡价格下降，供给的减少引起均衡价格上升。

（4）供给的增加引起均衡数量增加，供给的减少引起均衡数量减少。

也就是说，均衡价格和均衡数量与需求呈同方向变动的关系；均衡价格与供给呈反方向变动的关系，而均衡数量与供给呈同方向变动的关系。

这就是经济学中的供求规律。供求规律是我们分析经济现象的重要工具。这个工具看起来简单，但却能说明许多问题。

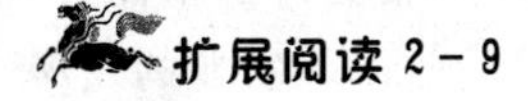

扩展阅读 2-9

分析需求变动与供给变动的步骤

在分析某个事件如何影响一个市场时，一般按以下三个步骤来进行：首先，确定该事件是使供给曲线移动，或需求曲线移动，还是在一些情况下，使两种曲线都移动；其次，确定曲线是向右移动，还是向左移动；最后，用供求图来考察这种移动如何影响均衡价格和数量。

请同学根据供求规律分析的三个步骤来讨论以下事件对均衡价格、均衡数量的影响以及它们涉及的是“需求变动”还是“需求量变动”：

1. 天气炎热对西瓜市场的影响；

2. 洪水使种植的西瓜全部受灾，及其对市场的影响；

3. 天气炎热和洪水同时发生对西瓜市场的影响。

笔记：

四、均衡价格的应用

（一）支持价格

支持价格是指政府为了支持某一行业或某种商品的生产而专门制定的一种高于均衡价格的最低价格。图 2－11 所示草莓的均衡价格为 E_0，政府为支持草莓生产而规定的支持价格为 P_1，高于 P_0。这样果农在出售草莓时，可以得到较多的收入，然而，由于有支持价格，就有 Q_AQ_B 数量的草莓过剩，这部分过剩的草莓必须由政府按 P_1 价格收购、增加库存或出口。

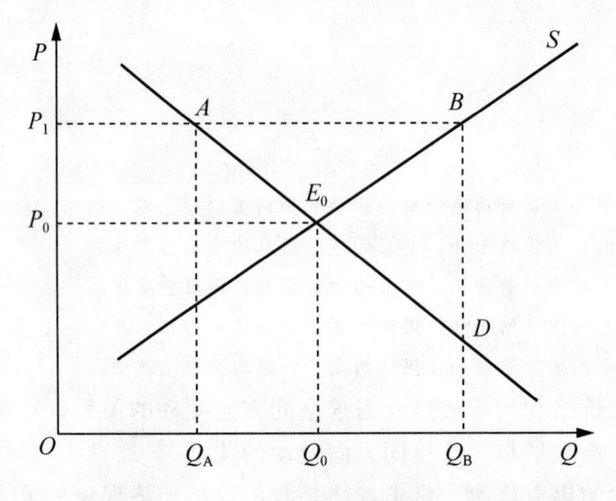

图 2－11　支持价格

许多国家实行的农产品支持价格和最低工资都属于支持价格。就农产品支持价格而言，由于其周期性的生产特点，如果发生自然灾害、经济危机等，那么农民的收入、农业的发展很容易受到影响。长期以来美国等发达国家对农产品实行支持价格，使他们的农产品在国际市场上非常有竞争力。我国现在对农业实行的"保护价敞开收购"实际也是一种支持价格。

从长期来看，支持价格确实有利于农业的发展。如稳定了农业生产，缓解了自然灾害、经济危机对农业的冲击；通过对不同农产品的不同支持价格，使之农业更好地适应市场需求的变动。但这也会出现农产品过剩，不利于市场调节下的农业结构调整，而且过剩的农产品要由政府收购，这会使财政支持增加，导致政府背上沉重包袱。

扩展阅读 2-10

我国的粮食最低收购价政策

粮食最低收购价政策是为保护农民利益、保障粮食市场供应实施的粮食价格调控政策。一般情况下，粮食收购价格由市场供求决定，国家在充分发挥市场机制作用的基础上实行宏观调控，必要时由国务院决定对短缺的重点粮食品种，在粮食主产区实行最低收购价格。当市场粮价低于国家确定的最低收购价时，国家委托符合一定资质条件的粮食企业，按国家确定的最低收购价收购农民的粮食。

从2004年开始，我国粮食产量连年丰收，2004年到2006年，三年内中国粮食累计增产1 335亿斤，粮食价格已经面临着较大的下行压力，如何调控粮食市场价格，继续稳定粮食生产，避免重蹈谷贱伤农的老路，成为决策者面临的主要问题。从我国粮食波动发展的历史看，经常出现这样的情况，在连续丰收之后必然伴随着连续的减产，其原因除了一些不可控因素之外，最重要的就在于“谷贱伤农”情况的发生，连续的丰收导致了粮食的相对过剩，使得卖粮难的现象一再发生，极大地抑制了农民种粮的积极性，从而导致丰年歉年有序循环的规律。国家决定执行最低收购价政策预案，正是为了预防历史重演而采取的一项重要措施。同时，随着我国工业化进程的加快，“三农”问题越来越成为制约我国经济发展的主要因素，而粮食增产，农民增收是“三农”问题的关键一环，工业反哺农业已提到实施的层面。为此，从2004年以来，国家采取了一系列对粮食的宏观调控措施，涉及农田和耕地、粮食生产、市场价格、进出口和库存等多个方面，如通过控制保护农田和耕地，确保粮食生产和粮食安全的基础条件；通过实行“三补贴”政策，鼓励粮食生产、调动农民种粮积极性；而通过实施最低收购价政策来稳定粮食生产、引导市场粮价和增加农民收入是众多宏观调控措施中的重要一项，它与其他宏观调控政策一样，是为解决“工农”问题，实施工业反哺农业而采取的重要手段。因而，具有较现实的意义。

（资料来源：贺伟，宏观经济研究，2010年10期）

（二）限制价格

限制价格是政府为限制某些生活必需品的价格上涨，而对这些产品所规定的最高价格。限制价格一般低于均衡价格，是政府为保护消费者利益而制定的最高限价。如图2-12所示，煤气的均衡价格为E_0，这个价格对于穷人来说太高，无力购买，政府为了使穷人能买得起而规定的限制价格为P_1低于P_0。这样，穷人在购买煤气时可以少付钱，保证穷人的基本生活必需品。但是由于限制价格，就有Q_AQ_B数量的煤气短缺，政府为了保证供应，就得实行凭票定量供应的办法。

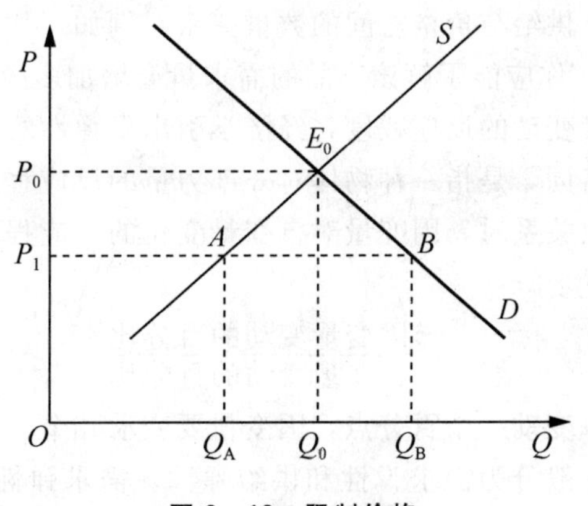

图2-12 限制价格

限制价格政策一般是在通货膨胀较严重、战争或自然灾害等特殊时期应急使用。例如，我国在计划经济时期，很多生活必需品都实现限制价格，小到柴米油盐大到住房都有补贴。限制价格有利于社会平等的实现，有利于社会的安定。但这种政策不利于刺激生产，从而使产品长期存在短缺现象；同时由于价格低，不利于抑制需求，从而会在资源缺乏的同时又造成严重的浪费，使本来就短缺的商品更加短缺。因此，限制价格一般是在特殊情况下才采用。

扩展阅读 2-11

发改委要求食用油企业再限价两个月

由于受通货膨胀的影响，我国食品行业物价上涨过快。为遏制物价上涨过快的势头，我国政府部门做了许多工作。继方便面、日化产品、白酒等消费品企业后，食用油企业也传出被“招呼”暂缓提价的消息。

2011年4月11日，丰益国际发言人Au Kah Soon称，中国政府已经要求其位于中国的子公司益海嘉里推迟两个月涨价。益海嘉里在中国主要销售“金龙鱼”品牌食用油等产品。

这已经是益海嘉里第二次被要求不得涨价。2010年11月底，国家发改委就曾约谈了中粮集团、益海嘉里、中纺集团和九三粮油集团四家大型食用油生产企业，要求企业在4个月内不得上调小包装食用油价格。

作为当时被约谈的另一家企业中粮，对此消息也不否认。“我们目前还没有得到（政府关于限价）正式的通知，但已经听说了。”中粮食品有限公司营销总监宋含聪对记者表示。

与此同时，记者也从多方证实，近期内，政府还将启动第二轮针对这几家被限价企业的定向补贴，以期在一定程度上减轻企业成本倒挂的压力。

宋含聪告诉记者，目前企业压力很大，但相信政府会有相关补贴考虑，让企业能基本维持正常经营。按照益海嘉里的说法，政府此次对企业暂缓提价的时间要求是两个月。

（资料来源：中国粮油信息网，2011年4月14日）

第四节　需求弹性及其应用

以上我们从定性的角度分析了商品的需求和供给与价格之间的变动关系。但在现实中，我们还要关注需求、供给与价格之间的数量关系。例如，你经营一家企业，当你决定将某种产品降价20%时，你应能了解该产品的需求量会增加多少？为了考察需求和供给在多大程度上对其影响因素变动的反应程度，经济学引出了弹性的概念。

弹性原本是物理学名词，是指一种物体对外部力量的反应程度。在经济学中，弹性是指经济变量之间存在函数关系时，因变量对自变量变化的反应程度。弹性的大小可用弹性系数E来表示。其公式为：

$$E=\frac{\text{因变量变动的百分比}}{\text{自变量变动的百分比}}$$

其含义是：自变量每变动一个百分点，因变量要变动几个百分点。

弹性有很多种类，一般分为需求弹性和供给弹性。需求弹性又可分为需求价格弹性、需求交叉弹性、需求收入弹性。本节重点介绍需求价格弹性。在本章的附录中简单介绍了需求收入弹性、供给价格弹性及需求交叉弹性。

一、需求价格弹性

1. 需求价格弹性的含义与计算公式

需求价格弹性是指商品价格变动所引起的需求量变动的比率，它反映了商品需求量变动对其价格变动反应的敏感程度。它的大小可用弹性系数来表示，需求价格弹性系数（E_d）等于需求量变动的百分比与价格变动的百分的比值，即：

$$E_d=\frac{\text{需求量变动百分比}}{\text{价格变动百分比}}=\frac{\frac{\Delta Q}{Q}}{\frac{\Delta P}{P}}=\frac{\frac{Q_2-Q_1}{Q_1}}{\frac{P_2-P_1}{P_1}}$$

式中，E_d为需求价格弹性系数；ΔQ 为需求变动量；Q 为需求量；ΔP 为价格变动量；P 为价格。

假定草莓的价格从 16 元下降到 8 元，相应地需求量从 10 个单位增加到 30 个单位，这时需求价格弹性系数为：

$$E_d\ \frac{\frac{\Delta Q}{Q}}{\frac{\Delta P}{P}}=\frac{\frac{30-10}{10}}{\frac{8-16}{16}}=-4$$

E_d为负值表示价格与需求量呈反方向变动。在现实中，为方便起见，一般将负号省略，取其绝对值。这里，E_d 的绝对值为 4，其含义是价格每下降 1%，会引起需求量上升级 4%，或是价格每上升 1%，会引起需求量下降 4%。

2. 需求收入弹性的分类

不同商品的需求弹性是有差异的。如生活必需品的需求通常对价格的变动的反应程度微小，而奢侈品对价格的变动则很敏感。根据需求价格弹性的大小，可将其分为五类，每类商品需求量随价格变动的反应情况如表 2-5 所示。

表 2-5　不同商品需求价格弹性分类表

需求弹性类型	含　义	实　例	数　值	图　形
富有弹性	需求量变化幅度大于价格变化的幅度	汽车、旅游、珠宝、专业服务	$E_d>1$	P D O Q
缺乏弹性	需求量变化幅度小于价格变化的幅度	食物、衣服、农产品、住房、饮料、保险	$E_d<1$	P D O Q
单位弹性	需求量变化幅度等于价格变化的幅度	报纸、住房、公共教育	$E_d=1$	P D O Q

续表

需求弹性类型	含　义	实　例	数　值	图　形
完全无弹性	无论价格如何变化，需求量都不变	棺材、胰岛素	$E_d=0$	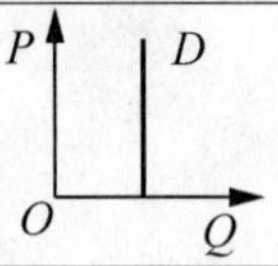
完全有弹性	当价格为既定时，需求量无限	货币、邮电通信、黄金	$E_d\to\infty$	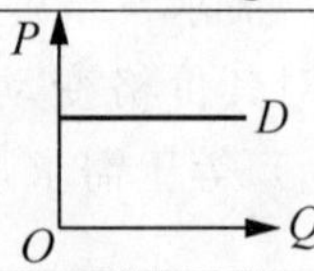

(1) 需求富有弹性

需求富有弹性的商品，$E_d>1$。需求曲线是一条比较平坦的线，表示需求量变化幅度大于价格变化幅度，如价格变动10%，引起需求量变动30%。例如手机话费，几乎所有运营商的都采用非常接近的价格标准。因为假如其中一家商家提价，它的客户就转入其他话费相对便宜的运营商。还有空调、汽车、珠宝、奢侈品等高档生活用品，国外旅游和专业服务等也属于需求富有弹性的商品。

(2) 需求缺乏弹性

需求缺乏弹性的商品，$E_d<1$。需求曲线是一条比较陡峭的线，表示需求量变化幅度小于价格变化幅度，例如，石油输出国组织（OPEC）1960年成立以来限制石油供应，导致1973—1974年间石油价格上涨了4倍。由于石油需求弹性很小，涨价导致消费者支出增加，生产者收入增加。还有米、面粉、食盐、蔬菜等生活必需品也属于需求缺乏弹性的商品。

(3) 需求单位弹性

需求单位弹性的商品，$E_d=1$。需求曲线是一条正双曲线，表示需求量变化幅度等于价格变化幅度，如价格变动10%，引起需求量变动10%。例如报纸、住房、公共教育都属于需求单位弹性的商品。

(4) 需求完全无弹性

需求完全无弹性的商品，$E_d=0$。需求曲线是一条与横轴垂直的线，表示无论价格如何变动，需求量都不改变。例如，一些特殊的药品胰岛素，对于一些糖尿病患者至关重要，无论价格如何上升或下降，他们都不会改变购买量。对于特殊的战略物资需求和棺材、特效药以及人们对生老病死等服务的需求，都可近似地看做是完全无弹性的商品。

(5) 需求完全有弹性

需求完全有弹性的商品，$E_d\to\infty$。需求曲线是一条与横轴平行的线，表示价格既定时，需求量是无限的，或者说对于价格的微小变动，需求量出现了无限大的反应。例如，两台相邻饮料机中的同种同质软饮料，在价格相同的情况下，都会拥有一批消费者，而当一台机器中的软饮料价格上涨时，即使量很小，人们也不会购买，而是购买另一机器的饮料。通常认为像邮电通信等价格透明的商品和劳务属于这种类型。

严格地说，需求单位弹性、需求完全无弹性和需求完全有弹性这三种类型都是理论上的假设，在现实生活中是非常罕见的。在现实生活中，绝大多数商品的需求弹性属于需求富有弹性和需求缺乏弹性这两种类型。

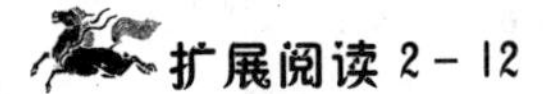
扩展阅读 2－12

“旧帽换新帽一律八折”

在市场上各商家之间“挥泪大甩卖”、“赔本跳楼价”的价格大战从未仔细考虑过究竟是为什么，只是觉得很开心，因为在可以节省大量金钱，前几天路过一家安全帽专卖店，看到它打出这样的广告——“旧帽换新帽一律八折”。店家的意思是，如果你买安全帽时交一顶旧安全帽的话，当场退二成的价格；如果直接买新帽，对不起只能按原定价格买。这一种促销方式让人觉得好奇，是不是店家加入了什么基金会或是店家和供帽厂家有什么协定，回收旧安全帽可以让店家回收一些成本，因此拿旧帽来才有二折的优惠呢？如果大家是这么想，那可就猜错了，大凡这种以旧换新的促销活动主要是针对不同消费者的需求弹性而采取的区别定价方法，即：给定一定的价格变动比例，购买者需求数量变动较大称为需求弹性较大，变动较小称为需求弹性较小。对需求弹性较小的购买者制定较高价格，对需求弹性较大的顾客收取较低价格。而这家安全帽专卖店的促销做法正是这个理论的实际应用，实际上，店家拿到你那顶脏旧的安全帽，并没有什么好处，常常是在你走后往垃圾筒一丢了事。既然没好处，店家为何还要多此一举呢？答案是——店家以顾客是否拿旧安全帽，来区别顾客的需求弹性。简单地说，没拿旧安全帽来的顾客说明他没有安全帽，由于法令规定：驾驶摩托车必须要戴安全帽，故而无论价格的高低，购买摩托车的人一定要买顶安全帽，因此这种顾客的需求曲线较陡，弹性较小。相对地，拿旧安全帽来抵二折价款的顾客表明他本来就有一顶安全帽，如果安全帽的价格便宜他有以旧换新的需求，而如果价格太贵他也可以以后再买，因为已有了一顶安全帽，对该商品的需求没有迫切性。因此，这类的顾客需求曲线较平坦，弹性较大。

综上所述不难看出，该安全帽专卖店采用这种“旧帽换新帽一律八折”的促销活动，针对不同消费者的需求定价的方法，不仅不会使其减少营业收入，反而会吸引那些本不想购买新帽的消费者前来购买，增加了收益。因此，认真研究消费者心理，了解市场需求，针对本行业的特点，制定出适合自己的价格策略，一定会给单位、公司带来丰厚的利润。

（资料来源：刘华，经济学案例教程，2007）

二、影响需求价格弹性的因素

商品的需求价格弹性存在着差异，特别是在消费品商品的需求价格弹性方面，如表 2－6 所示，人们做了大量的研究工作。

表 2－6　若干商品测算的需求价格弹性

商　　品	价格弹性
居民用电	0.13
客车旅行	0.20
医疗保险	0.31
香烟	0.51
鞋	0.70
电影	0.87
家具	1.0
出租车服务	1.2
青豆	2.8
西红柿	4.6

不同商品的需求价格弹性不同，影响需求价格弹性大小的主要因素有以下几种。

1. 消费者对某种商品的需求程度

一般而言，消费者对生活必需品的需求强度大，受价格的影响较小，因而需求弹性小。而且越是生活必需的，其需求弹性越小。例如，食物、日用家电、医疗服务、学生教材等是生活必需品的需求价格弹性就小。

而消费者对奢侈品的需求强度小，受价格变化的影响较大，因而需求弹性大。例如，出国度假旅行、新款高档轿车、贵重首饰、豪宅、游艇等奢侈品，基本上属于锦上添花的商品，因此，其需求价格弹性较大。

2. 商品的可替代程度

一般而言，某种商品的可替代品越多，可替代程度越高，需求价格弹性则越大；反之需求价格弹性则越小。因为商品价格上升时，消费者会购买其替代品，而价格下降时，消费者会多购买该商品而取代其替代品。例如，在水果市场，由于相近的替代品较多，草莓的需求弹性就比较大；因为食盐没有很好的替代品，食盐价格的变化所引起的需求量的变化几乎为零，所以食盐的需求价格弹性是很小的。

3. 商品在家庭支出中所占的比例

如果商品消费支出占消费者收入的比重小，商品价格变动对需求的影响就小，需求价格弹性就小，如毛巾、香皂、牙膏之类的商品；而消费支出占消费者收入比重大的商品，住房、空调、珠宝之类的商品，价格变动对需求的影响大，其需求弹性也大。

三、需求价格弹性的应用

需求价格弹性的一个重要应用是它有助于解释商品价格上涨或下跌对总收入的影响。

分析需求价格弹性，不仅使消费者了解需求量与价格变化的规律性，而且使企业可以运用这些规律来确定商品的销售价格、销售策略，从而促进经济的发展。运用需求价格弹性我们可以把商品简单地分为宜“薄利多销”商品与宜“提价销售”商品两种。

为了方便分析，需要了解一下总收益的概念。

总收益指企业出售一定量产品所得到的全部收入，也就是商品销售量与其价格的乘积。其公式为：

$$TR=P\times Q$$

式中，TR 代表总收益；Q 代表与需求量相一致的销售量。

假设需求量就是销售量，不同的商品，其需求弹性不同，价格变动引起的销售量（需求量）的变动不同，从而总收益的变动也就不同。

1. 宜“薄利多销”商品

这种商品是富有弹性的，可以通过降价实现总收入增加。

例 1 假定某品牌 MP3 的需求富有弹性，且 $E_d=2$，每台 MP3 的价格为 500 元，销售量为 100 台，这时总收益：

$$TR_1 = 500 \times 100 = 50\ 000 \text{ 元}$$

例 2　若每台 MP3 的价格下降幅度为 10%。请问总收益会如何变化？

分析：如果每台 MP3 的价格下降幅度为 10%，则其价格从 500 元下降到 450 元，由于 $E_d = 2$，将已知条件带入到弹性 E_d 的计算公式，可得销售量增加到 120 台。

这时总收益：

$$TR_2 = 450 \times 120 = 54\ 000 \text{ 元}$$

两者比较，$TR_2 - TR_1 = 4000$ 元，虽然后者每台 MP3 的价格下降了，但总收益却增加了 4000 元。

例 3　如果例 1 中 MP3 的价格提高 10%，那么 MP3 的总收益会如何变化？

分析：$E_d = 2$，MP3 的价格上升 10%，则其销售量会减少 20%。

这时总收益是：

$$TR_3 = 550 \times 80 = 44\ 000 \text{ 元}$$

两者比较，$TR_3 - TR_1 = -6000$ 元。虽然后者每台 MP3 的价格提高了，但由于需求富有弹性，导致需求量减少，以至于需求量减少的比例大于价格上升的比例，使总收益减少了 6000 元。

通过上述分析，可得出这样一个结论：需求富有弹性的商品，它的价格与总收益呈反方向变动。价格上升，导致商品需求量减少，价格上升的比率小于需求量减少的比率，总收益减少；价格下降，导致商品需求量增加，商品需求量增加的比率大于价格下降的比率，总收益增加。这就是人们所说的，对于需求富有弹性的商品可以实行“薄利多销”的原因所在。对于这类商品，企业应该适当降价，扩大销售量来增加总收入。

2. 宜“提价销售”商品

这种商品是缺乏弹性的，可以通过提价实现总收入增加。

例 1　假定面粉的需求弹性为 $E_d = 0.5$，每千克面粉的价格为 2.00 元，销售量为 100 千克，这时总收益是：

$$TR_1 = 2.00 \times 100 = 200 \text{ 元}$$

例 2　如果面粉的价格下降 10%，总收益会如何变化？

分析：由于 $E_d = 0.5$，面粉价格下降 10%，销售量则上升 5%。

这时总收益：

$$TR_2 = 1.80 \times 105 = 189 \text{ 元}$$

两者比较，$TR_2 - TR_1 = -11$ 元。虽然后者每千克面粉的价格下降了，但总收益并未增加，反而减少了 11.00 元。

例 3　在例 1 中，若每千克面粉的价格上升 10%，那么面粉的总收益又会如何变化？

分析：由于 $E_d = 0.5$，面粉价格上升 10%，销售量则下降 5%；

这时总收益：

$$TR_3 = 2.20 \times 95 = 209 \text{ 元}$$

两相比较，$TR_3 - TR_1 = 9$ 元。虽然后者每千克面粉的价格上升了，但总收益并未减少，反而增加了 9.00 元。

通过上述分析，可得出这样一个结论：需求缺乏弹性的商品，其价格与总收益呈同方向变动。价格下降，导致需求量增加，但需求量增加的比率小于价格下降的比率，总收益减少；价格上升，导致需求量减少，需求量减少的比率小于价格上升的比率，总收益增加。

这种商品是缺乏弹性的，可以通过提价实现总收入增加。它可以说明“谷贱伤农”，因为谷是生活必需品，缺乏弹性，丰收后造成谷价下跌，但销售量上升不多，从而总收入减少，影响农民再生产的积极性。政府应对农产品实行支持价格来提高农民收入，进而保护农民的生产积极性。

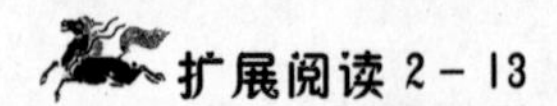
扩展阅读 2-13

牛奶为什么倒入下水道

2009 年 9 月 18 日，法国各地奶农展开“白色日”行动，共倾倒了约 420 万升的牛奶。法国和德国奶农 19 日又聚集在连接德国基尔与法国斯特拉斯堡的“两岸桥”上，向莱茵河中倾倒了大量牛奶，以此来抗议牛奶价格过低。欧洲各国爆发的倒奶行动此起彼伏。

9 月 21 日，欧洲多国奶农再次采取统一行动，继续向田地里倾倒大量鲜奶，并呼吁欧盟成立统一监管机构以调节牛奶市场的供需关系。

来自比利时、法国、德国、奥地利、荷兰、意大利等欧盟国家的奶农们 21 日 14 时将 400 万升鲜牛奶倾倒在田地里。

由于受金融危机以及欧盟牛奶生产配额的双重影响，目前欧洲的鲜奶售价只有从前的一半。连日来欧洲各国奶农的抗议活动越演越烈，已经有上千万升的鲜奶被倾倒。

这使人联想起 20 世纪 30 年代美国经济萧条时的一幕：美国的农场主把牛奶倒进密西西比河，使这条河变成“银河”。

（资料来源：刘华，《经济学案例教程》，2007）

思考：

奶农为何不把牛奶进行降价促销，或送给穷人，而要把牛奶倒掉？

笔记：

要点回顾

1. 需求是指消费者在某一特定时期内，在每一价格水平上愿意而且能够购买的某种商品的数量。简单地说，需求就是有支付能力的购买欲望（需要）。

2. 需求规律是说明商品自身价格与其需求量之间关系的理论，其基本内容是：在其他条件不变的情况下，一种商品的需求量与其自身价格之间存在着反方向变动的关系，即需求量随着商品自身价格的上升而减少，随商品自身价格的下降而增加。

3. 供给是指生产者（厂商）在某一特定时期内，在每一价格水平时愿意而且能够供应的某种商品量。

4. 供给规律是说明商品本身价格与其供给量之间关系的理论。其基本内容是：在其他条件不变的情况下，一种商品的供给量与价格之间呈同方向变动，即供给量随着商品本身价格的上升而增加，随商品本身价格的下降而减少。

5. 均衡价格是指一种商品需求量与供给量相等时的价格。这时该商品的需求价格与供给价格相等称为均衡价格，该商品的需求量与供给量相等称为均衡数量。

6. 供求定理是我们运用供求关系分析经济现象的重要工具。这个工具看起来简单，但却能说明许多问题。

7. 市场经济就是一种用价格机制来决定资源配置的经济体制。价格机制又称市场机制，是指价格调节社会经济生活的方式与规律。

8. 支持价格是指政府为了支持某一行业的生产而规定一个高于均衡价格的最低价格。

9. 限制价格是政府为限制某些生活必需品的价格上涨，而对这些产品所规定的最高价格。

10. 需求价格弹性是指商品价格变动所引起的需求量变动的比率，它反映了商品需求量变动对其价格变动反应的敏感程度。

学以致用

一、选择题

1. 需求是指消费者（　　）。

A. 在每一价格水平上愿意而且能够购买的某种商品量

B. 在市场上能够购买的商品量

C. 实现最大程度满足所需要购买的商品量

D. 在一定价格水平上愿意出售的商品量

2. 经济学上的需求是指人们的（　　）。

A. 购买欲望　　B. 购买能力

C. 购买欲望和购买能力的统一　　D. 根据其购买欲望所决定的购买量

3. 需求曲线是表示（　　）。

A. 需求量与供给之间关系的曲线

B. 需求量与货币之间关系的曲线

C. 需求量与价格之间关系的曲线

D. 需求量与收入之间关系的曲线

4. 在其他条件不变的情况下，当DVD的价格上升时，对碟片的需求将（　　）。

A. 减少　　B. 不变　　C. 增加　　D. 难以确定

5. 假定咖啡与茶叶互为替代品，在其他条件不变的情况下，当咖啡的价格急剧升高时，对茶叶的需求（　　）。

A. 减少　　B. 不变　　C. 增加　　D. 没有影响

6. 消费者预期某种物品的价格将来会上升，则对该物品当前的需求（　　）。

A. 减少　　B. 增加　　C. 不变　　D. 难以确定

7. 需求规律意味着，在其他条件不变的情况下（　　）。

A. 随着汽车价格上升，汽车需求量将增加

B. 随着汽车价格上升，汽车需求量将减少

C. 随着汽车价格上升，汽车需求量仍保持不变

D. 随着汽车价格上升，汽车的需求量可能增加，可能减少，也可能不变

8. 在其他条件不变的情况下，牛奶价格下降将导致牛奶的（　　）。

A. 需求增加　　B. 需求减少　　C. 需求量减少　　D. 需求量增加

9. 需求曲线向右下方倾斜，表示当一种商品价格时，需求量（　　）。

A. 上升，增加　　B. 下降，减少

C. 上升，不变　　D. 上升，减少

10. 需求价格弹性是指（　　）。

A. 一种商品的需求量变动对另一种商品价格变动的反应程度

B. 需求量变动对价格变动的反应程度

C. 价格变动对需求变动的反应程度

D. 需求量变动对收入变动的反应程度

11. 某种商品的价格变动10%，需求量变动20%，则它的弹性系数为（　　）。

A. 10%　　B. 30%　　C. 50%　　D. 2

12. 如果一种商品的价格变化5%，需求量因此变动2%，那么该商品的需求（　　）。

A. 富有弹性　　B. 缺乏弹性　　C. 完全有弹性　　D. 完全无弹性

13. 如果一种商品的需求缺乏弹性，商品价格上升5%，将导致（　　）。

A. 需求量的增加超过5%　　B. 需求量的增加小于5%

C. 需求量的减少超过5%　　D. 需求量的减少小于5%

14. 若某商品的需求量下降的百分比大于该商品价格上升百分比时，则需求价格弹性（　　）。

A. 大于1　　B. 小于1大于0　　C. 等于1　　D. 等于0

15. 下列商品的需求价格弹性最小的是（　　）。

A. 小汽车　　B. 时装　　C. 食盐　　D. 化妆品

16. 下列商品的需求价格弹性最大的是（　　）。

A. 面粉　　B. 大白菜　　C. 高档化妆品　　D. 报纸杂志

二、思考题

1. 旅游业的发展可以带动旅馆、餐饮、交通、娱乐等行业的相应发展，为什么？

笔记：

2. 天气炎热、收入增加和价格下降可使冰箱的销量增加。从经济学角度看，这三种造成销售量增加的因素有什么不同？

笔记：

3. 简要说明需求价格弹性有哪些类型？影响需求弹性的因素有哪些？

笔记：

4. 为什么化妆品可以薄利多销而药品却不行？

笔记：

5. 如何判断一种商品是需求富有弹性，还是需求缺乏弹性？

笔记：

三、计算题

某产品的市场需求和供给曲线分别为：$Q_d=200-2P$，$Q_s=40+2P$，如果政府将该产品的价格定为 5 元，则此时该商品在市场上是供不应求还是供大于求，该产品的均衡价格和均衡数量应该是多少？

笔记：

四、案例分析题

第 1 题

（一）资料

为何沿海地区会出现用工荒？

2009 年年初，受全球金融危机影响，东部沿海地区经济发展减速，大量农民工失岗返乡。春节后，各地大量外出打工农民因找不到工作心急如焚。2010 年，情况发生了令人意想不到的变化，由于经济迅速回暖，沿海地区和内地同时出现严重的缺工现象。

以深圳为例，随着经济的企稳回升，深圳的用工需求回到金融危机前的水平。其中深圳的制造业需要大量普工，月工资基本在 1700～1800 元（含加班费），且企业都放宽了用人标准，45 岁以下的农民工也能在深圳找到工作。为招到人，现在深圳有些企业变相地、悄悄地增加了工资。普工招工标准，也放宽了许多，以前都要招 25 岁以下，初中以上文化的女性。现在，制造业基本上对学历没有要求，性别没有了限制，年龄放宽到了 45 岁以下。

针对日益严重的用工荒情况，深圳市人力资源和社会保障局有关人士明确表示，2010 年深圳将上调最低工资标准。

此外，广东的广州、东莞、中山等其他珠三角城市，长三角地区甚至内地一些城市都出现了类似招工难的情况。

（资料来源：新华网，2010 年 2 月 21 日）

（二）要求

1. 从需求与供给的角度分析为何会出现招工难的现象？
2. 上网查询相关资料，分析沿海地区企业要从根本上解决招工难的问题，应做哪些努力？

笔记：

第 2 题

（一）资料

珠海市委组织采摘爱心橘活动，值得推广吗？

2008 年年底，珠海等地由于橘类产品生产过剩，致使成千上万吨成熟的橘子找不到销路，橘子有可能将要烂在地里。

为了帮助果农渡过难关，2009 年 1 月 11 日，共青团珠海市委员会联合珠海电台共同举办了“青春有约一用爱点亮小橘灯”活动。自发布活动预告以来，短短两三天时间，就有大批市民踊跃报名参加。各市直机关团委也纷纷组织人员汇入爱心队伍。另外，江门等地的网友看见活动预告后也自驾车赶到珠海参加活动。据统计，共有近 600 人参与了活动，现场车辆 60 多台，活动一共采摘了约 1 万斤橘子。

2009 年 1 月 17 日，珠海市委再次组织了“青春暖流奉献爱心”摘橘子迎新年活动，一批市民在当天就采购橘子万余斤。这两次活动受到了市民的热烈欢迎和广泛好评，引起了社会的强烈反响。

（二）要求

1. “爱心橘”活动是否符合价格机制？

2. 如何用经济学的观点来解释“挂满枝头的果实有多沉，农民的心头就有多沉！”

笔记：

附录

一、需求收入弹性

（一）需求收入弹性的含义

对许多产品来说，消费者的收入是决定需求的一个重要因素。任何给定物品的需求不仅受该物品价格的影响，而且受购买者收入的影响。需求收入弹性是指消费者的收入变化的比率所引起的需求量变动的比率，即：

$$\text{需求的收入弹性系统}（E_{\mathrm{m}}）=\frac{\text{需求量变动的百分比}}{\text{收入变动的百分比}}=\frac{\Delta Q/Q}{\Delta I/I}$$

式中，Q 代表需求量；ΔQ 代表需求量的变动量；I 代表收入；ΔI 代表收入的变动量。

需求收入弹性是用于衡量物品需求量对于收入的敏感程度的。

（二）需求收入弹性的分类

其大小用收入弹性系数来表示。这一弹性系数是需求量变动的百分比与收入变动的百分比的比率。收入弹性可分为以下三类。

(1) 收入弹性系数 $E<1$ 时，需求量的变动幅度大于收入的变动幅度。这类商品主要是高档商品和奢侈品，当人们的收入达到一定水平之后，对这类商品的需求就会明显增加。

(2) 收入弹性系数 $0<E<1$ 时，需求量的变动幅度小于收入的变动幅度，但需求与收入成正比例变化，即收入增加需求增加、收入减少需求减少。这类商品多属于生活必需品，当人们收入增加后，这一类商品会随之而增加。由于消费者所需有限，消费量增加的幅度会比收入增加的幅度少，收入增加幅度越大这种表现就越明显。

(3) 收入弹性系数 $E<0$ 时，即需求量和收入成反比例变化的商品，收入增加而该商品需求反而减

少，收入减少需求反而增加。这类商品多属于劣等品。

（三）影响需求收入弹性的主要因素

（1）该商品被“需要”的程度。在发达国家，人们收入增加，对昂贵商品的需求增加迅速，对基本商品如面包的需求仅有微小增长，这样汽车和到国外度假的收入弹性很高，而马铃薯和公共汽车旅行等商品或劳务需求的收入弹性很低，有时甚至会出现负数值。对于低档商品而言，随着收入的增加，商品的需求量降低，因而这些商品需求的收入弹性是负数值。

（2）商品对人们欲望的满足程度。消费一种商品，人们的欲望越快得到满足，当收入增加时需求增加的数量就越少。

（3）收入水平。穷人和富人在收入增加时做出的反应是不同的，同样的收入增加，穷人会买更多的黄油，富人仅会多买一点儿。

需求的收入弹性对于企业在考虑产品未来的市场大小时具有重要的意义。如果产品需求的收入弹性很高，国内收入增加时销售量可能迅速增加，但经济衰退时会有显著的下降。

（四）恩格尔定律——需求收入弹性的应用

恩格尔是19世纪德国统计学家，他在研究人们的消费结构变化时发现了一条规律，即一个家庭收入越少，这个家庭用来购买食物的支出所占的比例就越大，反过来也是一样。而这个家庭用以购买食物的支出与这个家庭的总收入之比，就叫做恩格尔系数。

$$\text{恩格尔系数}=\frac{\text{食品支出总额}}{\text{消费支出总额}}$$

对一个国家而言，这个国家越穷，其恩格尔系数就越高；反之，其恩格尔系数越小。目前，恩格尔系数是国际上通用的衡量居民生活水平高低的一项重要指标。

联合国粮农组织提出了一个划分贫困与富裕之间的标准：恩格尔系数在59％以上为贫困；50％～59％之间为小康；30％～40％之间为富裕；30％以下为特别富裕。

1998年美国农业部公布的调查数据，恩格尔系数：印度51％，墨西哥33.2％，以色列21.0％，日本17.8％，德国17.7％，法国15.2％，澳大利亚14.6％，英国11.5％，美国10.9％。

改革开放以来，随着居民生活水平的不断提高，恩格尔系数逐渐下降已为中国城镇居民消费构成变化资料所证实。20世纪80年代以前城市居民恩格尔系数一直在55％以上；1982－1993年间，尽管各年恩格尔系数有波动，但这10年间恩格尔系数一直在50％～55％之间；1994年以来后，恩格尔系数一直在50％以下。2008年，我国城镇居民恩格尔系数为37.9％，农村居民家庭为43.7％。恩格尔系数说明我国人民以吃饱为标志的温饱型生活，正在向以享受和发展为标志的小康型生活转变。它说明，我国城乡广大居民的生活质量正稳步提高！

二、供给价格弹性

（一）供给价格弹性的含义

供给价格弹性又称供给弹性，是指商品价格变动的比率所引起的供给量变动的比率，它代表的是一种商品的供给量对价格变动反应的灵敏程度。供给弹性的大小可以用供给弹性系数来表示，即：

$$\text{供给弹性系数}\ (E_s)=\frac{\text{供给量变动百分比}}{\text{价格变动百分比}}=\frac{\Delta Q/Q}{\Delta P/P}$$

式中，Q代表原供给量；ΔQ代表供给量的变动量；P代表商品原价格；ΔP代表价格变动量。

例如，某种商品价格上涨为10％，供给量增加为20％，则这种商品的供给弹性系数为2。由于供给量的变化与价格变化方向上是一致的，因此供给弹性均为正数。

（二）供给价格弹性的分类

如图2－13所示，纵轴P代表价格，横轴Q代表供应量，

（1）$E_s=\infty$，称为供给有无限弹性，也就是说只要价格有微小的上涨，如图2－13（a）中，价格从P_1上升到P_2，供给量将从零变为无穷大；反过来，如果价格有微小的下调，那么供给量也会将为零，此时的供给曲线往往是一条水平直线。

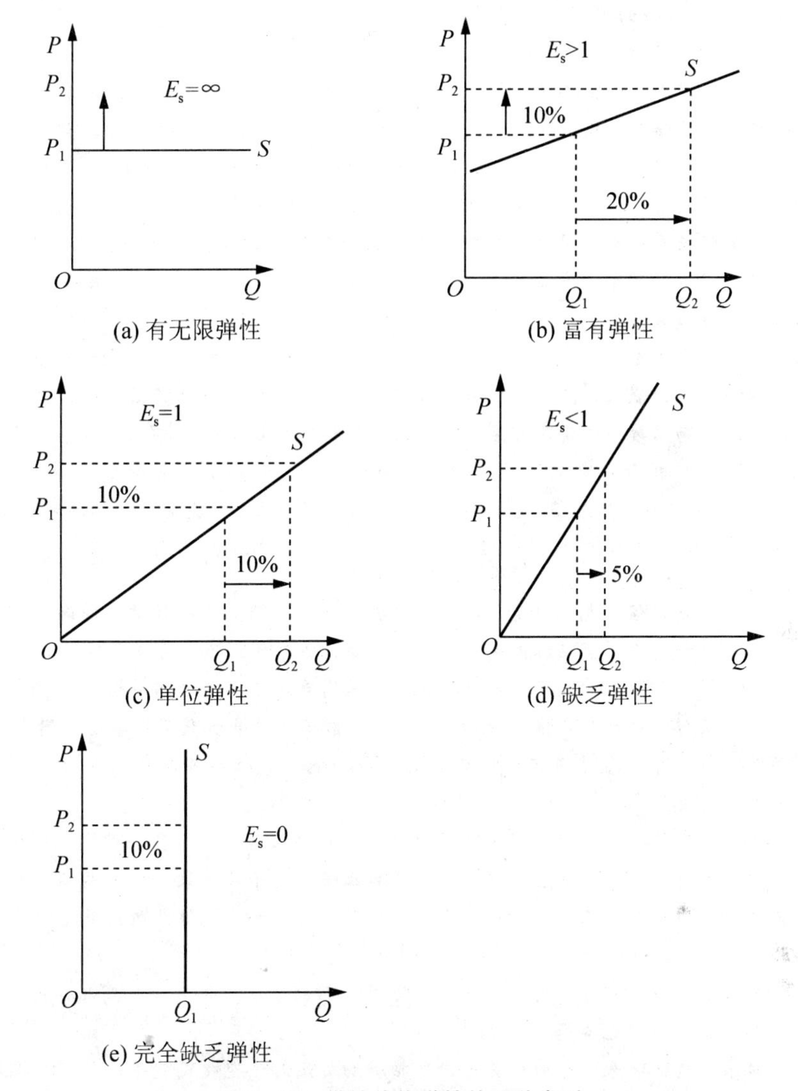

图 2-13　供给价格弹性的五种类型

（2）$E_s>1$，称为供给富有弹性，这说明供给量变动比例超过了价格变动比例，即价格每升高（或降低）1%，将会导致供给量升高（或降低）超过 1%。如图 2-13（b）中，价格从 P_1 上升到 P_2,价格上升了 10%，供给量将从 Q_1 上升到 Q_2 增长了 20%。

（3）$E_s=1$，称为供给单位弹性，即供给量与价格变动成同比例，也就是说，价格每升高（或降低 1%），将会导致供给量也正好升高（或降低）1%。如图 2-13（c）中，价格从 P_1 上升到 P_2,价格上升了 10%，供给量将从 Q_1 上升到 Q_2 也增长了 10%。

（4）$E_s<1$，称为供给缺乏弹性，即供给量变动比例小于价格变动比例，或者说，价格每升高（或降低）1%，将导致供给量升高（或降低）小于 1%。如图 2-13（d）中，价格从 P_1 上升到 P_2,价格上升了 10%，供给量将从 Q_1 上升到 Q_2 增长了 5%。

（5）$E_s=0$，称为供给完全缺乏弹性或零弹性，这说明无论价格升高或是降低，都不会改变供给量。此时供给曲线往往是一条垂直线。如图 2-13（e）中，价格从 P_1 上升到 P_2,价格上升了 10%，供给量将从 Q_1 减少为 0。

（三）影响供给价格弹性的因素

(1) 生产的难易程度。一般而言，在一定时期内，容易生产而且生产周期短的产品，当价格变动时其产量变动的速度快，因而供给价格弹性大；生产不易且生产周期长的产品，则供给价格弹性小。

(2) 生产要素的供给弹性。供给取决于生产的供给，因此，若生产要素的供给弹性大，则产品供给弹性也大。若生产要素的供给弹性小，则产品供给弹性也小。

(3) 生产所采用的技术类型。生产的技术类型主要可以分为资本密集型和劳动密集型两类，前者的供给弹性小，后者的供给弹性大。因为资本密集型产品供给的增加直接受生产设备、技术水平的制约，增加供给并不容易，而劳动密集型产品主要受劳动力投入多少的限制，增加产品供给较为容易。

三、需求交叉弹性

需求交叉弹性是用来衡量一种商品的需求量变动对另一种商品价格变动反应程度。在市场上，商品和商品之间可能存在着一定联系，汽油的价格上升不仅会直接影响到汽油的需求量，还可能影响到汽车的需求，这种关系在商场上屡见不鲜。可见，一种商品价格的变动可能会与另一种商品需求量的变动产生交叉影响。如果用 E_{XY} 表示需求交叉价格弹性，ΔQ_X 表示 X 商品需求量的变动量（即 $\Delta Q_X = Q_{X2} - Q_{X1}$），$\Delta P_Y$ 表示 Y 商品价格变动量（即 $\Delta P_Y = P_{Y2} - P_{Y1}$），那么需求的交叉价格弹性可以表示为：

$$E_{XY} = \frac{\text{X 商品的需求量变动率}}{\text{Y 商品的价格变动率}} = \frac{\Delta Qx/\Delta Qy}{\Delta Px/\Delta Py}$$

需求交叉弹性可以是正值，也可以是负值，它取决于商品之间关系的性质，即两种商品是替代关系还是互补关系。具有互补关系的商品称为互补品，具有替代关系的商品称为替代品。

(1) 互补商品之间：$E_{XY} < 0$。对于互补商品来说，一种商品需求量与另一种商品价格之间呈反方向变动，所以其需求交叉弹性系数为负值。例如，照相机和胶卷，录音机和磁带等之间是功能互补性商品，它们之间的需求交叉弹性系数就是负值。一般情况下，功能互补性越强的商品交叉弹性系数的绝对值越大。

(2) 替代商品之间：$E_{XY} > 0$。对于替代商品来说，一种商品需求量与另一种商品价格之间呈同方向变动，所以其需求交叉弹性系数为正值。例如，茶叶和咖啡，橘子和苹果等，这些商品之间的功能可以互相代替，其交叉弹性系数就是正值。一般来说，两种商品之间的功能替代性越强，需求交叉弹性系数的值就越大。

此外，若两种商品的交叉弹性系数为零，则说明 X 商品的需求量并不随 Y 商品的价格变动而发生变动，两种商品既不是替代品，也不是互补品。

以上关系之间表现为，替代品是竞争关系，需要密切关注对手变化制定策略；互补品是战略同盟关系，相关利益群体要统筹定价，追求共赢下的利益最大；而互相独立商品间则基本没有关系，或关系非常微小，企业间可单独订立策略方案。普通行业间的需求交叉价格弹性一般都比较固定，如运输与娱乐业需求交叉价格弹性为－0.05；食品与娱乐业为 0.15；衣着与食品需求交叉价格弹性为－0.18。

第三章
消费者如何决策

【知识目标】

- 了解效用的概念
- 理解总效用、边际效用的概念及其相互关系
- 掌握边际效用递减规律

【技能目标】

- 懂得运用边际效用递减规律来分析现实中的一些经济现象

案例导入

娜娜的购衣心得

春节前，在整理我的衣橱时突然发现：有20多件衣服从没穿过。当初买这些衣服时都是因为商场搞“大减价”促销，我图“便宜”就买下来了，但是买了之后就把它藏进了衣橱，久而久之也没穿了。这些衣服既占用了我衣橱的宝贵空间，也浪费了我的金钱。

朋友建议我：你应做个明智的消费者，不要看中了就买，买了之后却没有穿！下一次你要是看中某件衣服时，应先问问自己，自己真的喜欢吗？适合你吗？真的需要吗？要是没有达到这三个标准选择，建议你慎重购买。

买衣服时，不要太注重“品牌”，也不要太紧跟所谓的流行，能穿出自己的个性就是真正的流行！此外，也可以花一点时间看杂志的时尚发展，偶尔多花些时间和精力在服装的搭配上，就可以让你自己以10件衣服穿出20款搭配，实现效用最大化！

思考：

(1) 你有过娜娜这样的感觉吗？

(2) 为何你认为是一件很好看的衣服（或其他商品），而其他同学可能并不喜欢？

(3) 你认为一个明智的消费者，购物时会考虑哪些因素？

(4) 你知道效用的概念吗？你认为消费者消费的目的是什么？

笔记：

....

....

....

....

....

第一节 影响消费者选择的几个因素

消费者有各种欲望，这些欲望必须通过消费各种商品才能得到满足。面对琳琅满目的商品，每个人都必须面对这样一个事实：怎样用口袋中有限的钱，买最多自己所喜欢的东西，以获得最大的满足程度。如果你留意一下你身边的同学，你会发现他们的手机、电脑、衣服的品牌、款式、颜色各不相同。你到超市，比较一下任意两个购物者的购物车，你会发现不同的人购买的商品组合各不相同。张三会把番茄、苹果、巧克力和牛奶放在他的手推车里，而李四却把王老吉、葡萄、花生和饼干放进手推车里。为什么张三没有买石榴和可乐？而李四不买苹果和白菜呢？

为此，我们需要分析影响消费者行为选择的因素。一般而言，影响消费者选择的因素主要有欲望、偏好、预算约束、商品价格、商品效用等。

一、欲望

由于每个自然人都依赖外界物品来满足自身的需要，人们对外界物品存在着天生的渴望，这种人的欲望是选择的原动力；在现实生活中，我们常说“人有七情六欲”。这“六欲”就是欲望或需要。就人类而言，欲望是人们为了延续和发展生命，以一定的方式适应生存环境而对客观事物的要求。因此，人的欲望，实质上是一种缺乏的感觉和求得满足的愿望。它是一种心理感觉，即人们内心的不足之感与求足之愿的统一。人们之所以愿意购买某种商品，就是因为需要这种商品，从而产生消费欲望。

二、偏好

所谓偏好，就是指消费者在心理上更喜欢购买哪种或哪些物品，也就是指人们通常在产生某种欲望的紧迫后，通过购买某一种或多种商品或服务而表现出来的一种内在的心理倾向，它具有一定的趋向性和规律性，存在于个体自身内部，是难以直接观察到的，它受社会、心理状况、文化、职业、民族、收入等其他条件的影响。购买食品能满足充饥的欲望、多穿衣服能满足御寒的欲望、看电影能够缓解精神享受的欲望。那到底最后是购买面包还是麦当劳、棉衣还是羊绒衫，这就要取决于不同消费者的偏好。现实的观察也告诉我们：有些人爱喝啤酒，有些人只喝白酒；有些人爱穿T恤球鞋，有些人则总是西装革履。正如俗话所说“萝卜白菜，各有所爱”，也如一句谚语所说“甲之砒霜，乙之佳肴”。

三、商品的价格

当消费者对某商品有购买欲望时，商品价格的高低就在一定程度上对消费者是否购买起决定作用。一般而言，商品的价格越高，需求量越少；价格越低，需求量越多。

四、预算约束

当消费者偏好的商品价格一定时，最后消费者决定购买哪些商品，各买多少？这在一定程度上决定于消费者的口袋里有多少钱？也就是说消费者不可能随心所欲，要受他的可支配收入影响，或者说要受预算约束。例如，你想购买几件衣服和几双鞋，其中衣服价格 $P_X=100$/件，鞋子价格 $P_Y=50$ 元/双，而你只有 500 元。很显然，你不可能随意购买两样商品，衣服购买多了，鞋子的购买必然要减少。

扩展阅读 3-1

预算线

人们的预算约束可以用预算线来说明，它表示在消费者收入和商品价格既定的条件下，消费者的全部收入所能购买到的两种商品的不同数量的各种组合。消费者预算线表明了消费者行为的限制条件。

假定娜娜收入为 500 元，用于购买衣服和鞋两种商品，其中衣服价格 $P_X=100$/件，鞋子价格 $P_Y=50$ 元/双。假定用这 500 元，购买上述衣服与鞋子，既不超支也不能少用，正好用完，则这位消费者的购买行为有以下几种组合方式（表 3-1）。

表 3-1 预算表

消费可能组合	衣 服	鞋
a	0	10
b	1	8
c	2	6
d	3	4
e	4	2
f	5	0

根据表 3-1 可以作出图 3-1 所示。

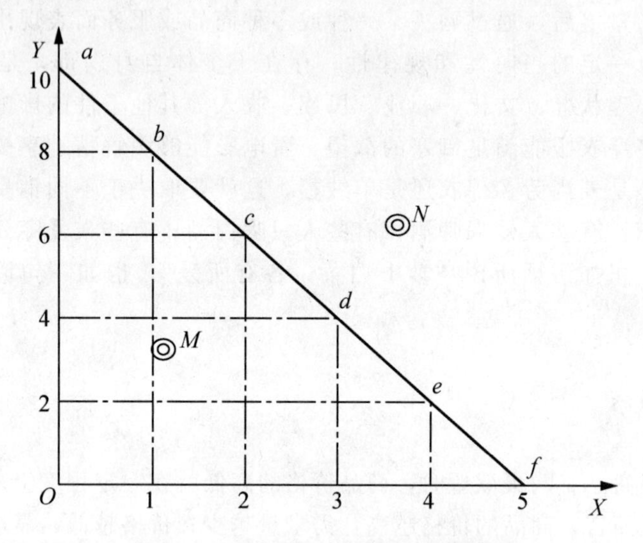

图 3-1 娜娜购买衣服和鞋的预算线

在图 3-1 中，X 轴代表衣服，Y 轴代表鞋，连接 a、b、c、d、e、f 的线就是娜娜的预算线。例如，在 a 点时表示娜娜买了 10 双鞋，而没有买衣服。预算线上任何一点所购买的衣服与鞋的组合正好用完全部生活费。例如 b 点时，8 双鞋和 1 件衣服，正好用完 500 元（$8\times50+1\times100=500$ 元）

预算线对娜娜消费选择的限制，它是娜娜可以实现的消费与不可以实现的消费的分界线。在预算线内和线上任何一点时购买衣服和鞋的组合都是可以实现的消费，但如果娜娜的消费在点 M 处的话，她的钱还没有花完，尚存在一定的购买能力。而在预算线以外的任何一点，如点 N，则衣服和鞋的组合都是娜娜无法负担消费的。

思考：

娜娜在 500 元的预算约束下购买衣服与鞋子，可有 6 种组合，那娜娜会选择哪种组合呢？

笔记：

提示： 消费者消费的目的，在于用一定的钱（预算约束）去购买自己偏好的商品，能获得效用最大化。因此，还要了解效用理论。

五、效用

消费者是理性人，总是试图使用自己的收入，在购买商品时，能获得最大的满足，实现效用最大化。效用是经济学中的一个重要概念，下面我们就来分析一下效用。

（一）效用的含义

效用（Utility）是消费者从消费某种物品中得到的满足程度。通俗地讲，效用就是我们在消费某一商品时得到的满足感、幸福感。消费者消费某种物品得到的满足程度高就是效用大；反之，就是效用小。如果消费者从消费某种物品中感受到痛苦，则是负效用。效用具有以下两个特征。

1. 主观性

效用是对欲望的满足，因此，效用和欲望一样是一种心理感觉。某种物品效用的大小没有客观标准，完全取决于消费者在消费某种物品时的主观感受。

例如，一瓶白酒对喜好喝酒的人来说可以有很大的效用，而对不喝酒的人来说，则可能毫无效用，甚至有负效用。因此，效用本身既没有客观标准，又没有伦理学含义，而且效用的大小取决于每个人的主观评价，很难量化。

扩展阅读 3-2

什么东西最好吃？

兔子和猫争论，世界上什么东西最好吃。兔子说："世界上萝卜最好吃。萝卜又甜又脆又解渴，我一想起萝卜就要流口水。"猫不同意，说："世界上最好吃的东西是老鼠。老鼠的肉非常嫩，嚼起来又酥又松，味道美极了！"兔子和猫争论不休、相持不下，跑去请猴子评理。猴子听了，不由得大笑起来："瞧你们这两个傻瓜，连这点儿常识都不懂！世界上最好吃的东西是什么？是桃子！桃子不但美味可口，而且长得漂亮。我每天做梦都梦见吃桃子。"兔子和猫听了，全都直摇头。那么，世界上到底什么东西最好吃？

思考：

（1）为什么萝卜对于兔子来说效用很大，但对于猫、猴子来说效用却很小？

（2）为什么兔子、猫、猴子以及你和身边的同学认为世界上最好吃的东西不一样呢？

笔记：

2. 相对性

效用因人、因时、因地而异。对不同的人而言，同种物品所带来的效用不同，甚至对同一个人而言，同一物品在不同时间与地点的效用也是不同的。

例如，有一个《傻子地主》的故事：某地闹水灾，洪水吞没了土地和房屋。在一棵大树上，地主和长工聚集到一起。地主紧抱一盒金子，长工提着一篮面饼。几天过去，四处仍旧是洪水泛滥。长工饿了就吃几口面饼，地主饿了却只有看着金子发呆。地主舍不得用金子去换面饼，长工不愿把饼白送给地主。又几天过去，大水退走。长工从树上下来了，而地主却永远留在了树上。这个故事就说明效用产生的满足感是因人、因时、因地而不同的。

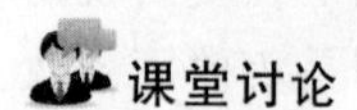

课堂讨论

请举出自己身边的关于效用主观性和相对性的几个例子

笔记：

（二）效用大小的测量方法

效用既然是一种人的主观感受，那么效用能不能测量呢？不同的经济学家对此认识不同，并形成的分析消费者行为的两种理论：基数效用论与序数效用论。

1. 基数效用论

基数效用论的基本观点是：效用是可以计量并可加总求和的，也就是说效用的大小可用基数（1、2、3……）来表示，并可加总求和。例如，对某消费者而言，看一场精彩的球赛的效用为 20 效用单位，吃一顿麦当劳的效用为 8 效用单位，则这两种消费的效用之和为 28 效用单位。

基数效用论采用的是边际效用分析法。在 19 世纪和 20 世纪初，经济学中普遍使用基数效用概念。

2. 序数效用论

序数效用论认为效用无法具体衡量，效用之间的比较只能通过顺序或等级表示。即效用只能用序数表示，用第一、第二、第三……来表示商品效用的大小，而不能确切地说出各种商品的效用到底是多少。沿用上面的例子来说明：该消费者看一场精彩的球赛，又吃了一顿麦当劳，他觉得球赛带来的满足程度比麦当劳更大，于是球赛排第一位，麦当劳排第二位。但他并不能说明或没有必要说明在这两种消费品中，球赛的效用究竟比麦当劳大多少。

自20世纪30年代至今，经济学中多使用序数效用概念。序数效用论采用无差异曲线分析法。

（三）如何实现效用最大化

用一定的钱去购买一定数量自己偏好的商品，如何才能获得效用最大化？这是一个复杂的问题，需要用基数效用论与序数效用论才能分析清楚。本书作者建议，对于将来不从事经济理论研究的同学，只需了解第二节的“边际效用递减规律”即可。

第二节 边际效用递减规律

本节讲述的边际效用递减规律是基数效用论中的基本分析方法。

一、总效用与边际效用

在运用边际效用分析法来分析消费者行为时，首先需要了解两个重要概念：总效用与边际效用。

1. 总效用

总效用是指消费者从消费一定量的某种物品或劳务中所得到的总的满足程度，用 TU 表示。例如，娜娜吃第一个草莓的效用为10，第二个草莓的效用为8，第三个草莓的效用为6，这三个草莓给她带来的总效用是24。

2. 边际效用

边际效用就是指消费者每增加一单位商品的消费所增加的满足程度，用 MU 表示。边际的含义是增量，指自变量增加所引起的因变量增加量。例如，娜娜吃第一个草莓的效用为10，第二个草莓的效用为8，第三个为6，第四个为4，第五个为2，第六个为0，第七个为－2，则娜娜吃草莓对应的总效用与边际效用如表3－2所示。

表3－2 娜娜吃草莓对应的总效用和边际效用

消费数量（Q）	总效用（TU）	边际效用（MU）
0	0	0
1	10	10
2	18	8
3	24	6
4	28	4
5	30	2
6	30	0
7	28	－2

我们用表3－2中娜娜吃草莓的例子来分析总效用与边际效用的关系（图3－1），其中横轴 Q 为消费量，纵轴 U 为效用：

（1）当 $MU>0$（正数）时，TU 上升；

(2) 当 $MU=0$ 时，TU 最大，处于上升、下降的拐点；

(3) 当 $MU<0$（负数）时，TU 下降。

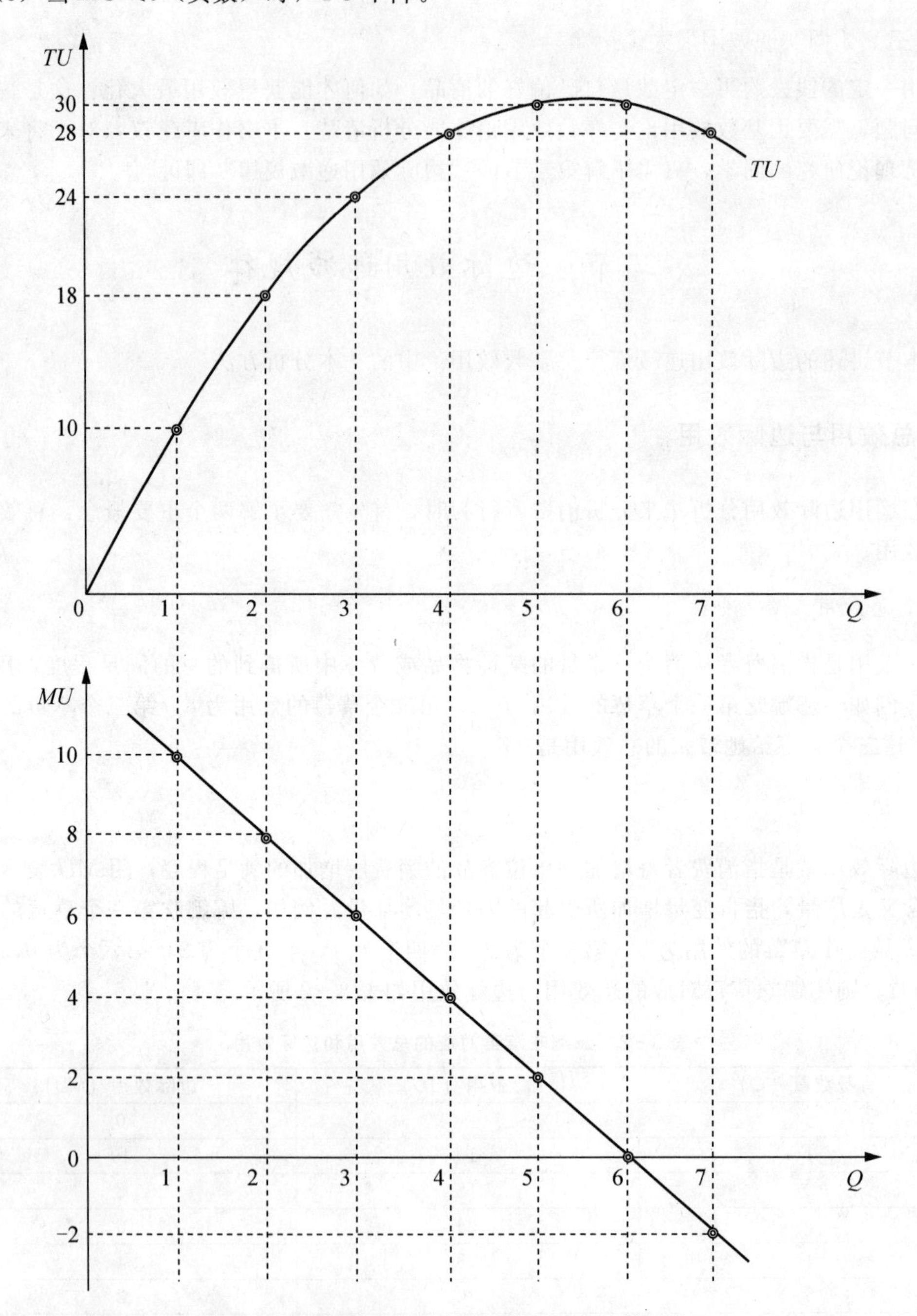

图 3-2　娜娜吃草莓对应的总效用和边际效用曲线

由图 3-2 可以看出，TU 为总效用曲线，随着消费量的增加，总效用在增加；MU 为边际效用曲线，随着物品消费量的增加，从每增加的一单位消费中得到的边际效用是递减的，例如，娜娜从吃第一个草莓到第二个草莓，边际效用为 8，从第二个草莓到第三个草莓，边际效用为 6，…，第五个草莓到第六个草莓，边际效用为时 0，第六个草莓到第七个草莓，边际效用为－2。这种随物品消费量增加边际效用递减的现象称为边际效用递减规律。

二、边际效用递减规律

边际效用递减规律是指在一定时间内，随着消费者对某种商品消费量的增加，他从增加的商品中所获得的满足程度越来越小，即边际效用是递减的。

边际效用递减规律可以用以下两个理由来解释。

（1）生理或心理的原因。随着相同物品的连续增加，使人生理上的满足或心理上的反应减少，从而满足程度减少。

（2）商品本身用途的多样性。每一种物品都有多种用途，这些用途的重要性不同。消费者总是将第一单位的消费品用在最重要的用途上，第二单位的消费品用在次重要的用途上。当他有若干数量这种物品时，把第一单位用于最重要的用途，其边际效用就大，把第二单位用于次要用途，其边际效用就小了。以此顺序用下去，用途越来越不重要，边际效用就递减了。这样，物品的边际效用随消费品的用途重要性的递减而递减。例如：在仅有少量水的情况下（如在沙漠或航海中），人们十分珍惜地饮用，以维持生命，水的边际效用很大。随着水量增加，除满足饮用外，还可以用来洗脸、洗澡、洗衣、浇花，水的重要性相对降低，边际效用相应减小。

课堂讨论

（一）资料

从春晚看边际效用递减规律

大约从20世纪80年代初期开始，我国老百姓在过春节的年夜饭中增添了一套诱人的内容，那就是春节联欢晚会。记得1982年第一届春节联欢晚会的出台，在当时娱乐事业尚不发达的我国引起了极大的轰动。晚会的节目成为全国老百姓在街头巷尾和茶余饭后津津乐道的题材。

晚会年复一年地办下来了，投入的人力物力越来越大，技术效果越来越先进，场面设计越来越宏大，节目种类也越来越丰富。但不知从哪一年起，人们对春节联欢晚会的评价却越来越差了，原先在街头巷尾和茶余饭后的赞美之词变成了一片骂声，春节联欢晚会成了一道众口难调的大菜，晚会也陷入了“年年办，年年骂；年年骂，年年办”的怪圈。

春晚本不该代人受过，问题其实与边际效用递减规律有关。在其他条件不变的前提下，当一个人在消费某种物品时，随着消费量的增加，他（她）从中得到的效用是越来越少的，这种现象普遍存在，就被视为一种规律。边际效用递减规律虽然是一种主观感受，但在其背后也有生理学的基础：反复接受某种刺激，反应神经就会越来越迟钝。第一届春节联欢晚会让我们欢呼雀跃，但举办次数多了，由于刺激反应弱化，尽管节目本身的质量在整体提升，但人们对晚会节目的感觉却越来越差了。

边际效用递减规律时时在支配着我们的生活，尽管有时我们没有明确地意识到。在大多数情况下，边际效用递减规律决定了第一次最重要。难怪人们最难忘的是自己的初恋，最难忘恋爱中第一次约会的地点。

（资料来源：李仁君，海南大学《微观经济学》精品课程资料，吃苹果与看晚会）

（二）讨论

1. 你或你的家人喜爱看春晚吗？你或家人对春晚评价如何？为什么？

2. 你对办好春晚有何建议？

笔记：

扩展阅读 3-3

边际效用递减规律给企业决策的启示

在市场经济中，企业要根据消费者的需求进行生产。消费者购买物品是为了效用最大化，而且，物品的效用越大，消费者愿意支付的价格越高。根据效用理论，企业在决定生产什么时首先要考虑商品能给消费者带来多大效用。

企业要使自己生产出的产品能卖出去，而且能卖高价，就要分析消费者的心理，能满足消费者的偏好。一个企业要成功，不仅要了解当前的消费时尚，还要善于发现未来的消费时尚。这样才能从消费时尚中了解到消费者的偏好及变动，并及时开发出能满足这种偏好的产品。同时，消费时尚也受广告的影响。一种成功的广告会引导着一种新的消费时尚，左右消费者的偏好。所以说，企业行为从广告开始。

消费者连续消费一种产品的边际效用是递减的。如果企业连续只生产一种产品，它带给消费者的边际效用就在递减，消费者愿意支付的价格就低了。因此，企业要不断创造出多样化的产品，即使是同类产品，只要不相同，就不会引起边际效用递减。例如，同类服装做成不同样式，就成为不同产品，就不会引起边际效用递减。如果是完全相同，则会引起边际效用递减，消费者不会多购买。

边际效用递减原理告诉我们，企业要进行创新，生产不同的产品满足消费者需求，减少和阻碍边际效用递减。

思考：

目前手机市场竞争激烈，各品牌手机就其功能而言差别不大。但苹果 iPhone 后来者居上，到 2010 年 12 月底，其手机及配件的销售额超过诺基亚成为全球第一大手机厂商。你认为苹果 iPhone 的成功之处在哪里？

笔记：

第三节　消费者应如何决策

当你看见超市成百上千种你想购买的商品时，你购买什么？购买多少？你必须考虑各种商品的价格，并在你的财力为既定时购买最适合你需要和合意的一组物品。

例如，作为大学新生的娜娜，她非常爱美，喜欢买衣服和鞋，漂亮的衣服和鞋挨着买。可是爸妈每个月只给她 900 元生活费，除了伙食费和手机费以外，她就只剩 500 元。她会如何选择购买自己的衣服和鞋呢？这就是娜娜选择的问题。娜娜在进行选择时应遵循什么原则呢？一般而言，有两个原则需要遵循。

一、消费者剩余原则

（一）消费者剩余的概念

消费者剩余是消费者愿意对某商品支付的最高价格与其实际支付的价格之间的差额。

例如，娜娜想购买一双某品牌的运动鞋，她愿意支付的最高价格是 300 元，但因为市场供需的原因，该运动鞋的实际市价为 250 元，那么此时消费者剩余即为 300－250＝50 元。下面以娜娜购买运动鞋愿意支付的价格与运动鞋实际价格之间的关系（表 3－3），来说明消费者剩余。

表 3－3 消费者剩余表

娜娜愿支付的价格（元）	实际支付的市场价格（元）	消费者剩余
300	250	50
290	250	40
280	250	30
270	250	20
260	250	10
250	250	0
240	250	－10

当运动鞋的实际价格为 250 元时，若她愿意为这双运动鞋支付的价格为 300 元，这样就有 50 元的消费者剩余；若她愿意为这双运动鞋支付的价格为 290 元，这样就有 40 元的消费者剩余；以此类推，当她愿意支付的价格分别是 280 元、270 元、260 元、250 元、240 元时，其消费者剩余分别为 30 元、20 元、10 元、0 元、－10 元。很显然，消费者希望消费者剩余越多越好，当消费者剩余为 0、－10 时，娜娜可能就不会购买。

需要指出的是，消费者剩余并不是实际收入的增加，只是一种心理感觉，感觉得到预料之外的实惠。这一概念是分析某些问题时的一种重要工具。

（二）消费者剩余的启示

消费者剩余并不是实际收入的增加，而是满足程度的增加，这种满足程度也可以用货币单位表示，但只是一种心理感觉。因为消费者对这类物品的效用评价高，愿付出的价格高，但这类物品的市场价格并不高，所以生活必需品的消费者剩余大。消费者剩余对消费者来说是一种无形的节约，消费者可以少付货币就能得到较多的效用。所以消费者在做消费选择时的第一个原则就是要有消费者剩余，而且剩余越多越好。

课堂讨论

（一）资料

消费者剩余的故事

我在海口时很想买一个电子辞典，逛了数码商城之后，相中了一款叫“名人310”。逛了几家发现这一款价格都在600元以上，由于价格不够理想，没有购买。

到上海学习期间，一天我去逛住处附近的一家数码城，发现“名人310”标价580，比海口便宜一点，看了机器之后我便开始了讨价还价，售货员是一个二十出头的姑娘，人虽然很热情活泼，但价格却咬得很死。我坚持的底线是530元。售货员说：“这个价格实在太低了，我得请示一下”。她打电话不知跟谁说了几句之后就对我说：“好了，就做给你吧！”

小姑娘态度的突然转变反使我产生了一丝犹豫。因为一是我还没有货比三家，二是根据买东西的经验，小姑娘有故弄玄虚之嫌，就像有些卖主嘴里说着“您再添点吧，这价钱实在太低了，没法卖！”，但手里已经在给你整理东西的时候，他已经向你发出了想卖的信号一样，都是想让顾客感到自己得到了很大便宜的一种姿态而已。我借口时间太晚，明天再说吧，没有购买。

第二天，我又来到比较远的几家数码商城，发现价格和昨天那家都相差无几。最后我又来到了一家叫“大润发”的规模很大的超市。使我惊喜的是，“名人310”只需378元！这是我从来没有见过的低价，而且是在一家有信誉的大超市。物美价廉，我还犹豫什么？立马决定买下。那天我很快乐！

（资料来源：李仁君，消费者剩余与买东西的乐趣，海南日报，2004年8月25日）

（二）讨论

（1）为什么“买到名人310那天我很快乐！”？

（2）因为通过购买“名人310”，作者得到了多少消费者剩余？

笔记：

二、消费者均衡原则——效用最大化原则

若娜娜想用500元去衣服或鞋子时，如果一件衣服的价格是100元，一双鞋的价格是50元，那么她可以买5件衣服不买鞋，或者买10双鞋不买衣服；当然她也可以同时买4件衣服2双鞋，或者买1件衣服8双鞋。总体算来，她可以有11种选择的组合。总之，那么娜娜购买衣服和鞋后，如何才能使她的总效用达到最大化？需要遵守消费者均衡原则。

（一）消费者均衡的概念

消费者均衡是指消费者通过购买各种商品和劳务实现最大效用时，既不想再增加，也

不想再减少任何商品购买数量的这么一种相对静止的状态。

消费者消费的目的是在既定的收入下通过购买各种商品和劳务的选择来实现效用最大化。消费者均衡就是表示消费者实现这一目的时的心理满足状态。由于消费者已经达到最满意状况，他不会改变他所购买的各种商品和劳务的数量；如果消费者的消费未能使他的效用最大化，他就会改变消费决策，重新调整购买各种商品和劳务的数量，直到增加的总效用达到最大化为止。

那么，在什么情况下才能使得花费一定量货币所买得的各种商品的总效用达到最大呢？为了回答这个问题，我们假定：

（1）消费者的偏好是给定的，也就是说，消费者对各种消费品的效用和边际效用的评价是既定的；

（2）消费者决定买进各种消费品 Q_1，Q_2，…，Q_n，价格 P_1，P_2，…，P_n是已知和既定的；

（3）消费者的收入 I 是既定的，还假定他的收入全部用来购买这几种商品。

于是问题归结为：消费者如何把有限的收入分配到各种消费品的购买支出上去才能获得最大的效用？也就是说，各种物品各购买多少才能使买进的 Q_1，Q_2，…，Q_n提供的效用总和达到最大？

若设各种物品的边际效用为 MU_1，MU_2，MU_3，…，MU_n，则消费者均衡的条件为：

$$\begin{cases} P_1 \cdot Q_1 + P_2 \cdot Q_2 + P_3 \cdot Q_3 + \cdots + P_n \cdot Q_n = I \\ \dfrac{MU_1}{P_1} = \dfrac{MU_2}{P_2} = \dfrac{MU_3}{P_3} = \cdots = \dfrac{MU_n}{P_n} \end{cases}$$

该公式表示，消费者均衡的条件是：各种商品和劳务的边际效用与其价格之比都相等，也就是说，消费者花费每一元钱所得到的各种商品和劳务的边际效用都相等。如果消费者花在某种商品上一元钱给他带来的边际效用大于其他商品的边际效用，那么，这还不是消费者均衡状况，因为消费者重新调整各种商品的购买数量，比如增加该商品的购买量，减少其他商品的购买量，将会使他的满足程度增加。

（二）消费者均衡举例

娜娜用 500 元去购买衣服与鞋子，衣服每件 100 元，鞋子每双 50 元。设娜娜购衣服 X 件，购鞋 Y 双。那么，当 X 与 Y 各为多少时，娜娜才能实现效用最大化？

分析：娜娜实现效用最大化的条件是：

$$\begin{cases} 100X + 50Y = 500 \\ \dfrac{\text{衣服的边际效用}}{\text{衣服的单价}} = \dfrac{\text{鞋子的边际效用}}{\text{鞋子的单价}} \text{（也即衣服的每元支出的边际效用} \\ = \text{鞋子每元支出的边际效用）} \end{cases}$$

表 3－4 表明在各种组合时娜娜用于衣服和鞋的每元支出的边际效用。

表 3-4　娜娜用于衣服和鞋的每元支出的边际效用

组合序号	衣服（每件 100 元）			鞋（每双 50 元）		
	数量 X	边际效用	衣服的边际效用/衣服的单价（即每元支出边际效用）	数量 Y	边际效用	鞋子的边际效用/鞋子的单价（即每元支出边际效用）
a	0	0		10	200	4
b	1	800	8	8	250	5
c	2	600	6	6	300	6
d	3	500	5	4	600	12
e	4	400	4	2	700	14
f	5	300	3	0	0	

根据表 3-4，当娜娜购买 2 件衣服和 6 双鞋时，即在组合 *c* 时，用于衣服和鞋的每元支出的边际效用相等，即为 6。因此，这时娜娜实现了效用最大化，即消费者均衡。

从表 3-4 中还可以看出，用于衣服或鞋的每元支出的边际效用和边际效用本身一样也是随着衣服或鞋消费量的增加而递减的。其原因在于，随着衣服或鞋消费量的增加，从中获得的边际效用递减，而衣服或鞋的价格不变，这样，每元支出的边际效用当然就递减了。

（三）消费者均衡的启示

由以上的论述还可以看出，一位消费者为了使有限的收入获得最大效用，就必须合理分配收入，合理购买各种商品和劳务，必须避免某一种商品购买的太多或某一种商品买的太少，因为购买的太多或太少都会降低或丧失边际效用，从而不能获得效用最大化。这就是消费者做出消费选择的第二个原则。

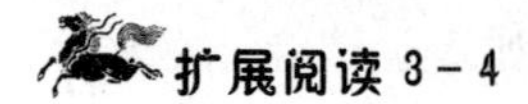
扩展阅读 3-4

日常事务处理中的经济学

同学们如果对经济学知识缺乏基本的了解，就容易在处理日常事务时理性不足，给自己的生活平添许多不必要的烦扰。例如，刚刚买回车子，没过两天，这款车子却降价了，大部分人遇到这种情况的时候都垂头丧气，心里郁闷得很；倘若前不久刚刚买了房子，该小区的房价最近却上涨了，兴高采烈是一般购房者的正常反应。这些反应虽然符合人之常情，但跌价带来的郁闷感觉却是错误的。

经济学认为，正确的反映应该是：无论是跌价，还是涨价，都应该感觉更好。经济学认为，对消费者而言，最重要的是你消费的是什么——房价、车价是多少以及其他商品的价格是多少。在价格变动以前，你所选择的商品组合（房子、车子加上用收入余款购买的其他商品）就是对你来说是最好的东西。如果价格没有改变，你会继续这样的消费组合。在价格变化以后，你仍然可以选择消费同样的商品，因为房子、车子已经属于你了，所以你不可能因为价格变化而感觉更糟糕。但是，由于房子、车子与其他商品的最佳组合取决于房价、车价，所以，过去的商品组合仍然为最佳是不可能的。这就意味着现在还有一些更加吸引人的选择，因此，你的感觉应该更好。新的选择虽然存在，但你却更钟情于原来的最佳选择（原来的商品组合）。

在日常生活中，我们还常常烦扰于别人为什么挣得比我多，总是觉得自己得到的比应得的少，而经济学却告诉我们这样的感觉是庸人自扰，也是错误的。经济学认为别人比自己挣得多是正常的，自己得到的就是应得的，如果自己不能理性地坦然面对，只会给自己的生活带来不必要的烦扰和忧愁。

我们之所以在日常生活中遇到这样那样的烦扰，主要还是因为对经济学有一些误解，这可能是经济学说起来比较简单的缘故。“供给与需求”、“价格”、“效率”、“竞争”等都是大家耳熟能详的经济学词汇，而且这些的词汇的意思也是显而易见的，因此，很多时候，似乎人人都是经济学家。人们不敢随便在一个物理学家或数学家面前班门弄斧，但在一个经济学家面前，谁都可以就车价跌了该高兴还是该郁闷等实际问题随意发表自己的见解。其实，经济学中有许多并非显而易见的内容，并不是每个人想象的那么简单。在经济学领域，要想从“我听说过”进入到“我懂得”的境界并不是件轻而易举的事情。

因此，掌握正确的经济学知识，将经济学思考问题的方法运用到日常生活中来，使我们能够更加理性地面对生活中的各种琐事，小到油盐酱醋，大到谈婚论嫁，就会减少生活中的诸多郁闷和不快，多一些开心，多一些欢笑。

（资料来源：梁小民，微观经济学纵横谈，生活·读书·新知三联书店出版，2000 年 8 月）

要点回顾

1. 欲望是一种缺乏的感觉与求得满足的愿望。

2. 预算线表示在消费者收入和商品价格既定的条件下，消费者的全部收入所能购买到的两种商品的不同数量的各种组合。

3. 效用就是从消费某种具体的物品中得到的满足程度。

4. 总效用是指消费者从消费一定量的某种物品或劳务中所得到的总的满足程度。

5. 边际效用就是指消费者在一定时间内增加一单位的商品的消费所得到的效用量的增量。

6. 边际效用递减规律是指在一定时间内，在其他商品的消费数量保持不变的条件下，随着消费者对某种商品消费量的增加，消费者从该商品连续增加的每一消费单位中所得到的效用增量，即边际效用是递减的。

7. 消费者剩余就是消费者愿意支付的最高价格与实际支付价格的差额。

8. 消费者均衡是在消费者的收入和商品的价格既定的条件下，当消费者选择商品组合获取了最大的效用满足，并将保持这种状态不变时，所处于的均衡状态。

学以致用

一、选择题

1. “萝卜白菜，各有所爱”体现了效用的（　　）。

A. 相对性　　B. 同一性　　C. 客观性　　D. 主观性

2. “书到用时方恨少”体现了效用的（　　）。

A. 相对性　　B. 同一性　　C. 客观性　　D. 主观性

3. 影响消费者行为的因素中，（　　）使得“甲之砒霜，乙之佳肴”成为可能。

A. 欲望　　B. 偏好　　C. 预算约束　　D. 价格

4. 根据边际效用递减规律，数量的增加会引起消费者需求的降低，企业为了克服商品销售量的下降，最可采取的措施是（　　）。

A. 多做广告　　B. 降低成本　　C. 产品不断创新　　D. 促销

5. 随着商品消费量的增加，一般来说，消费者获得的（　　）。

A. 总效用递减　　B. 边际效用递减

C. 边际效用递增　　D. 边际效用不变

6. 如果消费者消费 10 块巧克力获得的总效用是 100 个效用单位，消费 11 块巧克力获得的总效用是 105 个效用单位，则第 11 块巧克力的边际效用是（　　）个效用单位。

A. 112　　B. 100　　C. 105　　D. 5

7. 消费者剩余是指消费者从商品的消费中得到的（　　）。

A. 满足程度

B. 满足程度超过他实际支出的价格部分

C. 边际效用

D. 满足程度小于他实际支出的价格部分

8. 当总效用增加时，边际效用应该（　　）。

A. 为正值，且不断增加

B. 为正值，且不断减少

C. 为负值，且不断增加

D. 为负值，且不断减少

9. 当你消费到第三个某商品时，它给你带来的边际效用为 0，作为理性人的你（　　）。

A. 应该继续消费这种商品　　B. 后悔消费了这种商品

C. 停止对这种商品的消费　　D. 以上都不对

10. 预算线反映了（　　）。

A. 消费者的收入约束　　B. 消费者的偏好

C. 消费者的人数　　D. 货币的购买力

11. 已知娜娜的预算约束是 100 元，一条巧克力的价格是 10 元，一包方便面的价格是 3 元，假定她打算购买 7 条巧克力和 10 包方便面，这时巧克力和方便面给她带来的效用分别是 50 和 18。如果要获得最大效用，她应该（　　）。

A. 停止购买　　B. 增加购买巧克力，减少购买方便面

C. 减少购买巧克力，增加购买方便面　　D. 同时增加巧克力和方便面的购买量

二、简答题

1. 什么是边际效用递减规律？

2. 边际效用递减规律对企业决策有何启示？

笔记：

三、案例分析题

（一）资料

衣服的购买量	总　效　用	边 际 效 用
0	0	
1	15	15
2		10
3	33	
4	40	
5		5
6	48	

（二）要求

1. 请把上表中的空格补充完整。

2. “一个理性的消费者在购买以上衣服时，只会购买一件，因为这一件衣服的边际效用最大。”你同意这个说法吗？请加以解释。

笔记：

第四章 企业如何决策

【知识目标】

- 了解生产的概念，生产要素的含义
- 理解企业的生产目标
- 掌握边际收益递减规律
- 理解规模经济及适度规模的含义
- 了解成本的概念，利润的概念
- 了解市场结构的类型与特点

【技能目标】

- 能用边际收益递减规律、规模经济理论分析现实中的经济问题

案例导入

娜娜的选择正确吗？

××年7月，娜娜同学大学毕业了，摆在她面前有两个选择：

一是到甲壳虫公司做白领，年收入为3万元；

二是用自家的店面开一间酒吧，年营业收入预计为50万元，每年因此产生的各项成本费用、税收等为43万元。

最后，娜娜选择了第二套方案，因为她认为开酒吧比去做白领收入更高一些。

思考：

(1) 娜娜的选择正确吗？说说你的看法。

(2) 除了店面，娜娜还必须投入哪些东西才能让酒吧正常运营起来？

(3) 娜娜的酒吧投入越多，收入就会越多吗？

(4) 娜娜的酒吧开业后，会面临什么样的市场竞争？

笔记：

第一节　企业生产及其目标

一、生产的概念

经济活动主要包括两个环节：消费与生产，本章要介绍的是企业的生产过程及相关决策。

在经济学中，生产是指一切能够创造和增加效用的人类活动。生产不仅包括有形的物质产品的生产，如制造一台电脑或一部手机，同时也包括各种无形的服务的生产，如提供美容美发、法律咨询、旅游服务等。

生产的主体是厂商（Firm），通常称为企业，是在市场上为生产和销售商品或劳务而进行决策经营的营利性组织。企业可以是一个个体生产者，也可以是一家规模巨大的公司。例如，中国的海尔集团是一个企业，学校的小卖店也是一个企业等。

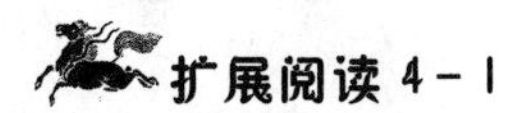

扩展阅读 4-1

企业的组织形式

在现实中，企业的组织形式通常有三种：独资企业、合伙企业和公司企业。

1. 独资企业

独资企业，西方也称“单人业主制”，它是由一个人所有并经营的企业。其特点是所有者和经营者是同一个人，其经营有很大的自由度，只要不违法，爱怎么经营就怎么经营，要雇多少人，贷多少款，全由业主自己决定。赚了钱，交了税，一切听从业主的分配；赔了本，欠了债，全由业主的资产来抵偿。我国很多的个体户和私营企业属于此类企业。其缺点是在市场上竞争能力弱、利润低、存在寿命短。在美国，平均寿命只有一年。

2. 合伙企业

合伙企业是由几个人、几十人，甚至几百人联合起来共同出资创办的企业。它不同于所有权和管理权分离的公司企业。它通常是依合同或协议凑合组织起来的，结构较不稳定。合伙人对整个合伙企业所欠的债务负有无限责任。合伙企业不如独资企业自由，决策通常要合伙人集体做出，但它具有一定的企业规模优势。这种企业形式主要存在于一些法律规定必须采用合伙制的企业，如会计师事务所或律师事务所。

以上两类企业属自然人企业，出资者对企业承担无限责任。

3. 公司企业

公司是指以营利为目的，由许多投资者共同出资组建，股东以其投资额为限对公司负责，公司以其全部财产对外承担民事责任的企业法人。公司的两种主要形式是有限责任公司和股份有限公司。

有限责任公司指不通过发行股票，而由为数不多的股东集资组建的公司（一般由2人以上50人以下股东共同出资设立），其资本无须划分为等额股份，股东在出让股权时受到一定的限制。在有限责任公司中，董事和高层经理人员往往具有股东身份，使所有权和管理权的分离程度不如股份有限公司那样高。有限责任公司的财务状况不必向社会披露，公司的设立和解散程序比较简单，管理机构也比较简单，比较适合中小型企业。

股份有限公司指全部注册资本由等额股份构成并通过发行股票（或股权证）筹集资本，公司以其全部资产对公司债务承担有限责任的企业法人。其主要特征是：公司的资本总额平分为金额相等的股份；股东以其所持股份对公司承担有限责任，公司以其全部资产对公司债务承担责任；股东以其持有的股份，享受权利，承担义务。股份有限公司其本质也是一种有限责任公司。

二、生产要素

生产要素（Factors of Production）是指生产商品所投入的经济资源。任何生产都需要投入各种不同的生产要素，从这个关系上看，生产也就是把投入变为产出的过程。生产要素包括劳动、资本、土地和企业家才能四类。

劳动（Labor）是指劳动者在生产过程中所提供的劳务，它包括体力劳动和脑力劳动，是最基本的生产要素。

资本（Capital）是指生产中所使用的资金。它包括无形的人力资本和有形的物质资本。前者指体现在劳动者身上的身体、文化、技术状态；后者指在生产过程中使用的各种生产设备，如机器、厂房、工具、仓库等。在生产理论中，我们指的是后一种物质资本。

土地（Land）是指生产中所使用的各种自然资源，是一国的自然禀赋。它不仅包括土地，还包括自然状态的矿藏、森林、河山、能源、原料等。

企业家才能（Entrepreneurship）是指企业家的经营管理能力与创新能力，即企业家对整个生产过程的组织与管理能力。在生产相同数量的产品时，可以多用资本少用劳动，也可以多用劳动少用资本。但是，劳动、土地和资本三要素必须予以合理组织，才能充分发挥生产效率，因此，为了进行生产，还需要有企业家将这三种生产要素组织起来。在四类要素中，企业家才能特别重要。

扩展阅读 4-2

企业家所具有的特殊精神和特质

在企业家身上，我们通常可以看到一些不同寻常的特质和精神，与众不同的行为、性格和举止。正是这种独特的精神和特质成就了一批批的企业家，为社会创造着财富。

1. 企业家是梦想家。古今中外的企业家对人生都充满了梦想，他们从不满足于现状，对周围发生的一切有永无止境的好奇心，有征服世界、超越他人、创造个人王朝的强烈欲望。

2. 企业家是冒险家。凯恩斯认为企业家具有动物的本能，对商机和市场利润有着超人的敏感。动物的本能使企业家身上充满了一种冒险的精神，标新立异，逆向思维，敢做常人不做的事情。在企业家的眼中，四处都是金矿，危机中充满商机。

3. 企业家是偏执狂。企业家不但充满梦想和欲望，他们更具有一种为实现梦想、满足欲望而拼命奋斗的执著精神和内在推动力。除了说出那句“只有偏执狂才能生存”的葛鲁夫，古今中外历史上许多著名的企业家都是偏执狂，不但对自己的事业充满自信，而且不轻易受外界影响，在挫折面前坚韧不拔、永不放弃。

4. 企业家是创新者。熊彼特认为企业家的天职是创新，企业家不仅会引进新的产品，更会开辟新的市场，为人类造福。

（资料来源：北京师范大学在职博士网）

三、生产函数

在一定技术水平下，生产过程中投入的各种不同的生产要素的数量与生产出来的产品数量之间存在着一定的依存关系，即投入一定数量的要素，就会获得一定数量的产出。例如，生产手机的厂商投入劳动、土地、机器、原材料和技术等，经过特定的生产活动，就可以生产出一定数量的手机。投入与产出的这种关系可以用函数形式表示出来，这种函数就是生产函数，它表示在既定技术条件下，生产要素的数量与所能产出来的最大产量之间的关系。

设 Q 代表产出，L、K、N、E 分别代表劳动、资本、土地、企业家才能这四种生产要素，则生产函数一般形式为：

$$Q=f(L, K, N, E)$$

在分析生产要素与产量的关系时，由于土地是较为固定的，而企业家才能难以测算，因此，一般把生产函数简化为：

$$Q=f(L, K)$$

20 世纪 30 年代初，美国经济学家 P. 道格拉斯与 C. 柯布根据美国 1899—1922 年的工业生产统计资料，得出了这一时期美国的生产函数（被称为柯布-道格拉斯生产函数）为：

$$Q=1.01L^{0.75}K^{0.25}$$

这说明在生产中，劳动所做出的贡献为全部产量的 3/4，资本为 1/4。根据统计资料的验证，这个估算是符合实际情况的。

四、生产周期

企业投入的生产要素，并非都是可以随时进行调整的，有些生产要素的调整非常灵活，而有些生产要素的调整，则需要相对较长的时期。根据生产要素是否可以调整，哪些要素可以调整，经济学里把生产周期划分为长期和短期。

1. 长期和短期

在生产过程中投入的生产要素，有些是较容易改变的，其投入量随着产量的变化而变化，如劳动、原材料等。而厂房、机器设备等固定资产则难以迅速改变，在一定时期内其投入量不随产量的变化而变化。

长期和短期的划分并非按照具体的时间长短，而是以生产者能否变动全部要素投入数量作为标准。长期是生产者可以根据产量的增减调整全部生产要素投入数量，对生产进行调整的时间周期。短期是指生产者来不及调整全部生产要素投入数量，只能调整部分生产要素投入数量的时间周期。在短期内，生产者能够调整的只有工人人数、原材料等要素，而厂房、机器设备等都只能保持不变。

2. 不变生产要素与可变生产要素

在短期和长期划分的基础上，相应地把投入要素分为不变生产要素与可变生产要素。

在短期内，生产要素投入可以分为不变生产要素投入和可变生产要素投入。生产者在短期内无法进行数量调整的那部分要素投入是不变生产要素，如机器设备、厂房等；生产者在短期内可以进行数量调整的那部分要素投入是可变生产要素，如劳动、原材料、燃料等。

在长期内，生产者可以调整全部的要素投入，例如，生产者根据企业的经营状况，可以缩小或扩大生产规模，也可以加入或退出一个行业的生产。因此不存在可变要素投入和不变要素投入。

五、企业的生产目标

企业被假定为是合乎理性的经济人。作为消费者的经济人，追求的是自身效用的最大化，而作为生产者的企业，则追求自身利润的最大化。

如果你要办一个企业，无论是做大公司的总经理还是小企业的小老板，一般而言，你在经营活动中要考虑到以下三个问题。

（1）投入的生产要素与产量的关系，即如何在生产要素既定时使产量最大，或者在产量既定时使投入的生产要素最少。

（2）成本与收益的关系。要使利润最大化，这就要进行成本——收益分析，就是要使扣除成本后的收益达到最大化。

（3）市场问题。市场有各种状态，即竞争与垄断的程度不同。你处于不同的市场时，应该如何确定自己产品的产量与价格。

第二节 企业生产投入与产量的关系

企业的生产过程是一个投入产出的过程。企业投入的生产要素越多，产量就会越多吗？下面我们就来分析生产要素投入与产量的关系。由于生产周期分为短期与长期。因此，我们在分析投入与产量的关系时，也相应地分短期与长期两种情况来研究投入与产量的关系。

一、短期生产中投入与产量的关系

在分析短期生产中投入的生产要素与产量之间的关系时，我们所要研究的问题是，假定资本量不变，劳动量投入的增加对产量的影响；或者假定劳动量不变，资本量投入的增加对产量的影响。

以下假定资本量不变，我们来分析劳动量投入的增加对产量的影响，以及劳动量投入多少最合理。

(一) 总产量、边际产量及其相互关系

为了分析一种生产要素变动与产量的关系，需要了解总产量与边际产量的概念。

总产量（Total Product，TP）是指用一定量的某种生产要素所生产出来的全部产量。这时假设其他生产要素的投入数量固定。

边际产量（Marginal Product，MP）是指每增加或减少一单位生产要素的投入量所带来总产量的变化量。

现假定资本量投入不变，那么总产量与边际产量之间存在什么关系？随着劳动投入量的增加，它们又会有怎样的变动趋势呢？下面通过一个例子来分析这些问题。

例如，假定某印刷厂拥有3台印刷机（资本不变），每台印刷机需要1名工人操作，现正印刷一批大学教材。

开始只有1名工人，由于他既要操作印刷机，还必须亲自做许多辅助工作，如搬运原料纸张、油墨等，效率很低，日产量只有13单位（每单位为100本）。

当工人数增加到2名时，两个人就可以进行协作，协作可以提高生产效率，总产量提高到30单位，边际产量为17单位。

当工人数增加到3名时，可以每人操作一台印刷机，生产效率进一步提高，总产量达到每天50单位，边际产量为20单位。

如果工人数增加到4名，总产量达到65单位，边际产量为15单位。因为新增的第4名工人可以专做搬运等辅助工作，总产量可以继续增加，但第4名工人增加的产量会少于第3名工人增加的产量。

如果工人数增加到5名，第5名工人可能是个替换工，即当其他工人需要休息或有病时由他来替代，这样，也能增加产量，总产量为67单位，但边际产量更少了，只有2单位。

如果工人数增加到6名，第6名工人则无事可做，增加的产量为0。

如果工人数增加到 7 名，因为工人太多，一些工人因无活可干或到处闲逛，或与其他工人发生矛盾，而导致总产量减少。详细数据如表 4 - 1 所示。

表 4 - 1 劳动力投入增加时的边际产量与总产量表

劳动量 L（人）	总产量 TP（单位）	边际产量 MP（单位）
0	0	0
1	13	13
2	30	17
3	50	20
4	65	15
5	67	2
6	67	0
7	65	−2

根据表 4 - 1 所示数据，可以做出边际产量与总产量的曲线如图 4 - 1 所示。

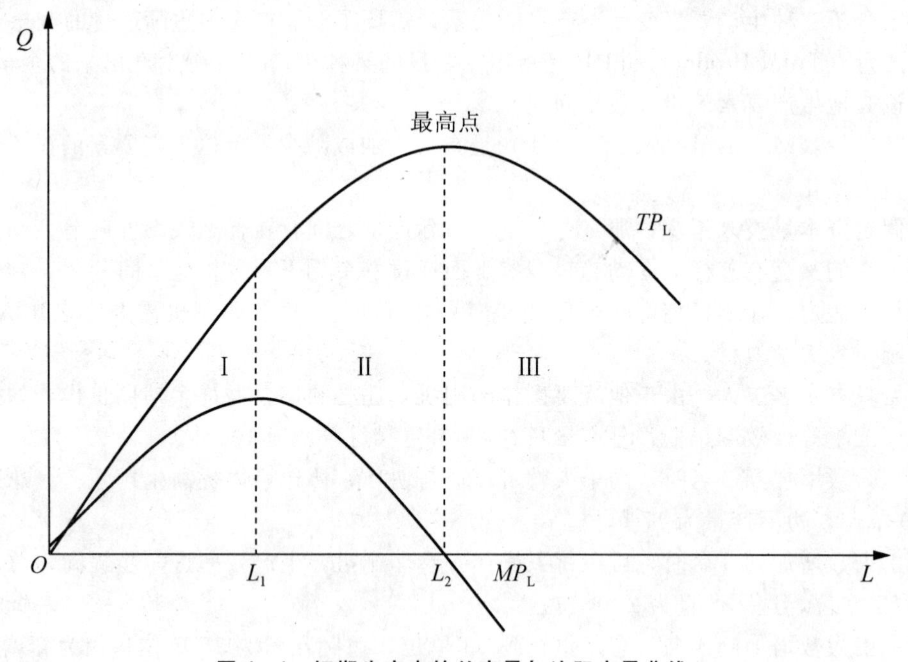

图 4 - 1 短期生产中的总产量与边际产量曲线

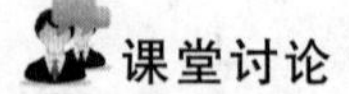

课堂讨论

从表 4 - 1 与图 4 - 1 可以看出，总产量与劳动投入量、边际产量之间存在什么关系？

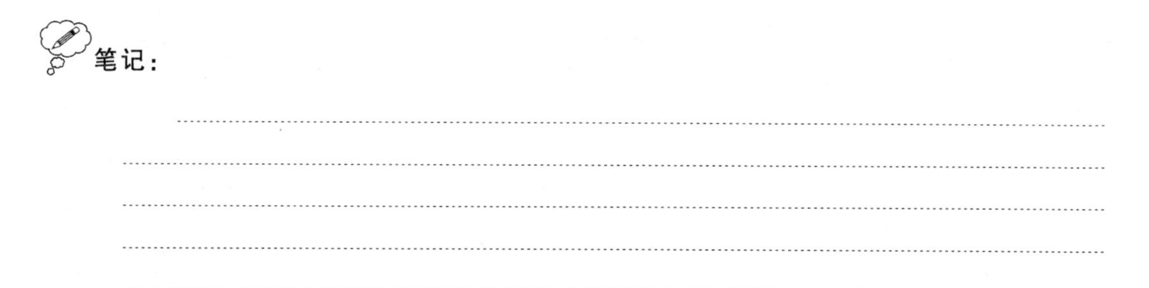

提示：根据表 4-1 及图 4-1，我们可以看出：

第一，在资本量不变的情况下，随着劳动这一种生产要素的增加，总产量曲线与边际产量曲线都是先上升后下降。

第二，当边际产量 $MP>0$ 时，总产量递增；当 $MP=0$ 时，总产量达到最大；当边际产量 $MP<0$ 时，总产量就会绝对减少。

（二）边际收益递减规律

边际收益递减规律是指在技术水平不变的情况下，保持其他生产要素投入量不变，只增加其中一种生产要素的投入量，最初这种生产要素的增加会使产量增加，但当它的增加超过一定限度时，产量将要递减，最终还会使产量绝对减少。

边际收益递减规律在生活中普遍存在。例如，在一块农田里农民种小麦，不施肥，产量较低；施适量的肥料会使产量增加；但是肥料施的太多，产量又会减少。在工业生产中也如此，劳动力的投入也要适度，劳动力投入适量时，生产效率最高，若投入人力太少或者太多，生产效率均会下降。

在理解边际产量递减规律时还要注意以下几点。

(1) 边际产量递减规律的前提条件是技术水平不变。若技术水平发生变化，这个规律就不存在。

(2) 在其他生产要素不变时，一种生产要素的增加所引起的产出变化可以分为三个阶段。

第 1 阶段（图 4-1 的第Ⅰ区域）：产量递增，即劳动这种可变要素的增加使总产量增加。这是因为，在开始时不变的生产要素没有得到充分利用，这时增加可变的生产要素劳动，可以使不变的生产要素得到充分利用，从而使产量递增。

第 2 阶段（图 4-1 的第Ⅱ区域）：边际产量递减，即劳动这种可变生产要素的增加仍可使总产量增加，但增加的比率，即增加可变的每一单位生产要素的边际产量是递减的。这是因为，在这一阶段，不变生产要素已接近于充分利用，劳动的增加已不能像第一阶段那样使产量迅速增加。当劳动的边际产量 $MP=0$ 时，总产量 TP 达到最大。

第 3 阶段（图 4-1 的第Ⅲ区域）：产量绝对减少。边际产量 $MP<0$，即这种劳动的增加使总产量绝对减少。这是因为，这时不变生产要素已经得到充分利用，再增加劳动只会降低生产效率，减少总产量。

从以上分析可以看出，理性决策的企业总是选择第 2 阶段的某一产量，而不会选择第 1 阶段或第 3 阶段。原因是：在第 1 阶段，厂商增加可变要素劳动的投入有利可图，因此它必定会增加劳动投入，因而进入第 2 阶段。在第 3 阶段，厂商增加劳动投入反而减少产出，它必定会减少劳动的投入，因而回到第 2 阶段。究竟厂商选择第 2 阶段的哪一个产量

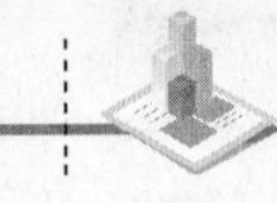

从而取得最大利润呢？这要视各企业的具体情况而定。

课堂讨论

（一）资料

娜娜家有一个大花园，并种植了水果和蔬菜，以便在当地市场出卖。娜娜说：“夏天，我雇了一个放暑假的大学生帮我，我的生产翻了一番还多。明年夏天，我将雇用两三个帮手，我的产量将增加三四倍还多。”

（二）讨论

1. 如果第二年夏天娜娜雇用的帮手翻一番，她的产量也会翻一番吗？

2. 娜娜雇用的工人越多，其收获就会越大吗？

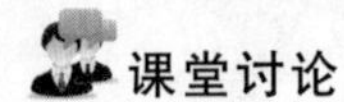

笔记：

二、长期生产中投入与产量的关系

在长期生产过程中，所有投入要素的数量都发生变化。我们要研究当资本与劳动这两种要素都发生变动时，资本与劳动应如何组合才能在产量既定情况下实现成本最小，或在成本既定情况下获得最大产量。这一问题的解决，涉及经济学中的另一个重要规律：规模经济。

（一）规模经济

如果劳动与资本两种生产要素按一定比例同时增加，就是生产规模的扩大。生产规模扩大对产量有何影响呢？例如，如果农场主让土地、劳动、水和其他投入都增加50%，小麦产量会发生何种变化呢？如果电脑厂让劳动、原材料和厂房面积都增加1倍，电脑的产量会有何种变化呢？这些问题都涉及规模经济，即投入的规模扩大对产量的影响。

规模经济是指在生产技术不变的条件下，当资本与劳动两种生产要素按同比例增加，即生产规模扩大时，最初这种生产规模扩大会使产量的增加大于生产规模的扩大，但当规模扩大超过一定限度后，则会使产量的增加小于生产规模的扩大，甚至使产量绝对减少，出现规模不经济。

两种生产要素同比例增加所引引起的产量变动情况，一般要经历以下三个阶段。

1. 规模收益递增

当厂商最初扩大工厂规模时，产量增加的幅度将大于规模扩大的幅度。例如，某电脑厂把劳动、资本和原料增加20%，会引起总产量30%的增长，即收益增加的幅度大于规模增加的幅度。

2. 规模收益不变

在产量增加的幅度大于规模扩大的幅度后，厂商继续扩大生产，产量增加的幅度等于规模扩大的幅度。例如，上述电脑厂继续使劳动、土地、资本和其他投入增加20%，那么，在规模收益不变的情况下，产出也增加20%，即规模增加的幅度等于收益增加的幅度。

3. 规模收益递减

经历了规模收益不变阶段后，如果厂商还继续扩大生产，产量增加的幅度将会小于生产规模扩大的幅度。例如，一个农场种小麦，如果种子、劳动和机器都增加了20%。而总产出仅仅增加了10%，这种情况表现为规模收益递减，即收益增加的幅度小于规模增加的幅度。

产生规模收益递减的主要原因是，当企业的规模变得越来越大时，使得生产的各个方面难以得到协调，从而降低了生产效率，最终可能导致大企业的规模收益递减。

（二）适度规模

由以上的分析来看，一个企业和一个行业的生产规模不能过小，也不能过大，即要实现适度规模。

适度规模就是使各种生产要素的增加，即生产规模的扩大正好使收益递增达到最大。当收益递增达到最大时就不再增加生产要素，并使这一生产规模维持下去。但是，对于不同行业的企业，适度规模的大小是不同的，并没有一个统一的标准。在确定适度规模时应该考虑以下因素。

（1）本行业的技术特点

一般来说，所需要的投资量大、所用的设备复杂、先进的行业，其适度规模也就大。例如，冶金、机械、汽车制造、船舶制造等企业，生产规模越大经济效益一般也越高；相反，需要投资少，所用设备比较简单的行业，适度规模就较小，如服装业、餐饮业等，生产规模小能更灵活地适应市场需求的变动，对生产更为有利，所以适度规模也就小。

（2）市场条件

一般来说，生产市场需求量大，而且生产标准化程度高的产品的企业，如汽车企业，其适度规模应该大。相反，生产市场需求小，而且生产标准化程度低的产品的企业，如餐饮企业，其适度规模也应该小。

（3）自然资源状况

自然资源如矿山储藏量的大小，水力发电站的水资源的丰裕程度等。在确定适度规模时还要考虑的因素有很多，如交通条件、能源供给、原料供给、政府政策等。

在不同的国家和地区，由于经济发展水平、资源、市场等条件的差异，即使同一行业，规模经济的大小也不完全相同。

课堂讨论

企业到底是“大的是美好的”，还是“小的是美好的？

笔记：

第三节 成本与利润

一、成本

1. 生产成本

企业的生产成本又称生产费用，是指企业对生产产品或提供劳务时使用的生产要素所应该支付的代价。生产要素包括劳动、资本、土地和企业家才能四种基本形式。企业为获得劳动而支出的费用是工资，为获得资本而支出的费用是利息，为获得土地而支出的费用是地租，为获得企业家才能而支出的费用是正常利润。因此，生产成本是由工资、利息、地租和正常利润四部分组成的。

2. 机会成本

资源是有限的，一种资源可能有多种用途，而各种用途所能取得的收益又不尽相同。当把某种资源用于某一特定用途时，它便失去了用于其他用途可能获得的收益。

机会成本是指生产者利用一定的资源获得某种收入时所放弃的在其他若干种可能的选择中获利最大的收入。例如，娜娜有 10 万元资金，可供选择的用途及获得的收入分别是：开网店获利 3 万元，开书店获利 4 万元，开服装店获利 5 万元。若娜娜选择开网店，就要放弃开书店及服装店的机会；若选择开书店，就必须放弃开网店及服装店的机会。若最终娜娜选择开服装店，则其获利 5 万的机会成本就是放弃开书店的获利 4 万元（开网店与开书店中获利最大的）。

应注意的是，机会成本不同于实际成本，它不是实际需要支付的成本，而是一种观念上的损失。

在我们做出任何决策时，都要使收益大于或至少等于机会成本，如果机会成本大于收益，则这项决策从经济学的角度看就是不合理的。这就是说，在做出某项决策时，不能只考虑获利的情况，还要考虑机会成本。这样。才能使投资最优化。

扩展阅读 4-3

你该不该读高职？

上高职是要花钱的，也就是有成本的。假定目前每位高职大学生三年中学费、生活费等各种支出约为6万元。

然而，上高职的代价不仅如此。为了上大学，要放弃工作的机会。因放弃工作而放弃的工资收入就是上大学的机会成本。例如，一个人不上大学而去工作，每年可得到2万元，三年的机会成本就是6万元。上大学的代价就是上大学的费用6万元和机会成本6万元，共计12万元。那我们上还是不上呢？通常情况下，我们一般人通过上大学可提高工作的能力，以后会得到更多收入。例如，没上过大学的人，一生中每年2万元，自18岁工作到60岁退休，共计收入84万元。上过大学的人，一年收入为3万元，自22岁工作到60岁退休，38年共计收入114万元。上大学的人一生总收入比没上大学的高出30万元。上大学的费用和机会成本之和为12万元。30万元减去12万元为18万元。此外，读了大学后还会有更多的升迁机会，其未来收入还可能更高。所以，上大学是合适的。这就是每个人想上大学的原因。

但也有特殊情况。例如，娜娜有唱歌天赋，若在高中毕业后去唱歌，每年可获得100万元收入。这样一来，她上三年高职的机会成本就是300万元。远远高于一个大学生一生的收入。因此，她应该去唱歌。所以，你到底上不上大学一定要考虑自己的机会成本。

思考：

（1）为了读大学，你放弃了哪些？

（2）结合自己的情况分析，你应该读高职吗？

笔记：

3. 显性成本和隐性成本

显性成本也称会计成本，是企业会计账目上作为成本项目记入账上的各项支出费用，是企业在生产要素市场上购买或租用生产要素的实际支出。由于这些成本在账目上一目了然，所以称为显性成本。显性成本包括雇佣工人支付的工资，从银行取得贷款支付的利息，租用土地支付的地租，购买原材料、燃料、动力以及运输等方面的支出。

隐性成本是指企业使用自有资源所应该支付的费用，但这些费用并没有在企业的会计账目上反映出来，所以称为隐性成本。例如，为了进行生产，一个企业除了雇佣一定数量的工人、从银行取得一定数量的贷款和租用一定数量的土地之外（这些均属显性成本支出），还动用了自己的资金和土地，并亲自管理企业。经济学家认为，既然借用了他人的资本需付利息，租用了他人的土地需付地租，聘用他人来管理企业需付薪金，那么，同样道理，在这个例子中，当企业使用了自有生产要素时，也应该得到报酬。所不同的是，现在企业是自己向自己支付利息、地租和薪金。

在经济学中，一般把显性成本和隐性成本之和称为总成本或经济成本。

二、利润

经济学中的利润主要分为会计利润和经济利润。

1. 会计利润

会计利润＝总收益－会计成本（显性成本）

其中，总收益＝销售量×产品价格

2. 经济利润

经济利润＝总收益－经济成本
＝总收益－（显性成本＋隐性成本）
＝（总收益－显性成本）－隐性成本
＝会计利润－隐性成本

从上面可以看出，企业的经济利润小于会计利润。企业有会计利润未必有经济利润。企业所追求的最大利润，指的就是最大的经济利润。

第四节　市场结构与企业决策

对于一个企业而言，最终决定其利润的，并不是生产多少商品，而是有多少商品销售出去，以及以什么样的价格售出。影响企业产品销售量以及价格的，除了消费者对该商品的需求之外，还有整个市场上该商品的供给。这个供给，是由市场上许多同类商品及相关商品的厂商共同决定的。因此，企业在决策的过程中，不能忽略自身所处的市场结构。

这里所说的市场，特指为了买和卖某些商品而与其他厂商和个人相联系的一群厂商和个人。由于商品特质的差异，会使得不同的市场之间也存在着差异，从而形成不同的市场结构。按照市场上厂商的数目、产品性质、进入限制、厂商对价格的影响等因素，把市场结构分为完全竞争市场、完全垄断市场、垄断竞争市场、寡头垄断市场四种。本节主要分析不同市场结构的特点。

一、完全竞争市场

完全竞争又称为纯粹竞争，是指一种竞争不受任何阻碍和干扰的一种市场结构。完全竞争市场必须具备以下条件。

1. 市场上有大量的厂商和消费者

由于市场上有众多商品的生产者和消费者，无论是生产者的供应量还是消费者的需求量在市场中所占比重都极小，因此，任何一个生产者（或消费者）增加或减少供给量（或需求量）时，对整个市场来说是微不足道的。这样，无论哪个生产者或消费者都无法决定、影响和控制市场价格，他们只能是市场价格的接受者。

2. 同一行业内不同厂商的产品具有同质性

这里的产品同质不仅指商品之间的质量、性能等无差别，还包括在销售条件、包装等

方面是相同的，没有好坏高低之分，厂商之间的产品完全可以互相替代。因此，对消费者而言，购买哪一厂商的产品都是一样的。

3. 厂商进入或退出一个行业是完全自由的

每个厂商都可以按照自己的意愿自由进出某个行业，而没有任何障碍，所有的资源都可以在各行业之间自由流动。厂商总是能够及时进入获利行业，及时退出亏损行业。这样，效率较高的企业可以吸引大量的投入，效率低的企业会被市场淘汰。

4. 每个生产者与消费者都具有完全信息

市场中的每一个卖者和买者都掌握与自己决策、市场交易相关的全部信息。也就是说，消费者都知道商品的真正价格，不会在更高的价格时购买，生产者也不可能以高于现行价格卖出。厂商对其产品的成本和价格也具有充分的信息，会在最佳的生产规模上从事生产，从而获得最大的经济利益。

显然，在现实的经济中没有一个市场真正满足以上四个条件，通常只是将某些农产品市场看成是比较接近的完全竞争市场类型。但是，完全竞争市场作为一个理想经济模式有助于进行不同市场结构的比较。

二、完全垄断市场

完全垄断又称独占、卖方垄断或纯粹垄断，是指一家厂商控制了某种产品全部供给的市场。完全垄断必须符合以下三个条件。

1. 厂商数目唯一，并控制了某种产品的全部供给

完全垄断市场上垄断企业排斥其他竞争对手，独自控制了一个行业的供给。由于整个行业仅存在唯一的供给者，企业就是行业。

2. 完全垄断企业是市场价格的制定者

由于垄断企业控制了整个行业的供给，也就控制了整个行业的价格，成为价格制定者。

3. 完全垄断企业的产品不存在任何相近的替代品

如果存在相近的替代品，其他企业就可以生产替代品来代替垄断企业的产品，完全垄断企业就不可能成为市场上唯一的供给者。在完全垄断市场上，消费者没有其他选择。

4. 其他任何厂商进入该行业都极为困难或不可能

完全垄断市场上存在进入障碍，其他厂商难以参与生产。

完全垄断市场和完全竞争市场一样，都只是一种理论假定，是对实际中某些产品市场的一种抽象，现实中绝大多数产品都具有不同程度的替代性。

三、垄断竞争市场

垄断竞争是指有许多厂商在市场中销售相似但不完全相同的产品。在这种市场中，既具有垄断的因素，又存在着激烈的竞争。因此，它是一种介于完全垄断和完全竞争之间的市场组织形式。

1. 垄断竞争的市场的基本的特征

(1) 市场中存在着较多的厂商

每一个厂商在市场中的份额都很小，对市场的影响几乎可以忽略不计（这一点与完全竞争相同）。这也意味着单个厂商产量与价格的变动，对整个市场几乎没有影响，对其他厂商也没有影响。

(2) 厂商所生产的产品是有差别的

产品差别是指同一产品在价格、外观、性能、质量、构造、颜色、包装、形象、品牌、服务及商标广告等方面的差别。这些差别可以满足不同消费者的独特偏好。例如，手机的外观设计差异满足了消费者对手机外观的不同偏好。

(3) 厂商进入或退出该行业都比较容易

一般来说，垄断竞争企业主要是指日用工业品、手工业、零售业及维修服务业等行业中的企业，这些企业规模都不太大，因而进出行业的障碍不大。

2. 垄断竞争市场上的企业战略

在垄断竞争市场上，由于产品的相似性，企业之间存在着非常激烈的竞争。但是，由于产品的差异，也使得不同品牌拥有自己忠实的客户群，形成小范围内的轻度垄断。因此，对于新产品而言，要在该市场立足，就必须考虑两个问题：如何从其他成熟厂商手中夺取部分市场；如何培养相对稳定的客户群。

企业间的竞争包括三个方面：价格的竞争、产品的竞争和售后服务的竞争。对于新企业而言，价格战通常成本较高，选择营造产品差异化的竞争模式，以及完善售后服务方面的竞争相对而言更为有利。

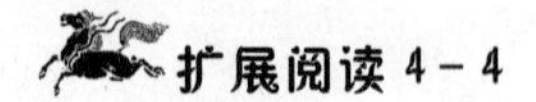

从宝洁多品牌战略来看品牌的差异化生存

欧莱雅和宝洁都是闻名全球的跨国公司。欧莱雅堪称全球“美丽产业”——化妆品行业之翘楚，成立于1907年，1997年，欧莱雅正式挥师进军中国市场。品牌巨人宝洁公司始创于1837年，是全球最大的日用消费品公司之一，1988年，宝洁公司在广州成立了在中国的第一家合资企业——广州宝洁有限公司，从此开始了中国大陆之旅。

1. 星光灿烂，品牌家族枝繁叶茂

欧莱雅和宝洁都是多品牌家族，在中国市场上，他们旗下的品牌都可谓“星光灿烂”。目前，欧莱雅旗下的高端化妆品品牌有兰蔻、赫莲娜、碧欧泉；中端化妆品品牌有薇姿、理肤泉、欧莱雅专业美发、卡诗；低端化妆品品牌有巴黎欧莱雅、羽西、美宝莲、卡尼尔、小护士等。欧莱雅旗下许多品牌在不同

产品品类中均占据领先地位。其中兰蔻、美宝莲和薇姿三大品牌分别占据高档化妆品市场、大众彩妆市场和药房活性健康护肤品市场的第一名。

宝洁公司也是多品牌成功的典范，旗下小品牌数百个、独立大品牌80多个，其产品覆盖洗发护发、美容护肤、个人清洁、妇女保健、婴儿护理、家居护理等诸多领域。宝洁旗下洗发水品牌有潘婷、海飞丝、飘柔、沙宣等；洗衣粉有汰渍、碧浪、欧喜朵、波特等；牙膏有佳洁士，香皂有舒肤佳，卫生贴有护舒宝；化妆品有SK－II、玉兰油、威娜、伊卡璐、妮维娅等；另外还有吉列、博朗、锋速3、品客、金霸王等。目前，宝洁有九大类、十六个品牌进入中国大陆市场。

欧莱雅和宝洁同样在全球市场上所向披靡，同样在中国市场风生水起，同样拥有庞大的多品牌家族，然而，我们不难发现，他们的品牌营销策略却有所不同。

我们很容易注意到一个细节，在飘柔、汰渍、舒肤佳等众多宝洁旗下的产品广告或包装上，会标有“宝洁公司，优质产品”的字样及“P&G”的标志，标明该产品出自宝洁旗下，以增强产品的权威感，提高消费者的信任度。然而，欧莱雅的做法却不相同，在欧莱雅旗下的众多产品品牌中，很难看到“欧莱雅”的标记，欧莱雅有意淡化了欧莱雅企业品牌同各产品品牌的关系，使产品品牌以独立的形象出现，以至于许多消费者并不知道兰蔻、赫莲娜、碧欧泉、薇姿等知名品牌也是出自欧莱雅之手。

2. 各有千秋，品牌策略千差万别

为什么都是多品牌，欧莱雅和宝洁的品牌营销策略却各不相同呢？

应该说，欧莱雅和宝洁的多品牌战略都采取了差异化营销策略，它们旗下的每个产品品牌都个性迥异，针对不同的细分市场进行产品设计、价格定位、广告传播及渠道建设，满足消费者差异化的市场需求。例如，欧莱雅旗下的兰蔻等以高贵、时尚为品牌内涵，通过严格选择的分销渠道如香水店、百货商店、免税商店等进行销售；巴黎欧莱雅则以专业和时尚为品牌诉求，通过专柜和专业美容顾问的渠道向公众展示品牌形象及产品；而美宝莲则定位大众化妆品品牌，突出奔放、时尚和多彩生活方式的品牌个性；薇姿只在“药房专售”，强化其专业化、科学化、医学级的品牌特征。又如，宝洁旗下的海飞丝表达“头屑去无踪，秀发更出众”，飘柔突出“头发更飘，更柔顺”，潘婷强调“拥有健康，当然亮泽”，沙宣追求“专业发廊效果”，伊卡璐诉求“草本精华”等。

欧莱雅和宝洁的差异化营销不同之处在于，欧莱雅的化妆品以“档次、价格”为品牌区隔标准，以情感表达和自我表现为品牌利益诉求点，满足消费者不同的品位、档次及审美情趣需求；而宝洁的洗发水、洗衣粉等则以产品的使用功能为品牌区隔标准，以产品使用功能为品牌利益诉求点。

以产品使用功能为利益诉求点的品牌，多为中低档的大众消费品牌，消费者关注的是它的使用功效，企业品牌的良好信誉往往能向消费者担保承诺其旗下产品品牌品质、技术、信誉上的可靠性。因此，“宝洁公司，优质产品”的频频出现，对飘柔、潘婷、汰渍、舒肤佳等品牌起到了很好的支持作用。

（资料来源：摘自杨兴国《从宝洁多品牌战略来看品牌的差异化生存》，中国广告网，2008年6月23日）

四、寡头垄断市场

寡头垄断又称寡头，是指少数几个厂商控制了某一行业供给的市场结构。寡头市场被认为是一种较为普遍的市场组织。在现实中的很多行业都具有这种特征，如家电、石油、钢铁、电信、航空、汽车制造等。

1. 寡头垄断市场的基本特征

（1）厂商规模巨大而数量很少。厂商数目屈指可数，买者众多，厂商在一定程度上控制产品价格和绝大部分的市场份额。例如，美国汽车由通用、福特公司控制；零售业主要由沃尔玛等几家大企业控制。

（2）产品差别可有可无。寡头垄断厂商提供的产品可以是相同的，也可以是有差别的。由此分为无差别寡头垄断市场和有差别寡头垄断市场。

（3）存在进入的障碍，其他厂商无法顺利地进入该行业。由于规模经济的原因，或者政府的产业政策，会使得新厂商的进入比较困难。

（4）各厂商的行为相互影响，单个厂商行为变动的结果具有不确定性。每一个厂商与其对手之间都有着价格和产量变动上的相互影响。厂商如何决策，需要考虑与对手博弈可能出现的结果。

2. 寡头垄断市场的优点

（1）可以实现规模经济，从而降低成本提高经济效益。

（2）有利于科技进步。各个寡头为了在竞争中获胜，就要提高生产效率，创造新产品，这就成为寡头进行技术创新的动力。

3. 寡头垄断市场的弊端

因为各个寡头之间进行勾结往往会抬高价格，损害消费者的利益和社会经济福利。

扩展阅读 4-5

2010年两大空调巨头的“斗殴”事件

近年来，在国内的空调、乳制品、互联网和电信等行业巨头企业之间，相继发生了因不当竞争而导致的恶性事件。

2010年9月29日，美的实习业务员强某随同事许某到巢湖某家电大卖场检查物料布置，因不满格力空调的吊旗挂在美的展厅门口，遮挡了灯箱和横幅，在许某撕扯格力吊旗的时候，遭到格力空调导购员孙某的扭打。双方在打斗中，强某头部受伤，经抢救无效后于10月2日死亡。

强某之死，折射的是空调巨头之间激烈的不当竞争。格力巢湖办事处的负责人曾对媒体表示，“这次的事情，不在巢湖发生，也会在其他地方发生。”也有家电卖场的人称，“他们两家竞争这么激烈，肯定要出事。”

其实，早在当年5月份，格力和美的便闹上了公堂，安徽格力以涉嫌不正当竞争，将合肥美的告到了法院。而在更早的2009年3月份，重庆美的以涉嫌虚假宣传为由将重庆格力告上法庭。

专家认为，中国的产业竞争已进入一个行业巨头贴身肉搏的“战国时代”，业内数一数二的企业纷纷为争抢龙头老大的地位而“大打出手”。这是一种“激烈的不成熟的市场化竞争”。而真正的行业领袖，一定要对整个行业负起责任来，会考虑整个行业的发展形态。

（资料来源：深圳商报，企业竞争进入“华丽血时代”，2010年12月9日）

（编者注：格力与美的都是中国民族品牌的骄傲，是受人尊重的品牌。他们之间孰是孰非，未有定论，本书编者不做评论。）

思考：

（1）上述企业分别处于什么类型的市场竞争？

（2）乳制品、互联网和电信行业各自面临什么样的竞争状况？

（3）为避免强某的悲剧重演，你认为应如何规范类似企业的竞争行为，使之进行公平有序的竞争？

笔记：

要点回顾

1. 在经济学中生产是指一切能够创造和增加效用的人类活动。生产不仅包括有形的物质资料的生产，同时也包括各种无形服务的生产。

2. 生产要素是指生产商品所投入的经济资源。生产要素包括劳动、资本、土地和企业家才能四类。

3. 企业被假定为是合乎理性的经济人，追求自身利润的最大化。

4. 长期和短期并不是指时间长短，长期是指所有生产要素均可以调整的时期。短期是指部分生产要素可以调整的时期，可以调整的生产要素主要是原材料、工人人数、燃料等，不可以调整的生产要素主要是机器设备、厂房、管理人员等。

5. 边际收益递减规律是指在短期生产中，在技术水平不变的情况下，保持其他生产要素投入量不变，只增加其中一种生产要素的投入量，最初这种生产要素的增加会使产量增加，但当这种生产要素的增加超过一定限度时，产量将要递减，最终还会使产量绝对减少。

6. 规模经济是指在生产技术不变的条件下，当资本与劳动两种生产要素按同比例增加，即生产规模扩大时，最初这种生产规模扩大会使产量的增加大于生产规模的扩大，但当规模扩大超过一定限度后，则会使产量的增加小于生产规模的扩大，甚至使产量绝对减少，出现规模不经济。

7. 生产成本又称生产费用，是指企业对生产产品或提供劳务时使用的生产要素所应该支付的代价，如工资、利息、地租和正常利润等。

8. 机会成本是指生产者利用一定的资源获得某种收入时所放弃的在其他可能的用途中所能获得的最大收入。

9. 显性成本也称会计成本，是企业会计账目上作为成本项目记入账上的各项支出费用，是企业在生产要素市场上购买或租用生产要素的实际支出。

10. 隐性成本是指企业使用自有资源所应该支付的费用，但这些费用并没有在企业的会计账目上反映出来。

11. 经济利润是指企业的总收益和经济成本（显性成本加上隐性成本）之间的差额。企业所追求的最大利润，指的就是最大的经济利润。

12. 市场结构有四种类型：完全竞争市场、完全垄断市场、垄断竞争市场与寡头垄断市场。垄断竞争市场与寡头垄断市场是经济中常见的两种市场类型，而完全竞争市场与完全垄断市场是经济中的两种特例，几乎不存在。

学以致用

一、选择题

1. 企业追求的目标是（　　）。

A. 收入最大化　　B. 效用最大化

C. 利润最大化　　D. 社会收益最大化

2. 以下属于不变生产要素的是（　　）。

A. 由于生意较好，甲餐馆多雇用了5个临时工

B. 经济形势好转了，乙单位决定为每位职工发3000元奖金

C. 丙公司的一辆离报废还有两年的小货车

D. 丁先生大量收购棉花用来做冬衣

3. 根据边际收益递减规律，当其他生产要素投入不变时，随着对某种生产要素的连续投入，产量会（　　）。

A. 连续增加　　B. 连续减少。

C. 先增加后减少　　D. 先减少后增加。

4. 学校里一块新的停车场地的机会成本是（　　）。

A. 由此引发的所有费用

B. 用于建造停车场的机器设备的折旧大小

C. 建造停车场的劳动薪水支付

D. 由用于其他用途产生的最大价值决定

5. 下列说法中，哪个选项直接涉及机会成本？（　　）

A. 小张花5元钱买了一块巧克力

B. 小李放弃了出国留学的机会到西部山区当了一名小学教师

C. 小王中午吃太饱导致肚子不舒服

D. 小赵的妈妈来学校看他

6. 下列说法中，属于隐性成本的是（　　）。

A. 小张以200元的月租租了一间民房当做仓库

B. 小李用借来的30000元钱买了个面包车搞货运

C. 小王把家里的客厅整理出来经营网吧生意

D. 小赵工作努力，老板称赞他能干

7. 小麦市场属于（　　）。

A. 完全垄断市场　　B. 垄断竞争市场

C. 完全竞争市场　　D. 寡头垄断市场

8. 手机市场属于（　　）。

A. 完全垄断市场　　B. 垄断竞争市场

C. 完全竞争市场　　D. 寡头垄断市场

二、简答题

1. 什么是生产要素？

2. 什么是边际产量递减规律？

3. 什么是规模经济？

4. 某公司准备扩大生产，可供其筹资的方式有两种，一种是利用利率为10%的银行存款贷款，二是利用企业利润。该企业经理认为应该选择后者，理由是不用付利息因而比较便宜，你认为他的话有道理吗？为什么？

笔记：

5. 歌星影星市场竞争激烈，可是每位歌星影星都有自己的粉丝群体，你认为歌星影星市场属于什么类型的市场结构？根据这一市场特点，你认为他们应该采取什么样的竞争模式？

笔记：

三、案例分析题

（一）资料

啤酒四巨头决战中原

在2010年，河南市场成为啤酒巨头的围抢重点。在这一年里，雪花啤酒、青岛啤酒、燕京啤酒、百威英博啤酒——赫赫有名的行业四巨头不约而同将目光投向了河南。2010年发生在河南的啤酒业并购、投资事件超过四起，累积金额接近30亿元。

河南市场的情况只是近年来啤酒巨头跑马圈地、大力并购的典型缩影。这种由啤酒巨头筹划的资本盛宴将会变得频繁，国内啤酒市场格局也会愈发清晰——啤酒品牌越来越集中，小的区域性啤酒企业将慢慢消失。

到2010年底，河南前四大啤酒品牌——金星、维雪、奥克、月山，除金星外，都已经悉数各有其主或者将被收购。

一直以来，河南被称作啤酒市场的最后一块“奶酪”。这主要是由于其省内区域啤酒品牌林立，竞争激烈，低价产品盛行。河南越来越凸显的重要区域市场地位还是引来了各方垂涎。2009年1～10月，河南省啤酒总产量32.3亿升，是仅次于山东的第二大啤酒产量大省。而河南的原料优势、人力成本优势和交通优势也让人心动。得河南者，即可南北相连，东西互通，进可攻、退可守。

正基于此背景，几大巨头拉开了一场河南“围城”之战。

事实上，啤酒业大品牌快速扩张从而挤压中小品牌的生存空间的故事已经上演了无数。除金星啤酒、珠江啤酒、南昌啤酒在夹缝中艰难守住自己的一亩三分地外，其他小的区域啤酒品牌的地盘均已被巨头占领、生存越来越困难。

规模扩张直接带来啤酒品牌的高集中度。2010 年上半年雪花、百威英博、青岛、燕京合计市场占比高达 58%，比 2006 年提高了 9 个百分点。啤酒行业集中度、市场集中度未来还将逐年提高。

啤酒行业的利润也呈高集中度趋势。四大巨头由于规模效应，其啤酒的终端零售价虽略低于二线品牌，但利润却远远高于其他品牌。2010 年上半年，雪花、百威英博、青岛、燕京以不到 60%的市场占有率，却创造了达到 60 亿元的利润总额，占中国啤酒行业总利润的 72.5%。

而另一项统计数据则更引人瞩目。自 2001 年起，国内啤酒市场发生了超过 80 次的收购、兼并、参股事件（包括外资和内资企业），涉及总金额超过 400 亿元人民币，平均每年发生 9 起，且平均单次收购金额将近 5 亿元人民币。

（资料来源：中国经营报，2011 年 1 月 1 日）

（二）要求

1. 请分析啤酒企业面临什么样的市场类型的竞争？

2. 试用适度规模的观点对四大啤酒企业的并购行为进行分析与评价。

笔记：

第五章 市场是万能的吗

【知识目标】

- 了解市场失灵及其表现形式
- 理解公共产品与外部性的含义
- 理解贫富差距与基尼系数的含义
- 掌握政府干预市场失灵的手段

【技能目标】

- 能正确分析身边存在的市场失灵现象

案例导入

幸福村为何不幸福了

娜娜所在的幸福村有一块公共草地，这里四面环山，曾经苍翠拥绕、碧草青青，最适宜奶牛养殖。在几户村民率先养殖奶牛致富之后，其他村民纷纷效仿，全村人都因为养殖奶牛一起过上了幸福生活。

可是好景不长，三年后，幸福村的村民们遇到一个难题：公共草地能容纳养殖奶牛的最佳数量为1000头，但村民们养殖的奶牛已达到1600头。公共草地上的草料已经不能满足所有奶牛的食物需要。

如何解决这个问题？娜娜的父亲（幸福村村长）召开村民大会，希望各家各户能减少奶牛数量，使奶牛总量降到1000头。但村民们谁都不愿意减少自家奶牛的数量，同时又都希望别人能减少养牛的数量。

又过了一年，这块公共草地由于长期的超载放牧而不断地被破坏，草地逐渐退化，可供牛食用的草料越来越少……到最后竟然长不出青草了。

现在，幸福村不能再养殖奶牛了，幸福村的人不再幸福了。

注：这个故事是根据美国学者哈丁《公地的悲剧》改写而成。公地作为一项资源有许多拥有者，他们中的每一个人都有使用权，但没有权利阻止其他人使用，从而造成资源过度使用和枯竭。过度砍伐的森林、过度捕捞的渔业资源及污染严重的河流和空气，都是"公地悲剧"的典型例子。之所以叫悲剧，是因为每个当事人都知道资源将由于过度使用而枯竭，但每个人对阻止事态的继续恶化都感到无能为力。而且都抱着"及时捞一把"的心态加剧事态的恶化。

思考：

(1) 幸福村的"公地悲剧"为什么会发生，是谁之过？

(2) 你认为应如何解决幸福村"公地悲剧"问题？

(3) 你知道市场失灵吗？

笔记：

提示：在正常情况下，通过价格这只看不见的手自发调节，可以实现供求平衡，从而达到资源的最优配置。但市场不是万能的，市场也有失灵的时候，上述案例"公地悲剧"中的问题就是市场本身无法解决的。与"公地悲剧"类似的问题还有很多，如过度砍伐森林、过度捕捞渔业资源等，都是"公地悲剧"的典型例子。对于市场机制在某些领域不能有效起作用的情况，我们称为"市场失灵"（也称"市场失效"、"市场缺陷"）。市场失灵主要有公共物品、外部性、贫富差距、信息不对称、垄断等，当出现市场失灵时，就需要政府进行干预。

第一节　外　部　性

一、外部性的含义

在现实生活中，经常会出现这样的情况，即某人或某个企业的经济活动给他人带来了

利益，这个人或这个企业却没有因此获得报酬；它给别人造成了不利影响，却也没有因此受到相应的惩罚。这种现象就是外部性，也称外部效应。外部性分两种情况，给他人带来利益的是正外部性，给他人造成危害的是负外部性。

外部性可能会发生在任何的经济活动主体之间，主要有以下三种表现形式。

(1) 不同企业之间的外部性。例如，有两个企业，一个食品厂，另一个是水泥厂，水泥厂处于上风位置，食品厂处于下风位置，由于水泥厂排放到空气中的污染物会影响食品企业的卫生条件，而污染程度取决于水泥的产量或是污染物的排放量。

(2) 企业与个人之间的外部性。例如，一些化工厂为了节约成本，不使用污水处理设备，直接向河流排放工业废水，使下游的居民的生活用水受到影响；一些煤矿过度采煤造成地表破坏，导致附近地面下沉，房体倾斜，直接影响当地生态环境及居住安全等。另外，个人的行为也会影响企业的经营活动，如汽车的尾气排放，会影响农场主的柑橘生产和蜂蜜生产等。

(3) 个人之间的外部性。例如，在公共场合吸烟、随地吐痰、乱丢垃圾，使别人受害；在家听音响，音量过大，影响邻居的安宁；在自家屋旁栽花种草，对自己有利对别人也有利，等等。

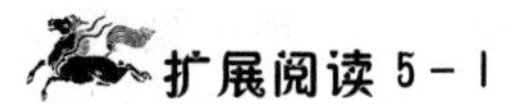

珠三角遭IT业重金属污染严重

珠三角地区以“世界工厂”著称，在面积不大的区域内，创造了我国30%的对外贸易额，但代价是深受污染之痛，且持续已久。

自2001年起发布的《广东省海洋环境质量公报》显示，珠江流域及珠江口海域已经连续7年被列为“严重污染区域”。2009年5月发布的《公报》指出，广东省珠江流域以及珠江口海域污染面积比2008年增加12.33%。

其中，珠三角地区的重金属污染现象尤其严重，是国内最严重的几个地区之一。

据报道，2004年前后，广东省地质局曾做过一次初步调查，当时的结果显示在珠江河口周边区域，受人为污染导致土壤中有毒有害重金属元素污染面积达5500平方公里。2005年对珠江三角洲近岸海域海洋地质环境的调查也表明，珠江口近岸海域约有95%的海水被重金属、无机氮和石油等有害物质重度污染。

重金属污染已经严重影响到当地的人居环境和生态健康。调查显示，广东省珠江三角洲近40%的农田菜地土壤遭受重金属污染，且其中10%属严重超标。

2008年，中山大学生命科学学院的科研团队分别在广州6个区各选择两个农贸市场采集蔬菜样本，分析样本中镉、铅的含量情况，结果发现，叶菜类蔬菜的污染情况十分严重，除1种为轻度污染外，其余5种均达到重度污染水平。

2008年发布的《广东省海洋环境质量公报》显示，珠江、深圳河等河流携带入海的重金属和类金属砷超过1.2万吨。

重金属污染已经影响到了中国一个至关重要的区域。珠江的集水区达45.3万平方公里，是继长江和黄河后中国第三长河流，珠江同时也为区内4700万人提供饮用水，供应城市包括广州、深圳、东莞、惠州、佛山、肇庆、江门、中山和珠海及香港等。

（资料来源：中国青年报，2010年5月31日）

思考：

1. 你身边还存在哪些外部性现象？请举例。

2. 如何解决你身边的外部性问题，有何建议？

笔记：

二、解决外部性的政策措施

由于外部性是市场机制无法解决的，只能通过征税等方式去纠正负外部性问题。

对造成负外部性的企业，国家可以征税，其税收的数量应该等于该企业给社会其他成员造成的损失。例如，在生产污染的情况下，政府对污染者征税，税额等于治理污染所需要的费用。这样，企业就会在进行生产决策时把污染的成本也考虑进来。在一些发达国家通过向企业征收二氧化硫税、水污染税、噪声税、固体废物税和垃圾税等环境税，以达到让污染者付费的目的。

反之，对造成正外部性的企业，政府则可以采取补贴的办法，鼓励企业扩大正外部性，减少负外部性。

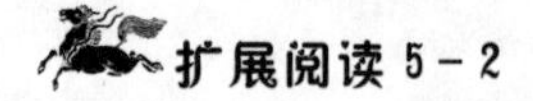

解决负外部效应的其他方式——明确财产权

在许多情况下，外部影响的存在之所以导致资源配置失当，是因为财产权不明确。所谓财产权，是通过法律界定和维护的人们对财产的权力。它描述了个人或企业使用其财产的方式。

例如，某条河流的上游污染者使下游用水者受到了损害。如果给予下游用水者以使用一定质量水源的财产权，则上游的污染者将因把下游水质降到特定质量之下而受罚。在这种情况下，上游污染者就会同下游用水者协商。将这种权利从他们那里买过来，然后再让河流受到一定程度的污染。同时，遭到损害的下游用水者也会使用他出售财产权而得到的收入来治理河水。总之，明确财产权后，能让污染者为其带来的负外部性付出了代价，同时也能让受害者得到一定的补偿。

第二节 公共物品

一、公共物品及特征

（一）公共物品的含义

现实生活中，人们需要消费各种各样的商品和服务，这些商品和服务可以分为私人物品和公共物品两大类。

私人物品是指那些在市场上可以购买到的产品，如衣服、食品、住房、小汽车、书本、电脑、手机等。私人物品是市场机制、价格机制可以解决的，也就是说市场可以提供私人物品。

公共物品也称为公共产品，是指用于满足社会公共消费需要的物品或劳务，一般指教育、国防、公共卫生、医疗保健、环保、基础设施等。

人的活动具有两重性，即个体性和社会性。作为一个个体的人，我们都需要一定的物品来满足私人需要，如衣、食、住、行等；作为社会的人，我们的生存依赖于社会环境，还需要国防、治安、医疗保健、教育、基础设施、环境卫生，等等。例如，为了保证国家与人民安全和维护社会秩序，需要有军队、警察、司法等国家机构；为了保证社会经济活动的正常进行，需要有大型的工厂和矿山、大型的水利系统、大规模的商品储运和流通设施，需要有铁路、公路、民航等交通运输网，需要有供电、供气、供水、排水等公共基础设施，需要有四通八达的通信网络；为了满足人民文化生活和健康的需要，需要有学校、医院、博物馆、体育馆、文化宫、影剧院等事业单位和文化设施；为了推动科学技术的进步，保证人类社会的可持续发展，需要有众多科研机构等。上述公共物品的生产或者因为需要巨额投资，或者因为需要相当长的时间才能收回投资甚至根本收不回投资，使得任何一个企业或个人，都无力提供或不愿意提供。换句话说，市场在提供公共物品方面存在着先天性的不足。

（二）公共物品的特征

相对于私人产品而言，公共物品具有消费上的非排他性、非竞争性两个特征。

1. 非排他性

公共物品的非排他性是指任何个人即使不支付费用，也能享受某种物品。如国防，一国中的任何公民都能享受国防保护，不能把谁排除在外。国防可以免费享受，不需要支付任何费用。不管你是否是纳税人，纳税多少，都可以与其他人一样享受国防服务。

很显然，私人物品不具备这个特征，私人物品具有排他性。这表现为人们必须支付一定的费用才能获得这个物品的所有权或消费权。例如，你在艺术品市场看上某位画家的画作，你想拥有，你就必须花钱去购买。你拥有这幅画作后，别人就不能再同时拥有这幅画作了。一般来说，凡是人们能完整地购买其拥有权或消费权的产品，都具有消费上的排他性，这种物品就是私人物品。

2. 非竞争性

非竞争性是指某种物品即使有人消费了，别人还可以再去消费。换句话说，一部分人对某一物品进行消费，不会影响另一些人同时也对该产品的消费；一些人从这一产品中受益不会影响其他人也从这一产品中受益，受益对象之间不存在利益冲突。例如，某个城市在街道上安装了公共路灯，则人人都有权免费从路灯下走过，而且多一个人或少一个人从路灯下走过，并不会增加或减少路灯照明的成本。

显然，私人物品也不具有这个特征，私人物品具有竞争性。竞争性是指你已消费某件商品，其他人就不能再消费这件商品了，你的消费就处于竞争状态。例如，你已买下了某位画家的画作，别人就不能拥有并消费了。

由于公共物品具有非排他性和非竞争性，它的需要或消费是公共的，每个消费者都不会自愿掏钱去购买，而是等着他人购买后自己顺便享用它所带来的利益，这就是经济学所称的“搭便车”现象。从一定意义上说，由于“搭便车”问题的存在，公共物品一般应该由政府来提供。

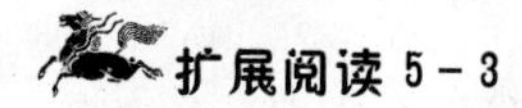

扩展阅读 5-3

“搭便车”现象

由于公共物品的非排他性，就可能出现“搭便车”现象，即不管是否付费都可以获得消费利益，使得有些人认为即使不付费也可以获得利益，而付费也未必能获得更多利益，从而尽可能地逃避付费。

例如，泥湾村的公路夜间经常发生交通事故，原因是该村公路的某路段地形复杂且未安装路灯，安装路灯是解决这一问题的唯一途径，为了解决这一问题，该村需要向每位公民收取相关费用。假定该村有1000村民，平均每人需支付100元。但每个村民对这项公益措施的评价和支付意愿是不一样的。有些人会夸大或缩小这项路灯工程给自己造成的影响。例如，张三曾在路段发生过交通事故，以致每次通过该路段都心惊胆颤，害怕再出事故，则他对这一工程愿意支付的意愿可能会比100元更高；而李四认为这项工程对自己影响并不大，则他可能会不愿意支付100元。他甚至可能会隐瞒安装路灯给自己的带来的好处而拒不出资，这样做的目的是让那些“张三”们为这项工程买了单，他们就可以免费享受这条有足够照明的公路了，这种现象我们通常就称为“搭便车”。如果大多数人都有和李四一样的想法，那么该村就筹集不到足够的资金为这条路安装路灯，交通隐患将继续存在。

因此，筹措公共物品的生产费用，通常需要以税收方式强制地进行分摊。

（三）公共物品的分类

按公共物品是否同时具备非排他性和非竞争性两个特征，可以将其划分为以下两类。

（1）纯公共物品是指完全具备非排他性和非竞争性的公共物品，这类公共物品很少，只有国防、社会治安、外交和行政管理等。

（2）准公共物品，又称混合公共物品，是只具备上述两个特征之一，而另一个特征表现不明显的公共物品，大部分公共物品属于此类。如学校、公园、体育场、公共图书馆等，本来是任何人都能享受的，但因名额、座位、面积等条件有限，享用就受到限制。有的就采取先到先坐，额满为止；有的则采取发许可证（如门票）等办法。由于准公共物品一般不同时具备非排他性与非竞争性，因此，可以一部分由政府提供，一部分由市场提供。但对公众影响大的或由政府提供更为有利的商品和劳务则由政府出资，或由政府提供财政补助，如医疗补助、基础设施、公共工程、公共事业、社会福利等。

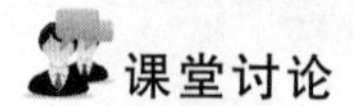

课堂讨论

（一）资料

世界收费公路14万公里，其中10万公里在中国

近年来，中国高速公路的高收费问题，引起各界广泛关注并引发讨论。

有统计数据显示，世界各国收费公路总长约14万公里，其中10万公里在中国，占总公里数的70%。而在车辆通行费所占人均GDP的比例中，中国以超过2%的水平高居首位。以下是有关国家收费高速公路情况。

1. 中国：高速公路通车里程达7.4万公里，为世界第二，其中95%的高速公路收费。中国各种过路过桥费已高达运输企业成本的1/3。

2. 美国：拥有约10万公里高速公路，居世界第一，其中8.8%为收费路段。高速公路建设资金投入的比例为州政府19.6%，地方县市77.4%，联邦政府3%，平时维护费用主要由州政府负责。

3. 加拿大：共建了1.65万公里高速公路，居世界第三。不征收车辆通行费，路上没有收费站、检查站。

4. 德国：拥有1.26万公里高速公路，为世界第四。不收取高速公路养路费；绝大部分的道路维修保养费用都是由政府从税收中支付；对于12吨以上的卡车，德国从2005年1月开始征收平均每公里15欧分的使用费。

5. 韩国：2007年高速公路里数达3368公里，大部分由国营的韩国道路公社经营。

6. 日本：高速公路达7000公里，大部分都不是免费开放，通行费用近年在不断上涨。

（资料来源：经济观察报，2011年3月29日）

（二）讨论

1. 高速公路是公共物品吗？

2. 你对我国的高速公路收费有何看法？

笔记：

二、公共物品的供给

公共物品的特征决定了公共物品在供应方式上必须是由政府主导。政府提供公共物品有两种基本方式：政府直接生产与政府间接生产。

1. 政府直接生产

一般认为，纯公共物品和自然垄断性很高的准公共物品通常采取政府直接生产的方式来提供。例如，邮政服务、电力、航空、铁路、保险业、煤气、中小学、医院、警局、消防、煤电供应、图书馆等都由政府提供。

2. 政府间接生产

政府间接生产公共物品是指政府利用预算安排和政策安排形成经济刺激，引导私人企业参与公共物品生产。政府间接生产公共物品主要有以下几种形式。

（1）政府与私人企业签订生产合同。公共物品并不一定都要由政府直接生产，有时，由政府购入私人物品，然后向市场提供。适用于这种形式的主要是具有规模经济效益的自然垄断性行业，包括基础设施，它们在收费方面没有太大的困难。

（2）授权经营。这种方式适合于提供那些正外部性明显的公共物品，如自来水供应、电话、供电、广播电台、航海灯塔等。

(3) 政府经济资助。主要适用于那些营利性不高或者只有在未来才能赢利且风险大的公共物品，如高精尖技术的基础研究以及教育等。政府资助的方式有补贴、津贴、优惠贷款、无偿赠款、减免税等。

(4) 政府参股。主要适用于初始投入大的基础设施项目，如桥梁、道路、发电站、高速公路等。政府参股分为政府控股和政府入股。政府控股针对那些具有举足轻重地位的项目，政府入股主要是向私人企业提供资本和分散私人投资风险。

第三节 贫富差别

一、贫富差别的含义

贫富差别是指不同的社会成员之间，由于所处的社会政治、经济、文化等地位和环境的不同，从而形成的占有社会财富的多与少之间的差距。

市场经济是一种优胜劣汰的经济，市场给予社会成员的报酬是以生产能力和贡献为标准的。由于每个人的天赋不同，就业机会不均等、竞争条件不公平等因素的影响，人们占有财产情况不同，因此由市场决定的收入分配肯定高低悬殊。从经济的角度看，市场机制造成的人们收入分配不均有其存在的道理。但从社会和道德的角度看，市场分配造成的贫富悬殊是不公平的，是社会难以接受的。若任其发展，将会影响社会稳定，损害市场经济的健康发展。

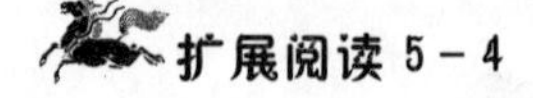

中国行业收入差距扩大至15倍

人力资源和社会保障部工资研究所发布的最新数据显示，中国收入最高和最低行业的差距已扩大到15倍，跃居世界之首。

统计显示，初次分配中农民工工资长期被过分压低。2008年广州、深圳、杭州、南京、东莞、上海、无锡、苏州、宁波长三角、珠三角九个城市和地区，出口加工企业中农民工平均工资与当地城市职工平均工资相比，很少超过40%的，差别最大的东莞，城镇职工平均工资为3293元，农民工平均工资为971元，不到城镇职工的30%。

在供大于求的条件下，一般劳动力价格会被压低，工资水平相对较低有其部分合理性。而我国至今尚未形成完善、有效的集体谈判机制。同时规范初次分配的劳动法律法规也没很好地落实。例如，在最低工资、最低劳动条件确定等方面，政府虽然有相关规定，却疏于执行和监管。

此外，初次分配中行业收入差距过大。根据去年统计局公布的数据，中国证券业的工资水平比职工平均工资高6倍左右，收入最高和最低行业的差距达11倍。人力资源和社会保障部工资研究所发布的最新数据，这一差距又扩大到15倍。如果把证券业归到金融业一并计算，行业差距也高达6倍。其他市场经济国家的行业收入差距，根据人力资源和社会保障部国际劳工保障研究所提供的资料，2006—2007年最高和最低行业工资差距，日本、英国、法国为1.6～2倍，德国、加拿大、美国、韩国为2.3～3倍。从目前的资料看，中国行业收入差距已跃居世界之首，已经超过巴西。如此巨大的行业收入差距是市场竞争的结果吗？显然在很大程度上是由于市场准入方面的行政限制带来的。

（资料来源：羊城晚报，2011年2月10日）

二、引起收入分配不均等的原因

一个人所能获得的收入的多少，取决于他所掌握的生产资源的多少，掌握资源越多的人，他所获得的收入就相应较多；反之，掌握资源越少的人，他所获得的收入就相应较少。因此，人们掌握的资源不平均引起收入分配不公。这里所指的收入，就是人们由于向生产活动提供了资源从而得到的报酬。而资源主要指劳动、资本、土地和企业家才能等。其中，劳动对应的收入是工资；资本对应的收入是利息；土地对应的收入是地租，而企业家才能对应的收入是正常利润。说到这里，你应该能理解周围的人为什么会存在收入差距了。

当然，引起收入差距的原因除了人们掌握的资源数量不同以外，还存在着资源质量方面的原因，当一个人具有的资源数量与其他人相等，但他的资源质量更优时，其获得的收入也相应较多。

另外，国家的政策也对人们的收入产生着巨大的影响。既然收入分配不平等影响着社会秩序，政府又是不愿意看到收入差距过分悬殊的，因此，国家在平等居民的收入分配方面，一直做着不懈的努力。

扩展阅读 5－5

收入分配平等程度的衡量——洛伦兹曲线与基尼系数

在判断一国收入分配的平等程度时，洛伦兹曲线图是常用的工具，基尼系数是最常用的指标。

一、洛伦兹曲线

为了研究一国的收入分配问题，美国统计学家洛伦兹提出了著名的洛伦兹曲线，它是用来衡量一国收入分配或财产分配平均程度的曲线。其具体做法是：

(1) 首先将一国人口按收入由低到高排队，再分成若干个等级；

(2) 再分别在横坐标和纵坐标上标明每个等级人口占总人口的百分比，每个等级人口的收入占总收入的百分比；

(3) 将这样的人口累计百分比和收入累计百分比的对应关系描绘在图形上，即可得到洛伦兹曲线。

如果把一国人口分成5个等级，各等级人口各占总人口的20%，各等级人口占总收入的比例各不相同，也就是存在着收入上的差距。为了说明这个问题，我们假定某国各等级的人口比例与收入比例如表5－1所示。

表5－1　各等级人口的收入状况表

级　别	各级人口占总人口的百分比（%）	人口累计百分比（%）	各级人口收入占总收入的百分比（%）	收入累计百分比（%）
1	20	20	4	4
2	20	40	8	12
3	20	60	13	25
4	20	80	15	40
5	20	100	60	100

根据表5-1，我们可以绘出洛伦兹曲线如图5-1所示。

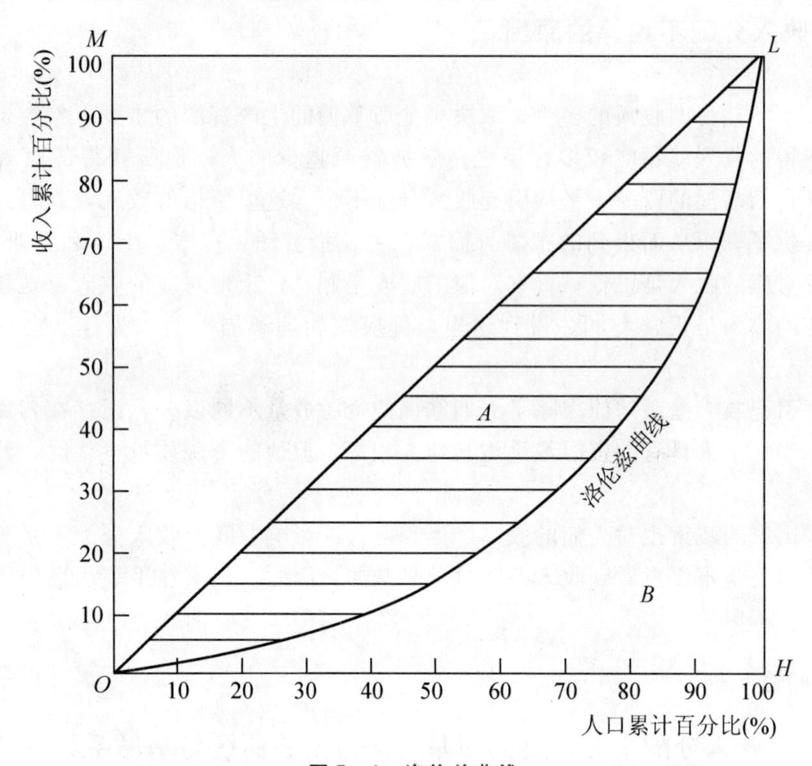

图5-1 洛伦兹曲线

在图5-1中，横轴 OH 表示人口（按收入由低到高分组）累计百分比，纵轴 OM 表示收入累计百分比。

OL 为45°线，在这条线上，每20%的人口得到20%的收入，表明收入分配绝对平等，称为绝对平等线。

OHL 表示收入绝对不平等，它表示所有收入都集中在一人手中，而其余人口均一无所获。因此 OHL 是绝对不平等线。

根据表5-1所作的洛伦兹曲线介于绝对平等线与绝对不平等线之间，它反映了一国实际收入的分配状况。洛伦兹曲线与45°线 OL 越接近，收入分配越平等；洛伦兹曲线与绝对不平等线 OHL 越接近，收入分配越不平等。

一般来说，一个国家的收入分配，既不是完全不平等，也不是完全平等，而是介于两者之间。相应的洛伦兹曲线，既不是折线 OHL，也不是45°线 OL，而是像图中这样向横轴突出的弧线 OL，尽管突出的程度有所不同。

二、基尼系数

根据洛伦兹曲线，意大利经济学家基尼提出可以用 A、B 的面积来表示一国收入分配的不平等程度。

基尼系数（G），即：

$$G=\frac{A}{A+B}$$

式中，A 表示实际收入线与绝对平等线之间的面积，B 表示实际收入线与绝对不平等线之间的面积。

当 $A=0$，即实际分配线与绝对平等线重合时，$G=0$，表示收入分配绝对平等；

当 $B=0$，即实际分配线与绝对不平等线重合时，$G=1$，表示收入分配绝对不平等。

通常基尼系数大于0小于1，基尼系数越小表明收入分配越趋于平等，基尼系数越大表明一国收入分配越不平等。

按照联合国有关组织规定，基尼系数若低于 0.2 表示收入绝对平均；0.2～0.3 表示比较平均；0.3～0.4 表示相对合理；0.4～0.5 表示收入差距较大；0.5 以上表示收入差距悬殊。

通常把 0.4 作为收入分配差距的“警戒线”。根据世界银行的报告，1960 年，我国基尼系数为 0.17～0.18，1980 年为 0.21～0.27，从 2000 年开始，我国基尼系数已越过 0.4“警戒线”，并逐年上升，2006 年已升至 0.496。

三、收入分配平等化政策

（一）平等与效率：一个永恒的难题

在讨论平等与效率的关系这个难题时，人们喜欢用分蛋糕来打比方。效率意味着把蛋糕做大，平等象征着把蛋糕平均分给众人。如果要把蛋糕做大，大家就必须都努力为蛋糕事业做出贡献。如果把蛋糕平均分给众人，对于经济人来说，必定会有部分人等着别人去努力，而自己只想坐享其成，从而影响整个经济的效率。由此可以看出，平等与效率是一对矛盾。

各国在发展经济的过程当中，究竟是应该偏向平等还是效率，在不同的历史阶段，会有不同的选择。从我国的情况看，从 1949 年新中国成立到 1978 年改革开放前这一阶段，我国非常重视平等，甚至出现吃“大锅饭”的现象，但老百姓过得很贫穷，生产力发展不上去，致使社会主义的优越性无从体现，这是我国过分重视平等而忽略了效率的一个时期。1978 年以来，随着改革开放不断深入，国家允许“一部分人先富起来”，从这个时候开始，我国的生产力才开始得到真正的解放，人民生活越来越富裕，但是贫富差距也随之越拉越大。因此，我们可以看出，在经济活动中，过分重视平等必然损失效率，而过分重视效率，又会拉开收入差距，导致收入分配的不平等，如何在平等和效率中做出决策，这是一个永恒的难题。

（二）收入平等化政策

目前我国的收入分配已经达到严重不公平的程度。收入分配的不公平可能导致社会秩序的混乱，甚至会导致社会动荡。那么国家是怎样来调节收入分配的呢？国家调控收入分配的各种手段主要有以下几点。

1. 税收与补贴

税收是政府财政收入的主要来源，也是国家调节经济，调节收入分配的主要手段。典型的调节收入分配的税种是个人所得税。个人所得税采用超额累进制计征的方法，使收入越高的人，纳税的相对税率就越高，而对于收入偏低的人，纳税的相对税率越低，工资收入不超过国家规定的免征额的，甚至不用缴纳个人所得税。这在很大程度上减少了收入分配的不平等程度。相对地，对收入明显过低的人群，国家还有相应的补贴政策，如失业救济金的发放，养老金的发放等。对于这些特殊群体，他们缴纳的个人所得税税率甚至可以用“负税率”来表示，也就是说，他们不但不用缴纳个人所得税，还得到了国家的经济支援。

2. 社会福利政策

(1) 实行各种形式的社会保障和社会保险。它包括失业救济金制度、老年人年金制度、残疾人保险制度、对未成年人家庭的补助及对低收入家庭和个人的补助等。这些补助金主要是货币形式，也有发放食品等实物形式的。其资金来源是个人或企业交纳的保险金，或者是政府的税收。

(2) 实行最低生活保障。居民最低生活保障标准应根据各地生活必需品的价格水平和人民生活水平制定，并且要随着生活必需品的价格变化和人民生活水平的提高做出适时调整。

(3) 为贫困者进行培训和提供就业机会。首先是实现机会均等，尤其是保证所有人的平等就业机会，并按同工同酬的原则支付报酬。其次是使低收入者具有就业的能力，包括进行职业培训，实行文化教育计划等。这些都有助于提高低收入者工作技能或素质，使他们能从事收入更高的工作。

(4) 医疗保险与医疗援助。医疗保险包括住院费用保险、医疗费用保险以及出院费用保险。这种保险主要由保险金支付。医疗援助则是政府出钱资助医疗卫生事业，使每个人都能得到良好的医疗服务。

(5) 教育资助。它包括兴办国立学校，设立奖学金和大学生贷款制度，帮助学校改善教学条件，资助学校的科研等。从社会福利的角度来看，对教育事业的资助有助于提高公众的文化水平与素质，这样也有利于收入分配的平等化。

(6) 改善住房条件。它包括政府向低收入者出售低价房、提供廉租房；对私人出租的房屋实行房租限制；实行住房房租补贴等。这种政策会在一定程度上改善低收入者的住房条件，也有利于实现收入分配的平等化。

(7) 发展社会慈善事业。慈善事业是健全社会保障体系的一个不可缺少的方面。慈善事业主要来源于人们的自愿捐助，它是富者和一切有能力捐助者在慈善心驱使下的自觉行为，失业者、弱势群体和遭受各种天灾人祸的困难群体会在一定程度上受益，因此，它是社会保险、社会救助、社会福利的重要补充。

(8) 劳动立法保护。它包括最低工资法和最高工时法，以及环境保护法、食品和医药卫生法等。这些都有利于增进劳动者的收入，改善他们的工作和生活条件，从而减少了收入分配不平等的程度。

扩展阅读 5-6

"十二五"期间，我国要建3600万套保障房

2011年两会期间，国家发改委主任张平在回答记者提问时表示，"十二五"规划的最大亮点是把以人为本、可持续发展放在了一个突出的位置，坚持民生优先的原则，就是要让全国各族人民能够共享改革发展的成果，要把保障和改善民生放在更加突出的位置。

有记者援引网友的话说，当前我国是GDP一大步、财政收入两大步，居民收入迈半步。在"十二五"期间，百姓关心的收入分配、教育、医疗、社会保障以及"蚁族"特别关心的"蜗居"问题、住房问题能不能得到特别改善?

张平表示，希望通过"十二五"的努力，能够进一步扭转现在收入分配上的差距，能够使得群众收

入有一个较快的增长，“用我们现在的话说，能够实现‘两个同步、两个提高’。”

所谓“两个同步”，即城乡居民收入与经济发展同步，劳动报酬的增长与劳动生产率的提高同步。

发改委副主任徐宪平就“十二五”规划纲要中有关民生问题的规划做了详细介绍。

第一，首次提出建立健全基本公共服务体系，明确了“十二五”期间基本公共服务体系的范围和重点，有公共教育、就业服务、社会保障、医疗卫生、人口计生、公共文化、基础设施、住房保障、环境保护九个方面。这九个方面政府提供的基本公共服务，将来是要靠财政保障的。不管你生活在东部，还是生活在西部，不管你居住在农村还是城市，政府都要提供同样水平的公共服务。

第二，首次提出要实施就业优先战略，就是要采取更加积极的就业政策，千方百计地扩大就业和创业的规模，特别是重点解决高校毕业生、农村转移劳动力和城镇困难人员的就业问题。提出五年年均新增城镇就业 900 万人，转移农村劳动力 800 万人。

第三，提出合理调整收入分配关系。城乡居民收入与经济发展同步，劳动报酬的增长与劳动生产率的提高同步。

第四，提出要让全民享有基本的医疗保障，城乡三项基本医疗保险的参保人数要新增 6000 万人，在政策范围内的医保基金支付水平要提高到 70%以上。

第五，要提高住房保障的水平。未来五年，将建设城镇保障性安居工程 3600 万套，今年 1000 万套，明年 1000 万套，后面三年还有 1600 万套，使保障性住房的覆盖率达到 20%。同时在“十二五”规划纲要中，也明确提出对于城镇低收入住房困难家庭要提供廉租房，实行廉租房制度。对城镇中等偏下收入住房困难家庭，要提供公共租赁住房。对于中高收入家庭，将实行租赁和购买相结合的商品房制度。

（资料来源：新华网，2011 年 3 月 7 日）

要点回顾

1. 市场并不能解决所有的资源配置问题，对于市场在某些领域不能有效作用的情形，我们称为市场失灵。市场失灵包括外部性、公共物品、贫富差距、信息不对称、垄断等。

2. 公共物品也称为公共产品，是指用于满足社会公共消费需要的物品或劳务，一般指教育、国防、公共卫生、医疗保健、环保、基础设施等。公共产品具有非排他性和非竞争性的特点。

3. 外部性又称为外部效应，是指个人或厂商的行为直接影响到其他个人或厂商，但其他个人或厂商并没有因此而支付任何成本或得到任何补偿。按照个人或厂商对其他个人或厂商的影响是有利或不利的，外部性又分为正外部性和负外部性。解决外部性的方法通常有税收与补贴、企业合并、明确产权等。

4. 贫富差别是指不同的社会成员之间，由于所处的社会政治、经济、文化等地位和环境的不同，从而形成的占有社会财富的多与少之间的差距。

5. 在比较贫富差距的时候洛伦兹曲线图是常用的工具，基尼系数是最常用的指标。

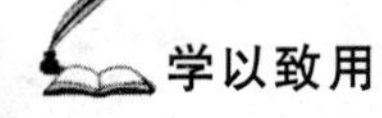

学以致用

一、选择题

1. 公共物品具有（　　）特征。

A. 外部性　　B. 非排他性　　C. 非竞争性　　D. 以上都是

2. 老王在自己的庭院中种了一颗玉兰树，每到花开的时候，花香可以飘到很远很远，这对于喜欢闻玉兰花香味的人来说，属于（　　）；这对于花粉过敏的人来说，属于（　　）。

A. 正外部性；正外部性

B. 正外部性；负外部性

C. 负外部性；负外部性

C. 负外部性；正外部性

3. 在公共场合吸烟会让很多人感到难受，由此产生了（　　）。

A. 正外部性　　B. 负外部性

C. 道德约束　　D. 外部性的内在化

4. 公路上的路灯具有（　　）。

A. 非排他性　　B. 非竞争性

C. 排他性　　D. 竞争性

5. 下列哪种情况下不会出现市场失灵？（　　）。

A. 存在公共物品　　B. 存在外部性

C. 卡特尔勾结起来限制产量　　D. 市场上竞争非常激烈

6. 我国政府为了发展经济，设立了若干经济特区，这样的行为（　　）。

A. 既公平又有效率　　B. 既不公平又没有效率

C. 有效率但不公平　　D. 公平但缺乏效率

7. 基尼系数是用来衡量（　　）。

A. 居民富裕程度的　　B. 收入分配差距的

C. 家庭富裕程度的　　D. 国家富裕程度的

二、简答题

1. 市场失灵包括哪些内容？

2. 我国的公路、桥梁及大学等是不是纯公共物品？

3. 什么是外部性？

4. 什么是基尼系数，基尼系数是如何得出的？

5. 如何看待我国的收入差距问题？

笔记：

三、案例分析题

（一）资料：政府对“皮革奶”的处理

继“三聚氰胺奶”之后，我国的部分地区又发现了“皮革奶”。有媒体报道称，在内地竟然有不法企业把皮革下脚料溶解之后制成蛋白粉混到牛奶里，以提高奶粉的蛋白含量。由于这些物质是一些有毒的物质，所以长期食用的话可能会致癌。

据悉，为了打击此种行为，农业部已经下发“2011 年全国生鲜乳质量安全监测计划”，“皮革奶”被列入农业部监测“黑名单”。其实早在 2005 年，就有企业开始生产“皮革奶”，之后被严肃整治，“三聚氰胺”事件后，一些不法厂商为了提高牛奶中的蛋白含量，“皮革奶”又死灰复燃。2009 年，我国就开始检测生鲜乳制品中是否存在“皮革奶”，浙江金华市晨园乳业曾被检测出“皮革奶”，遭查封。

（资料来源：皮革奶列入监控黑名单，新浪网，2011 年 2 月 18 日）。

（二）要求

1. “皮革奶”属于哪种形式的市场失灵？

2. 请站在政府的角度谈谈可以采取哪些措施来处理“皮革奶”问题？

笔记：

附录

附录 1 信息不对称

一、信息不对称及其导致的社会问题

信息不对称是指对同一件产品，消费者与卖家所掌握的信息是不一样的，通常卖家更加了解自己正在出售的商品，在信息的掌握方面，卖家占据了优势。在市场上，这种优势就可能使卖家对产品的瑕疵避而不谈，只向消费者宣传产品的正面信息，导致消费者吃亏上当。例如，某人在自行车铺购买了一辆二手自行车，交易的时候卖家声称该车负重好，刹车灵，骨架坚固等，将其买回家后不久，该消费者几乎更换了自行车的所有零部件，所耗的维修费几乎可以买到一部全新的自行车。产生这类现象的根本原因就在于卖家在交易时只介绍了所出售的商品的优点，而隐瞒了该商品的缺点。这样的信息不对称的例子在我们的生活当中比比皆是。信息不对称对社会经济的影响是显而易见的，它造成了市场效率与公平的双缺失，对市场经济的健康发展是一个不小的考验。当市场存在着信息不对称时，会引起逆向选择和道德风险。

（一）逆向选择

逆向选择是信息不对称时所产生的一种特定的消费者行为，由于信息不对称，买家要承担物品质量低的风险，其做出的购买决策可能会是“逆向”的。例如，在二手 iphone 市场，二手手机的卖家知道自己手机的缺陷，而买家通常不知道。由于最差 iphone 的卖主比那些拥有最好 iphone 的卖家更可能出售自己的手机，买家就担心得到一个“次品”。结果，许多人都不去二手 iphone 市场买手机。这个次品问题可以解释为什么只使用了几周的二手 iphone 比同一型号的新 iphone 卖得低上千元这个现象，二手 iphone 的买家可能会推测，卖家急于把二手的 iphone 出手是因为他知道买家不知道的一些情况。

当市场受到逆向选择困扰时，看不见的手就不一定能发挥其魔力。在二手 iphone 市场，好的 iphone 卖家可能选择留下这些 iphone，而不是以持怀疑态度的买家愿意支付的低价格出售；而买家能以低价买到的往往都是质量不好的二手商品。这也印证了一句俗语：“便宜无好货”。

（二）道德风险

道德风险是指从事经济活动的人在最大限度地增进自身效用的同时做出不利于他人的行动。或者说是当签约一方不完全承担风险后果时所采取的自身效用最大化的自私行为。道德风险通常具有以下三个特征。

1. 内生性特征。即风险雏形形成于经济行为者对利益与成本的内心考量和算计。

2. 牵引性特征。凡风险的制造者都存在受到利益诱惑而以逐利为目的的。

3. 损人利己特征。即风险制造者的风险收益都是对信息劣势一方利益的不当攫取，换言之，风险制造者与风险承担者的不对称存在。

日常生活中出现道德风险的例子很多，譬如投保车险的人可能比未投保的人开车更莽撞一些，因为他们知道可以获得赔偿。就是说，因为保险，人们就变得比原来更大胆了，也不如原来小心防止事故发生了。譬如享受失业保险的人可能比条件相同却没有失业保险的人在找工作时付出的努力要小。譬如有医疗保险的人会比没有医疗保险的人更多去医院。

信息不对称所引发的社会问题比比皆是，然而政府也并不比私人各方拥有更多信息，那么政府应该采取什么措施来对这些行为进行制止呢?

目前我国在这一问题上主要采取建立生产信息机制，加强信息披露的微观责任规划，建立产品责任机制，建立市场准入制，加强制度创新等方式，虽然使用这些措施取得了一定的成效，但其中也还存在着许多问题，毒奶粉的事实就是其中一例，这使我国目前解决信息不对称问题显得相当迫切。

二、信息不对称的治理

（一）建立和完善企业的信息披露制度

信息披露制度，也称公示制度、公开披露制度，是上市公司为保障投资者利益、接受社会公众的监督而依照法律规定必须将其自身的财务变化、经营状况等信息和资料向证券管理部门和证券交易所报告，并向社会公开或公告，以便使投资者充分了解情况的制度。它既包括发行前的披露，也包括上市后的持续信息公开，它主要由招股说明书制度、定期报告制度和临时报告制度组成。

（二）制定《消费者权益保护法》

在信息不对称的社会里，消费者通常处于信息劣势。因此，保护消费者利益是政府干预市场时必须采取的政策，无论在中国还是西方发达国家，政府无不将消费者权益视为政府经济工作的重点。我国对消费者权益的保护是通过制定《消费者权益保护法》来解决的。《消费者权益保护法》是调整在保护公民消费权益过程中所产生的社会关系的法律规范的总称。一般情况下，我们所说的消费者权益保护法是指1993年10月31日颁布、1994年1月1日起施行的《中华人民共和国消费者权益保护法》。该法的颁布实施，是我国第一次以立法的形式全面确认消费者的权利。此举对保护消费者的权益，规范经营者的行为，维护社会经济秩序，促进社会主义市场经济健康发展具有十分重要的意义。

（三）建立市场准入机制

企业市场准入制度是有关国家和政府准许企业进入市场，从事商品生产经营活动的条件和程序规则的各种制度和规范的总称。它是商品经济发展到一定历史阶段，随着市场对人类生活的影响范围和程度日益拓展和深化，为了保护社会公共利益的需要而逐步建立和完善的。

市场准入制度是国家对市场进行干预的基本制度，它既是政府管理市场的起点，又是一系列现代市场经济条件下的一项基础性的、极为重要的经济法律制度。在解决信息不对称问题时起着不可估量的作用。

附录2 垄　　断

一、垄断及其负面影响

垄断指少数大企业为了获得高额利润，通过相互协议或联合，对一个或几个部门商品的生产、销售和价格进行操纵和控制的经济行为。

市场的效率是以完全竞争为前提的，然而当某一行业在产量上达到相对较高的水平之后，就会出现规模收益递增和成本递减的问题，这时就会形成垄断。例如，在全球铁矿石的供应方面，英澳必和必拓、澳大利亚力拓集团和巴西淡水河谷公司为代表的三巨头占全球75%以上的铁矿石贸易额。而我国的工业发展离不了铁矿石的正常供给。目前，中国铁矿石进口量居世界第一位，约占全球铁矿石总贸易量的70%，但由于缺少有效竞争加上需求急剧增长，在过去几年里，国际铁矿石价格在垄断巨头的“带领下”几乎翻涨一倍。自2003年以来，中国企业在进口铁矿石方面至少多支出了2000亿美元的成本，这给我国企业的生产经营带来了很大的负担。

垄断的负面影响表现在以下三个方面。

1. 与竞争性厂商相比，垄断厂商的产量低而价格高，因为垄断厂商可以通过限制产量以抬高价格的方式向消费者获取高额利润。

2. 在竞争市场上，厂商只能通过改进技术和管理以降低成本、提高产品质量来获取尽可能多的利润，而垄断厂商却可以依仗其垄断地位稳拿高额利润，从而使改进技术和管理的动力大大下降。

3. 垄断会导致竞争的缺失，也容易滋生政府官员的寻租行为，垄断商家利用独家经营某项产品所赚取的暴利可以贿赂官员进而巩固自己的垄断地位，保护自己，进而强买强卖，控制价格，打破市场平衡，致使本行业的经营公平性大大下降，既破坏了市场秩序，又损害了国家和消费者利益。

二、垄断的治理

为了矫正垄断造成的市场失灵，政府可以采取反垄断的政策。对于垄断行为的治理，通常可以用到法律制裁、市场协调和政策引导等手段，而我国治理垄断主要运用了法律手段。

1. 制定反垄断法，努力使垄断行业更有竞争力

市场经济发展比较成熟的国家几乎都制定了自己的反垄断法。

(1) 美国的反垄断法

美国是最早制定和实施反垄断政策的国家。自19世纪末以来，美国先后采取一系列反垄断的政策。主要包括：禁止企业参加限制贸易的密谋，即禁止参加固定价格或分割市场的协议；禁止企业图谋垄断一个产业，即禁止企业参与排外或协同性规定，如禁止企业间有强迫买者或者卖者只能和某单独一家企业做交易的规定；禁止企业运用不正当竞争的做法或者运用不公平或欺骗的做法等。

国家还设有负责强制执行这些法规的机构，如联邦贸易委员会以及司法部的反托拉斯局。当公司或企业被控违犯反垄断条款时，则要受到警告、罚款、赔偿受损人、解散公司等制裁。有趣的是很多案件都说明，解散垄断性大公司不仅使消费者受益，对被肢解的大公司本身也有利。例如，电话电报公司所拥有的贝尔系统解散后仍旧蓬勃发展，而未被解散的国际商用机器公司的市场份额反倒急剧下降。

还应当注意的是，最近几十年来，不仅反垄断政策引起了人们的争议，而且政府对反垄断政策的态度也稍稍有了松动的迹象。这主要是因为许多高新技术的进步在垄断行业发生居多。

(2) 中国的反垄断法

从当前中国经济生活的实际情况看，垄断可以分为三种类型：一是行政垄断，即政府职能部门利用权力搞地区封锁或强制交易，让消费者购买其指定的商品，这是目前最受非议的垄断；二是行业垄断，即公用企业和其他依法具有独占地位经营者实施的强制交易或限制竞争行为，这种垄断在铁路、邮政、水电、电信、航空和金融等服务性领域广泛存在；三是经济性垄断，指自由竞争企业出现的垄断行为，在一些竞争性的产业如家电领域中搞价格联盟或实行企业大合并就属此类垄断。为了规范市场经济运行，我国的反垄断法已于2008年8月1日起正式实施，这部法案主要包括以下三大制度。

①禁止垄断协议，如前些年部分家电生产企业所搞的价格联盟。反垄断法草案按照“原则上禁止，有条件豁免”的思路，一方面明确禁止各种垄断协议，另一方面又对某些虽具有限制竞争的结果，但在整体上有利于技术进步、经济发展和社会公益的协议给予“豁免权”。

②禁止滥用市场支配地位限制竞争的行为，如实施垄断价格、拒绝交易、搭售等。

③控制经营者集中的制度，防止经营者通过合并、并购、联营等方式增强市场控制力并最终排除、

限制竞争。

这部法律颁布以来，已制止了多起垄断案件的发生，2009年可口可乐收购汇源果汁案适用的就是这部法律。

2. 管制

管制是指政府对价格、市场进入和退出条件、特殊行业服务标准的控制。一般来说，是对某一个特定行业、特定产业进行的一种纵向性管制。这些行业往往具有一些特点，如自然垄断性。像电信中的本地网络、电力中的配电和输送、铁路的轨道传输网络等，这些环节获得合法垄断，有合理意义和社会效应。如果他们的服务质量和价格不合理，很可能危及到购买并使用这些产品的人的利益，在这个时候，政府要在准入管制的同时进行价格管制。此外，对运输、金融证券、电台电视台等媒体的管制也属于经济管制。

3. 划归公有

政府用来解决垄断问题的第三种方法是实行公有制。政府不是管制由私人企业经营的自然垄断，而是自己经营自然垄断。这种解决方法在很多国家都是常见的，在这些国家，政府拥有并经营共有事业，如电话、供水和电力公司。

第六章
如何衡量一国的富裕程度

【知识目标】

- 理解 GDP、人均 GDP 指标的概念
- 理解 GDP 指标的作用及局限性
- 掌握 GDP 与消费、投资、出口的关系

【技能目标】

- 能运用 GDP 与消费、投资、出口的关系简单分析一国 GDP 的增长问题

案例导入

中国GDP总量，世界第二

建国以来，尤其是改革开放以来，我国经济高速增长。今天，我国无论是经济总量，还是人均水平都大幅度提高，综合国力明显增强，国际地位和影响力显著提高。

1952年，我国GDP只有679亿元，到1978年增加到3645亿元，在改革开放的历史新时期，经济总量迅猛扩张，2008年达到了300 670亿元，2008年的经济总量比1952年增加了77倍，2008年一天创造的财富量就超过了1952年一年的总量。

2010年，我国GDP总量为397 983亿元，折算成美元，位居美国之后，居世界第二位。

人均GDP在由1952年的119元上升到1978年的381元后，迅速提高到2008年的22 698元，扣除价格因素，2008年比1952年增长32.4倍，2008年我国人均GDP达到2770美元，2010年人均GDP达到4283美元。按照世界银行的划分标准，我国已经由长期以来的低收入国家跃升至世界中等偏下收入国家行列。

思考：

(1) 娜娜说，美国、日本、西欧等发达国家比中国富有，其依据就是他们的GDP总量比中国多。你同意这种说法吗？

(2) 娜娜说一国的人均GDP就是一国的人均实际收入，你认为对吗？

(3) 你了解GDP的含义吗？

(4) 你知道拉动经济增长的“三驾马车”吗？

笔记：

第一节　GDP及相关指标

在前几章中，说明了价格是如何决定的，个人与企业如何决策，以及市场失灵及政府干预等，这部分内容属于微观经济学。从整体上看，尽管资源是稀缺的，但还得不到充分利用。如何才能使稀缺的资源得到充分利用？这就需要从整个经济的角度来研究经济运行的规律。宏观经济学正是要通过对一国经济中常见的失业、通货膨胀、经济周期和经济增长这些重大问题的研究，来探讨整体经济的运行问题，并解决这些问题。

一个经济的整体运行情况可以用具体的数字来表示，这些数字就是宏观经济指标。能够反映一国经济状况的宏观经济指标很多，在这些指标中，我们最关注三个指标：国内生产总值（GDP）、通货膨胀率和失业率。在此，将介绍GDP指标。

一、什么是 GDP

如果你要判断一个人在经济上是否成功，你首先要看他的年收入。同样的逻辑，当我们要判断一国或地区是否富裕时，通常用 GDP 这个指标来衡量。

GDP 是英文 Gross Domestic Product 的缩写，意为国内生产总值，是一国（或地区）在一定时期内（通常是一年）所生产的全部最终产品（包括产品和劳务）的市场价值总和。

GDP 指标是全世界通用的最重要的宏观经济指标，是一个国家和地区总体经济实力的根本体现，是衡量国家之间、地区之间经济活动总量的国际通用语言。表 6-1 是 2010 年世界主要国家或地区 GDP 总量排名。

表 6-1　2010 年世界主要国家或地区 GDP 总量排名　（单位：千万美元）

排　名	国家或地区	GDP 总量	排　名	国家或地区	GDP 总量
1	美国	14 624 184	21	瑞典	444 585
2	中国	5 745 133	22	波兰	438 884
3	日本	5 390 897	23	沙特阿拉伯	434 440
4	德国	3 305 898	24	中国台湾	426 984
5	法国	2 555 439	25	挪威	413 511
6	英国	2 258 565	26	奥地利	366 259
7	意大利	2 036 687	27	南非	354 414
8	巴西	2 023 528	28	阿根廷	351 015
9	加拿大	1 563 664	29	伊朗	337 901
10	俄罗斯	1 476 912	30	泰国	312 605
11	印度	1 430 020	31	希腊	305 005
12	西班牙	1 374 779	32	丹麦	304 555
13	澳大利亚	1 219 722	33	委内瑞拉	285 214
14	墨西哥	1 004 042	34	哥伦比亚	283 109
15	南韩	986 256	35	阿联酋	239 650
16	荷兰	770 312	36	芬兰	231 982
17	土耳其	729 051	37	中国香港	226 485
18	印度尼西亚	695 059	38	葡萄牙	223 700
19	瑞士	522 435	39	马来西亚	218 950
20	比利时	461 331	40	新加坡	217 377

（资料来源：根据 IMF 公布的数据整理）

我们在理解 GDP 时，需要注意以下几点。

1. GDP 是最终产品的市场价值总和

最终产品是指不需要进一步加工，可直接用于消费和出口的产品。如机械设备、食

品、服装、日用品等。中间产品是指需要进一步加工、目前还不能作为消费或出口的产品，包括各种原材料、燃料和动力。例如，服装是最终产品，可以直接消费，但用于服装生产的原材料，如棉布、棉纱等产品就不是最终产品而是中间产品。

最终产品与中间产品的区别在于购买者的目的是用于消费还是用于生产，而不在于产品本身的性质。

GDP 中之所以不包括各种原材料和电等中间产品的价值，是因为作为最终产品的服装的价值已经包括了它们的价值，若把这些中间产品的价值与最终产品的价值相加，就会重复计算。

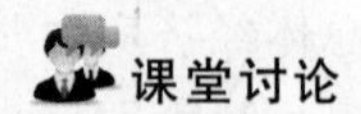

课堂讨论

煤、电、布料与服装是中间产品还是最终产品？

笔记：

2. GDP 强调的是领土概念

GDP 是指一个国家或地区在其领土范围内所生产的最终产品的市场价值总和。这里的“国内”强调的是领土概念，因此，中国的 GDP 既包括本国企业所生产的最终产品价值，也包括外商投资企业，如美国可口可乐在中国投资生产的饮料产值。

3. GDP 不仅包括有形的产品，还包括无形的劳务

GDP 不仅包括诸如食品、衣服、汽车等有形的货物价值，而且还包括诸如金融、保险、旅游、教育、卫生、理发、美容等服务的价值。

4. GDP 强调的是当年生产的最终产品的价值

GDP 只包括当年所生产的最终产品价值，非当年生产的最终产品，其价值就不能计入 GDP。例如，2011 年 5 月发生二手房交易，由于房屋是以前年度生产的，已计入以前年度的 GDP，所以房屋本身的市场价值不能再计入 2011 年的 GDP。但是，因二手房交易产生的佣金和手续费等属于 2011 年发生的劳务费用，应计入 2011 年的 GDP。

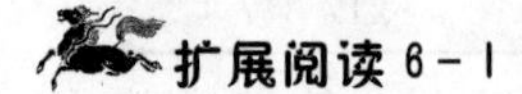

扩展阅读 6-1

GNP 指标

国民生产总值（GNP）是指一个国家或地区所有国民在一定时期内生产的最终产品（包括产品和劳务）的市场价值总和。GNP 是按国民原则核算的，即只要是本国（或地区）公民，无论是否在本国境内（或地区内）居住，其所创造的最终产品价值都应计入 GNP。

而 GDP 则是按国土原则核算的，它衡量的是一个国家或地区在一定时期内常住单位生产的最终产品价值，而不管这些生产单位是否属于本国所有。

例如，中国境内的可口可乐工厂的收入，是属于美国的 GNP，并不包括在中国的 GNP 之中；而中国格力空调在国外开厂的收入则可以算在我们的 GNP 中。

与 GNP 不同的是，GDP 只计算在中国境内产生的产值，而不管它属于哪国人。所以，中国境内的可口可乐工厂的收入就包括在中国的 GDP 中，而在海外的格力空调的收入，就不算在中国的 GDP 中。

以前美国的经济文献较多地使用 GNP 指标，现在则改用 GDP 数字。在当今世界上，GDP 指标比 GNP 指标更加普遍地使用。其中一个原因是，随着经济全球化趋势的发展，要准确地计算哪些产值是属于哪个国家，变得越来越困难。

思考：

(1) 若同时计算中国的 GDP 与 GNP 指标，哪个指标可能会更大？

(2) 若同时计算美国的 GDP 与 GNP 指标，哪个指标可能会更大？

笔记：

二、与 GDP 有关的几个指标

1. 人均 GDP

人均 GDP 是一国或地区的 GDP 与其人口数量的比值，它反映了一国的富裕程度和生活水平。

由于世界各国目前普遍采用 GDP 指标来度量一国或一地区的经济总量，相应地，人均 GDP 就成为比较各国或地区的国民收入水平的主要指标。在进行国际间比较时，需要把按本国货币计算的人均 GDP 依照汇率折算为美元。一般而言，人均 GDP 越高，意味着这个国家或地区越富裕。

表 6-2 是主要国家或地区人均 GDP 的排名，表 6-3 是部分不发达国家 GDP 的排名。

表 6-2　世界部分国家或地区人均 GDP 排名

(2010 年，以国际汇率计算)　(单位：美元)

排　名	国家或地区	人均 GDP	排　名	国家或地区	人均 GDP
1	卢森堡	104 390	19	德国	40 512
2	挪威	84 543	20	冰岛	39 563
3	卡塔尔	74 422	21	英国	36 298
4	瑞士	67 074	22	意大利	33 828

续表

排　名	国家或地区	人均 GDP	排　名	国家或地区	人均 GDP
5	丹麦	55 113	23	科威特	32 530
6	澳大利亚	54 869	24	中国香港	31 799
7	瑞典	47 667	25	新西兰	31 588
8	阿联酋	47 406	26	西班牙	29 875
9	美国	47 132	27	文莱	28 340
10	荷兰	46 418	28	塞浦路斯	27 722
11	加拿大	45 888	29	希腊	27 264
12	爱尔兰	45 642	30	以色列	27 085
13	澳大利亚	43 723	31	斯洛文尼亚	23 008
14	芬兰	43 134	33	南韩	20 165
15	新加坡	42 653	37	中国台湾	18 303
16	比利时	42 596	61	墨西哥	9 243
17	日本	42 325	62	阿根廷	8 663
18	法国	40 591	95	中国	4 283

（资料来源：根据 IMF 公布的资料整理）

表 6-3　世界部分不发达国家或地区人均 GDP 排名

（2009 年，以国际汇率计算）

单位：美元

排　名	国家或地区	人均 GDP	排　名	国家或地区	人均 GDP
126	蒙古	1 560	168	尼泊尔	452
139	越南	1 060	169	中非	447
141	印度	1 031	170	冈比亚	440
142	巴基斯坦	1 017	171	多哥	422
150	柬埔寨	775	172	几内亚	414
151	塔吉克斯坦	767	173	马达加斯加	412
152	海地	733	174	埃塞俄比亚	390
158	孟加拉国	574	175	津巴布韦	375
160	坦桑尼亚	551	176	尼日尔	371
161	东帝汶	543	177	厄立特里亚	363
162	卢旺达	536	178	马拉维	328
163	几内亚比绍	513	179	塞拉利昂	311
164	阿富汗	486	180	利比里亚	239
165	乌干达	474	181	刚果（金）	172
167	缅甸	459	182	布隆迪	163

（资料来源：根据 IMF 公布的资料整理）

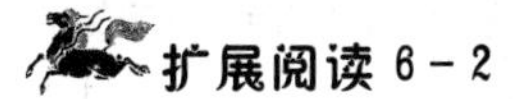

扩展阅读 6-2

高收入、中等收入及低收入国家的划分标准

世界银行在每年出版的《世界发展报告》中按人均国民生产总值（即人均 GNP）把全世界国家和地区分为三种类型：高收入国家（地区）、中等收入国家（地区）和低收入国家（地区）。按照《2000/2001年世界发展报告》1999 年的数据资料，低收入国家人均 GNP 为 755 美元或以下，加权平均水平为 410 美元；中等收入国家的人均 GNP 为 756～9265 美元，加权平均水平为 2000 美元；高收入国家的人均 GNP 为 9266 美元及以上，加权平均水平为 25730 美元。其中，中等收入国家又分为下中等收入国家和上中等收入国家。下中等收入国家的人均 GNP 为 756～2995 美元，加权平均水平为 1200 美元；上中等收入国家的人均 GNP 为 2996～9265 美元，加权平均水平为 4900 美元。

2. 个人可支配收入

个人可支配收入是个人在一定时期（通常为一年）缴纳个人税和非税支付留下的，可用于消费和储蓄的收入。例如，2007 年，全国城镇居民人均可支配收入为 13 786 元。其中收入最高的是上海市，人均可支配收入为 23 623 元，第 2 位的北京为 21 989 元，第 3 位的浙江为 20 574 元，第 4 位的广东为 17 699 元，第 5 位的江苏为 16 378 元，第 6 位的天津为 16 357 元，第 7 位的福建为 15 505 元，第 8 位的山东为 14 265 元。

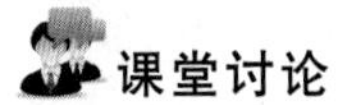

课堂讨论

人均可支配收入与人均 GDP 是一回事吗？

笔记：

....

....

....

....

....

提示：人均 GDP 和人均可支配收入是两个概念，而且相差很大。人均 GDP 要减掉交给政府的税收，还要减掉其他项目，进行一系列调整，才能得到人均可支配收入。新闻里常常把两者混淆，阅读的时候要特别注意，人均可支配收入要比人均 GDP 小得多。

我国经济学家认为，目前，世界上多数发达国家，居民收入占 GDP 的 60%，剩下的非居民收入应该占 GDP 的 40%；但是中国刚好是倒过来的，中国居民收入占 GDP 的 40%，剩下的 60% 是非居民收入。比较合理的结构应该是居民收入占 GDP 的 60%。

（资料来源：透视中国 GDP 含金量，人民网，2010 年 3 月 9 日）

三、GDP 指标的缺陷

虽然 GDP 的概念被普遍运用，但是它在衡量各国经济活动时，并非是一个完美无缺的指标，GDP 还存在一些缺陷，我们在观察 GDP 指标时，有以下几个问题值得注意。

1. GDP 不能准确反映一个国家的真实产出

因为 GDP 的统计数据基本上是根据市场交易获得的，对那些没有经过市场交易的活动则不能计入 GDP。首先，非市场交易活动得不到反映。例如，许多不经过市场交易的活动，像家务劳动、农民自己生产并供自己消费的农产品等，难以在 GDP 统计中反映出来。其次，一些黑市交易和毒品、走私等非法交易的价值也无法计入 GDP，这部分通常被称为“地下经济”。

2. GDP 不能全面地反映人们的福利状况

人们的福利状况会由于收入的增加而得到改善。人均 GDP 的增加代表一个国家人民平均收入水平的增加，从而当一个国家的人均 GDP 增加时，这个国家的平均福利状况将得到改善。但是人均 GDP 指标不能反映社会收入分配差距，从而人均 GDP 不能反映由于收入分配差距而产生的福利差异状况。

同时，人们的福利涉及许多方面，如休闲和家庭享乐也属于福利的重要内容。如果人们加班加点，付出更多的劳动，得到更多的收入，从而能够购买更多的产品满足个人的需要，那么，他们在为社会创造 GDP 的同时，个人的福利也增加了。但是，如果他们始终忙于工作，没有时间与家人团聚，享受天伦之乐，尽管社会的 GDP 因此增加了，但他们的个人福利并不一定增加，因为虽然他们因个人收入的增加而能够消费更多的产品，但他们也失去了很多享乐的机会，从而减少了自己的福利水平。但 GDP 与人均 GDP 的变化不能反映人们的真实福利水平的变化。

3. GDP 没有反映经济发展对环境所造成的破坏

一国在发展经济的时候，必然要消耗自然资源。资源是有限的，如果当前的经济发展过度地消耗了自然资源，就会对未来的经济发展造成极为不利的影响，这样的发展是不可持续的。同样，如果当前的经济发展导致环境恶化，这样的发展不仅直接影响到人们当前的生活质量，而且制约未来的经济发展，这样的发展同样是不可持续的。然而，GDP 不能反映经济发展对环境的破坏。例如，某些产品的生产会向外排放“三废”（指废水、废气、固体废料）等有害物质，GDP 会随着产品产量的增加而增加，却不能反映这些产品的生产对环境造成的损害。显然，在这样的情况下，GDP 只反映出经济发展的积极的一面，而没有反映出对环境破坏的消极的一面。

扩展阅读 6-3

怎样看待中国 GDP 跃升世界第二

最近 30 年来，中国经济发展一直维持着高速增长的态势，GDP 平均增长率高达 9.8%。1978 年，我国 GDP 全球排名第 10 位，在 2000—2010 年间，我们先后超过意大利、法国、英国、德国和日本，成为仅次于美国的全球第二大经济体，人均 GDP 从 1000 美元升至 3000 美元，只用了 5 年时间，增长速度让世界瞩目。但从衡量一个国家经济实力最重要的指标人均 GDP 来说，中国目前比发达国家差得还很远，中国的人均 GDP 只相当于日本 1/10。从历史上看，1840 年鸦片战争时，中国占全世界 GDP 的 25%～30%，总量居世界第一，但那时候中国的人均 GDP 只是英国的 1/5。英国 2000 万人口、40 条战舰、7000 名远征士兵，而有 4.1 亿人口、上百万军队、GDP 总量世界第一的中国却一下子被打败了。所以，GDP 总量能说明一定问题，但衡量一个国家的强大或者一个民族的强大，更重要的是要从人均 GDP 来看，而且也不能只看 GDP，还要看人的素质、创新能力、工业、农业、军事以及国际竞争力等其他很多方面。从这些方面来看，我们都还差得很远。

在经济发展模式上，仍存在着严峻的结构转型问题，巨大的资源环境压力成为经济持续增长最严重的制约因素之一。重点钢铁企业吨钢能耗、电力行业火电煤耗与万元 GDP 耗水量，我们分别超出了世界平均水平 40%、30%与 500%，万元 GDP 总能耗是世界平均水平的 300%，高速经济增长的背后，我们付出了沉重的资源环境代价。

目前，我国每年投入到环境治理和生态保护的支出大约占 GDP 的 1.5%。近年来，环保部各课题组连续多年开展了对我国绿色 GDP 的核算。根据相关研究结果，2004 年的环境资源成本占 GDP 的比重达到 3%。在一些省份，环境污染治理成本甚至达到 GDP 的 7%～8%，如果扣除这些成本，这些省份的经济增长实际上是负的。

除了生态环境破坏及其造成的损失，还存在资源浪费的问题。其次，还有重复建设的问题，也就是说相关的经济活动并没有给社会带来额外的价值，但却占用了资源并对生态环境造成了破坏。此外，还存在质量问题以及因不强调保养所导致的产品的快速折旧和周转，所造成的资源浪费也是惊人的。

因此，一方面这个“世界第二”将增强我们的信心，提高我们的国际影响；另一方面，我们还是应该坚持改革开放，一心一意谋发展。

（资料来源：根据人民网《我国 GDP 更需要质量上的超越》及新华网《怎样看待中国 GDP 跃升世界第二》两篇文章整理）

思考：

如何看待我国 GDP 增长与社会发展不相称的问题？

笔记：

第二节　GDP 与消费、投资、出口的关系

一、GDP 与消费、投资、出口的关系

按 GDP 的统计方法①，GDP 总量在数量上等于一国或一地区的居民消费、投资、政府购买、净出口之和，即

GDP＝居民消费＋投资＋政府购买＋净出口

1. 居民消费

居民消费是指居民日常支出，包括耐用品支出（如家电、汽车等）、非耐用品支出

① GDP 的统计方法有支出法、收入法与生产法三种，“GDP＝居民消费＋投资＋政府购买＋净出口”属于 GDP 统计的支出法。

（如服装、食物等）以及服务支出（如医疗、教育、娱乐、旅游等）。

注意，居民住房支出没有包含在居民消费中，而是属于固定资产投资支出。

2. 投资

投资是指企业或个人从事生产活动时所需要的总支出，包括固定资产投资和存货投资两大类。

固定资产投资包括企业的新厂房、新设备及居民新住宅的增加。

存货投资是指厂商用于增加存货即增加原材料和产品库存的支出。

经济学家认为，居民住房是一种投资行为，而不是一种简单的消费。因此，居民住房支出应该计入投资，而不是消费。

3. 政府购买

政府购买是各级政府购买的产品和劳务总和。政府作为公共服务部门，为了完成其特定职能，也会产生大量支出。例如，用于国防、教育的支出，修建公共工程、雇用公务员的支出等。

政府购买只是政府支出的一部分，政府支出的其他部分如转移支付（包括失业救济金、退伍军人津贴、养老金等）不计入 GDP。政府支出的这些项目不是对当前最终产品的购买，而是通过政府将收入在不同社会成员之间进行转移和重新分配，全社会的总收入并没有变动，因此不计入 GDP。

4. 净出口

净出口是指进出口的差额，即净出口＝出口－进口。出口表示收入从外国流入，是用于购买本国产品的支出，应计入 GDP。进口表示收入流到国外，同时，也不是用于购买本国产品的支出，因此，进口应从本国总购买量中减去。净出口可能是正值，也可能是负值。

二、拉动经济增长的“三驾马车”

一般把“GDP＝居民消费＋投资＋政府购买＋净出口”中的“居民消费”和“政府购买”称为最终消费。这样，GDP 是投资、消费、净出口这三种需求（也称为最终需求）之和，因此经济学上常把投资、消费、出口比喻为拉动 GDP 增长的“三驾马车”，这是对经济增长原理最生动形象的表述。三者对经济增长的拉动率（也称贡献率）是三者当年的增量分别占 GDP 总增量的比重。

课堂讨论

节约悖论

1936 年凯恩斯在《就业、利息和货币通论》中提出了著名的“节约悖论”，即节约对于个人来说是好事，是一种值得称赞的美德，但对于整个国家来讲，则是一件坏事，会导致国家经济的萧条衰败。为了说明这个道理，凯恩斯还引用了一则古老的故事《蜜蜂的寓言》：最初，有一窝蜜蜂追求奢侈的生活，每天大吃大喝，大肆挥霍浪费，整个蜂群兴旺发达。后来一个哲人教导它们说，不能如此挥霍浪费，应

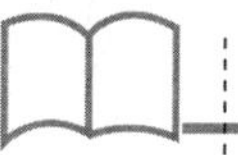

该厉行节约。蜜蜂们听了哲人的话，觉得很有道理，于是迅速贯彻落实，改变了原有的习惯，个个争当节约模范。但结果出乎预料，整个蜂群从此迅速衰败下去，一蹶不振了。

凯恩斯上述观点在经济学界得到了相当普遍的认同，许多不同版本的经济学教科书都相当醒目、相当郑重地向读者介绍阐述这一思想。

讨论：

“节约悖论”与中国勤俭节约的传统美德是否相矛盾？你是如何看待这个问题的？

笔记：

扩展阅读 6－4

2009年三大需求对GDP增长的贡献情况

2009年三大需求对GDP增长的贡献，最终消费对GDP的拉动4.6个百分点，资本形成对GDP的拉动8.0个百分点，净出口对GDP的拉动－3.9个百分点。从数据上看，投资的贡献率最高，对经济增长的拉动作用也最大，其次是最终消费，净出口则发挥了“拖后腿”的效应。

投资的高速增长成为拉动我国经济快速回升的重要引擎。面对国际金融危机，我国及时采取的一揽子刺激经济计划发挥了显著效果。可以说，2009年投资的高速增长主要受益于政府4万亿元经济刺激计划的拉动，而且其中主要是政府基础设施投资的高速增长所贡献的。在积极的财政政策和适度宽松的货币政策宏观调控下，投资的高速增长对“保8”目标的实现做出了突出贡献。

消费的增长成为去年我国经济回升的另一个重要引擎。为了刺激消费，我国实施了一系列措施，从1.6升及以下小排量汽车购置税减半到房地产交易环节营业税的优惠；从家电下乡到家电以旧换新等措施不断出台，国家同时还加大了对低收入人群以及对“三农”的补贴力度。另外，随着我国经济的回升以及逐步走上稳定回升的通道，居民的收入也有了提高。在诸多因素的推动下，消费的稳定增长，扮演着拉动我国经济复苏的重要角色。

在国际金融危机的影响下，我国的外贸形势严峻，导致全年净出口对GDP的拉动是负的。

两大国内需求的出色表现，充分发挥了“以内补外”的作用，两大国内需求成为推动我国经济率先走出国际金融危机的关键，对经济增长做出了巨大的贡献。

（资料来源：国家统计局网站）

要点回顾

1. GDP是一国（或地区）内所有常住单位在一定时期内（通常是一年）所生产的全部最终产品（包括产品和劳务）按当年市场价格计算的价值总和。

2. GDP是衡量一国经济水平和经济福利的良好指标，但并不是一个完美的指标。

3. GDP总量在数量上等于一国或一地区的消费、投资、政府购买、净出口之和，即GDP＝居民消费＋投资＋政府购买＋净出口。

4. 通常把“投资、消费、净出口”称为拉动经济增长的“三驾马车”。

学以致用

一、选择题

1. 下列产品中，应该计入当年 GDP 的是（　　）。

A. 当年生产的移动电话机　　B. 去年生产的在今年销售的羽绒衣

C. 当年卖出的二手车　　D. 当年高价拍卖一幅张大千的国画

2. “衣服是中间产品”这一说法（　　）。

A. 一定是对的　　B. 一定是不对的

C. 可能是对的，也可能是不对的　　D. 以上答案都不对

3. 用 GDP 来衡量经济好坏的不足之处是（　　）。

A. GDP 不包括生产对环境的破坏

B. GDP 忽略休闲时间的增加

C. GDP 不能反映一国的真实产出

D. 以上说法都正确

4. 下列项目中，（　　）应计算在 GDP 中。

A. 摩托罗拉公司在中国生产的手机

B. 中国格力空调设在巴西工厂生产的空调

C. 在英国工作的家人汇回的美元

D. 美容店为居民提供美容服务

二、简答题

1. 最终产品和中间产品有何区别?

2. 如何正确看待 GDP 指标?

3. GDP 与消费、投资、政府购买及净出口存在什么样的关系?

4. 为何许多国家都热衷申办奥运会、世博会?

笔记：

三、案例分析题

（一）资料

进入 21 世纪，美国已发动了几场战争。

2001 年 10 月，在 9·11 恐怖袭击后美国迅速反应，发动对阿富汗的战争；2003 年 3 月，美英盟军发动对伊拉克的战争。2011 年 3 月，美国、法国、英国等又发动了对利比亚

的战争。截至 2010 年 9 月 30 日，美国已为伊拉克战争和阿富汗战争支付超过 1 万亿美元。

（二）要求

1. 有人认为，“大炮一响，黄金万两”。战争可以增加政府支出、增加对军需品的投资，因而能够拉动本国 GDP 增长。你如何看待这种观点?

2. 还有人认为，自然灾害如洪水，地震也能刺激经济增长，你又是如何看待这种观点的?

笔记:

附录

附录 1　绿色 GDP

天下没有免费的午餐。经济产量的增加过程，必然是自然资源消耗增加的过程，同时，也伴随着生态破坏和环境污染。因此，各国既要看到 GDP 的数字，也要关注取得 GDP 数字背后所付出的代价，国际社会由此产生了绿色 GDP 的概念。

GDP 作为国民经济核算体系中总量核算的核心指标，没有把资源和环境成本计算在内，只能反映一个地区、一个国家经济增长与否，而不能说明资源消耗的状况和环境质量的变化情况。尽管近年来我国 GDP 的年均增长量超过 8%，最高达到 10%，但由于实施的是高消耗、低效率、高排放的粗放型增长模式，造成了资源的惊人消耗和数量巨大的污染物排放。GDP 核算的缺陷和负效应业已暴露无遗。绿色 GDP 核算即绿色国民经济核算体系，它综合了经济与环境核算，是一种全新的国民经济核算体系。绿色 GDP 在数量上等于传统 GDP 扣除环境资源成本和对环境的保护费用。绿色 GDP 可以理解为“真实 GDP”，不但反映了经济增长的数量，更反映了经济增长的质量，能更加科学地衡量一个国家和区域的真实发展水平和社会进步情况。绿色 GDP 的提出，从政策导向上鼓励全社会走可持续发展道路，是落实科学发展观的必然选择。

从 2003 年开始，我国国家统计局开始对全国自然资源进行了实物核算，这是建立绿色 GDP 核算体系的基础。从 2004 年开始，国家统计局和国家环保总局成立绿色 GDP 联合课题小组进行研究和实验，我国曾在部分省市尝试进行绿色 GDP 的核算，但实际效果并不理想。该指标还需要进一步完善。

附录 2　判断宏观经济形势的主要指标[①]

个人、企业要进行经济决策，一般都要对宏观经济形势进行分析。什么叫宏观经济形势? 简单地说，就是国民经济整体所处的态势，以及它下一步发展的趋势。如何分析和判断宏观经济形势? 我们可以从

① 根据周绍朋的《观察宏观经济形势，主要看四个指标》（北京日报 2008 年 2 月 4 日）及李德水的《国民经济指标和经济形势分析方法》（中国人大网）两篇文章改写。

以下几个反映宏观经济形势的指标得到一些基本的信息。

1. 经济增长率。考察经济增长的最常用指标是GDP及其增长速度。经济增长即通常说的GDP的增长。决定经济增长率的因素有“三驾马车”：一是投资，如社会固定资产投资；二是消费，包括我们各种各样的消费，如居民消费、生产消费；三是净出口。

2. 通货膨胀率。通货膨胀率，一般来说主要看物价指数。通常国家要公布两个物价指数，一是社会物价的总水平，总水平就是社会零售商品的价格水平，它的面比较大；二是跟我们所有居民密切相关的价格指标，就是居民消费价格指数。

3. 失业率。最近几年来，党中央特别重视就业问题。重视民生、改善民生，首先就要保证每一个劳动者有工作。但是在任何社会，不可能每一个人都有工作，特别是在市场经济条件下。按照国际标准，一般有两种失业率，一个叫登记失业率，一个叫调查失业率。登记失业率，就是我失业了，我要向政府去登记，去报告，希望领取失业救济金。还有的像欧洲一些国家，由政府来进行调查，不管你来登记不来登记。这就是调查失业率。什么叫失业？就是在国家法定的能够劳动的年龄阶段，希望参加工作，但又找不到工作。

4. 国际收支。国家对外贸易的收和支，到底是逆差，还是顺差。我们总的政策是要实现国际收支的基本平衡，略有结余。现在我们的外汇很多了，多也有多的问题。就是说，外汇出口贸易的顺差和逆差最后表现为我们外汇储备增加或减少的一个因素，不是所有的因素。所以，关于国际收支通常可以看到统计公报上讲，我们这一个阶段进出口总额多少，其中出口多少，进口多少，贸易顺差多少，或者说特定的情况下贸易逆差多少。

5. 其他几个重要指标。

除了前面所讲的指标外，固定资产投资、市场销售、工业生产、居民收入等也是需要重点关注的基本指标。

（1）固定资产投资。全社会固定资产投资由两部分组成：一是城镇固定资产投资，通过全面报表层层上报汇总得出，按月公布；二是农村固定资产投资，采用抽样调查方法取得，只有季度数据。所以，全社会固定资产投资只有季度数据。

（2）社会消费品零售总额。该指标是采用全面报表，层层上报汇总取得的，每月都公布数据。它不能等同于最终消费，最终消费也是核算概念，既包括商品消费，也包括服务类消费。

（3）工业增加值。工业增加值分为两个部分：一是规模以上工业增加值；二是规模以下工业增加值。规模以上工业增加值是指全部国有工业企业及年产品销售收入500万元以上的非国有工业企业实现的增加值，是通过全面报表取得的，为月度公布指标。规模以下工业增加值是年产品销售收入低于500万元的非国有工业企业的增加值，是采用抽样调查取得的，为季度公布指标。

（4）居民收入。通常分别用城镇居民人均可支配收入和农村居民人均纯收入来表示。农村居民人均纯收入指农村住户人均当年从各个来源得到的总收入相应地扣除了家庭经营费用支出、税费、生产性固定资产折旧、赠送农村外部亲友等支出费用后的收入总和，反映农村居民的实际收入情况。在季度调查中，只有农村居民人均现金收入指标，它与人均纯收入的区别在于没有包括实物性收入，没有扣除相应的生产费用支出。

此外，看宏观经济形势，可能还要看一些指标，如国家的财税状况。再看金融的一些指标，如货币流通量，大家可能看到，有的时候可能公布M0增加了多少，M1增加了多少，M2增加了多少。什么意思呢？M0就是现金，就是社会上总的现金流通量。M1就是现金加上大家的活期存款，活期存款随时可以取，它的流通性比较强，称为狭义的货币流通量。如果把M1再加上我们定期的存款，再加上我们企业的存款，这就是M2，称为广义的货币流通量。看货币投放的多了还是少了，就看M1，特别是M2增长了多少。

第七章 失业与通货膨胀离你远吗

【知识目标】

- 了解失业的含义及衡量指标
- 理解通货膨胀的含义及分类
- 了解消费价格指数（CPI）的含义及编制过程
- 掌握失业及通货膨胀对经济的影响

【技能目标】

- 能读懂 CPI 数据的含义
- 根据失业、通货膨胀及经济增长的情况，初步判断一国当前的经济形势

案例导入

通货膨胀就像一只老虎

2011 年 3 月 14 日，十一届全国人大四次会议记者会上，国务院总理温家宝在北京人民大会堂与中外记者见面。

美国《华尔街日报》记者：总理你好。通货膨胀现在成为中国社会越来越突出的一个问题，高物价、高房价已经直接影响到老百姓日常的生活。那么您如何评价政府已经采取的措施呢？下一步有什么新的措施出台？应对通货膨胀，您会不会考虑让人民币较快升值？

温家宝答：通货膨胀就像一只老虎，如果放出来关进去很难。我们目前出现的通货膨胀其实是国际性的，如果你看看整个国际形势，由于某些国家实行量化宽松的货币政策，而造成汇率和大宗商品价格的大幅度波动，这不仅影响一个地方，就连欧洲也突破了 2%。前几个月，世界粮价上涨 15%，如果再加上西亚北非局势的影响，油价高企，超过每桶 100 美元。输入型的通货膨胀对中国有很大的影响，这也是我们难以控制的。另一方面，确实在我们国内也有因为劳动力成本提高，各种初级产品价格上涨而造成的结构性通货膨胀。我们必须重视解决这些问题。我常讲，通货膨胀包括物价、房价都涉及人民群众的生活，关系到他们的切身利益。因此，我们今年在政府各项工作中，把抑制通货膨胀摆在了第一位。

思考：

(1) 在上个月，娜娜去超市购买化妆品、牙膏及饮料三种商品，发现同样品牌的商品价格都上涨了 20%，因此她认为上个月的通货膨胀率为 20%。你赞同娜娜的说法吗？

(2) 什么是通货膨胀？如何衡量通货膨胀的大小？

(3) 失业问题常常与通货膨胀联系在一起，你知道两者的关系吗？

笔记：

提示： 失业与通货膨胀是一个世界性的问题，无论是发达国家，还是发展中国家，都不同程度地存在着失业和通货膨胀问题。因此，失业和通货膨胀就成为各国政府需要研究的主要问题。

第一节　失　　业

一、失业的含义

失业是指一定劳动年龄范围内，有工作能力并且有工作意愿的劳动力人口无法有效获取就业机会的经济现象。

失业者的认定必须符合三个条件：一定年龄范围（如 16～65 岁）内有工作能力；愿意就业；没有工作。因此，凡是在一定年龄范围内愿意工作而没有工作，并正在寻找工作的人都是失业者。

世界各国对工作年龄范围都有不同的规定。例如，美国在进行失业统计时，年龄范围界定为16～65岁，属于失业范围的人群包括以下几种：

(1) 新加入劳动力队伍第一次寻找工作，或重新加入劳动力队伍正在寻找工作已达4周以上的人；

(2) 为了寻找其他工作而离职，在找工作期间作为失业者登记注册的人；

(3) 被暂时辞退并等待重返工作岗位而连续7天未得到工资的人；

(4) 被企业解雇而且无法回到原工作岗位的人，即非自愿离职的人。

在我国，目前实行的是登记失业制度，只有到当地劳动与社会保障部门登记且符合失业条件的人员才被统计为失业人员。我国规定的工作年龄是，男性为16～60岁，女性为16～55岁。年龄在规定范围内的人口数，称为“劳动适龄人口数”。年龄在规定范围之外，已退休或丧失工作能力，或在校学习，或由于某种原因不愿工作，或不积极寻找工作的人都不计入失业人数。

二、失业的衡量

衡量一个国家失业状况的基本指标是失业率。失业率是失业人数占劳动力总人数的百分比，用公式表示为：

$$失业率=\frac{失业人数}{劳动力总人数}\times 100\%$$

失业人数指属于上述失业范围，并到有关部门登记注册的失业人数。劳动力总人数指失业人数与就业人数之和。各国的失业统计方法不尽相同。例如，美国是通过对55000户进行抽样调查来估算失业率的，并在每个月的第一周的星期五发布上个月的失业估算数字。

三、失业的分类

根据失业的不同性质和特点，通常将失业分为以下几种类型。

(一) 自然失业

自然失业是指由于经济中某些难以避免的原因所引起的失业。自然失业主要包括摩擦性失业与结构性失业两种情况。

1. 摩擦性失业

摩擦性失业是指劳动者在部门、地区、企业之间的正常流动过程中暂时处于失业状态。每一个人都想找到一份适合自己爱好与技能的工作，于是会辞去旧工作寻找新工作；产业结构的变动或某个地区的兴衰会迫使劳动力流动，被迫去寻找新的工作；为了与亲人在一起或在更好的环境里工作，一些人也会进行流动。在劳动力流动中，无论由于什么原因，离开旧工作找到新工作之间总需要一段时间。这段时间这些流动的人就成为失业者。这种失业也可以归结为寻找一份合适的工作需要一定时间，因此，又称寻找性失业，即由于想找到好工作引起的失业。摩擦性失业被认为是一种正常的或自然的失业。

2. 结构性失业

结构性失业是指由于不能适应经济结构和劳动市场变动所引起的失业。经济发展、社会进步、人口规模和构成的变化、消费者偏好的改变等都会引起经济结构的变化。经济结构的变动，要求劳动力的流动能迅速与之相适应。但是，由于工人所受的训练和技术水平，不符合劳动力市场的需求，从而出现失业。在这种情况下，“失业与空位”并存，即一方面存在着有岗无人的“空位”，另一方面又存在着有人无岗的“失业”。这种失业的根源在于劳动力市场的结构特点。此外，由于雇主歧视某类工人，如肤色、性别、年龄等；由于地区差别，如边远地区、艰苦地区等，都有可能引起结构性失业。

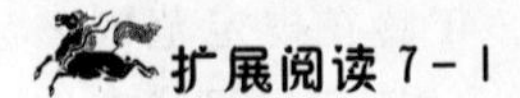

广东企业转型太快农民工出现结构性失业

据统计，广东省初级以上的技术工人紧缺，岗位供求比例是1∶1.2，而普通农民工找工作难度较大，岗位供求比例是1∶0.8。广东省这种“招工难”和“找工难”并存的现象，在经济学里被称为结构性失业。

结构性失业是指劳动力的供给和需求不匹配。这种失业的典型特征是：社会上既有失业者，又有职位空缺。用通俗的话表达，就是“有些人没活干，有些活没人干”。

按照劳动力的工种与技能状况，可以把整个劳动力市场细分为多个局部市场。这些局部市场各有自身的需求和供给，很难相互替代。

造成农民工结构性失业的因素有哪些呢？一是产业升级和企业转型加快，企业对员工素质尤其是技能的要求不断提高。二是农民工自身素质低。有关研究表明，我国农民工的现状是：具有初中文化程度的占65.5%，其中未受过任何培训的占45.3%，接受过简单的、不超过15天培训的占25%，接受过正规培训的就更少，仅占13.1%。三是制度性因素。城乡户籍制度限制了农民工的合理流动；国家的资源和政策向国有企业倾斜，吸收农民工最多的中小企业很难获得银行贷款。四是农民工培训市场不完善。

（资料来源：第一财经日报，2009年3月24日）

思考：

你对提高农民工的职业技能，改善农民工的就业状况有何建议？

笔记：

（二）周期性失业

周期性失业又称需求不足的失业，它是指经济周期中的衰退或萧条时，由于对劳动力需求下降而造成的失业。这是一种最严重、最常见的失业类型。在经济繁荣时期，劳动需求量大，众多的失业者被迅速吸收，社会的失业率趋于充分就业状态；当经济衰退时，生产就会出现过剩，经济陷入萧条。企业会减少生产、解雇工人，从而带来失业人数的增加。所以，随经济的周期循环产生的周期波动出现周期性失业。例如，2008年以来，由于受金融危机的影响，世界各国的失业率大幅上升。

由于人们对经济周期到来的时间、持续时间、影响的深度和广度缺乏足够的认识，因此，这种失业难以预测和防范。

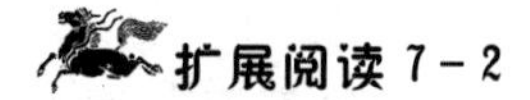
扩展阅读 7-2

2010年世界各地失业率创历史新高

伴随着金融危机"入侵"实体经济，世界各国的"失业潮"愈演愈烈。

美国劳工部的数据显示，2010年1月份，美国失业率达到7.6%，创下1974年来新高。邻国加拿大则升至7.2%，创下了30年来的历史新高。太平洋彼岸的日本则遭遇"二战"以来最为严重的经济衰退，失业率由前月的3.9%攀升至4.4%，升幅之大为近40多年所未见。

"失业浪潮"同样刮到了欧洲。英国当年1月份的失业率增至3.8%，创10年来的最糟纪录。另据德国劳工部的数据显示，1月份德国失业率已经从2009年12月的7.4%攀升至8.3%，大约350万人失去工作。曾经为"金砖四国"之一的俄罗斯1月底失业率则升至5.8%。

自2004年加入欧盟以来，中东欧10国一度成为欧洲经济发展的"火车头"。但受金融危机的影响，东欧国家也不能幸免。1月份，波兰的失业率从8.8%迅速上升至10.5%，捷克失业率达6.8%，拉脱维亚更升至8.3%，都为两年来最高。

在拉美，全球金融危机同样结束了这里连续5年高速增长的"金色岁月"。在巴西，当年1月份失业率出现7年以来的最大幅度上升。最大的6个都市区的失业率从上月的6.8%跳升到8.2%。

（资料来源：人民日报海外版，2010年2月28日）

与失业率相联系的另一个热词是充分就业，在对失业的种类进行了分析之后，就可以更好地界定充分就业的含义。充分就业，并不是指人人都有工作，它被定义为消灭了周期性失业时的就业状态。显然，这时社会上仍有自然失业的存在，但所有愿意并能够在现有工作条件下工作的人都能找得到。

充分就业率的高低，取决于劳动市场的完善程度、经济状况等各种因素。充分就业率由各国政府根据实际情况确定。各国在各个时期所定的充分就业率都不同。一般认为，当自然失业率为5%左右时，即被认为实现了充分就业。

四、失业对社会经济的影响

失业会给经济、社会甚至政治方面带来不良后果，因此，各国政府在制定所有宏观经济政策时，都要考虑对失业率的影响。

（1）对个人而言，失业会使失业者及其家庭的收入显著减少，并对失业者的心理造成影响。

失业会使失业者及其家庭的收入减少，消费水平下降。若年轻人长期失业，不仅浪费了人力资源，同时也降低了他们今后就业的竞争力；若中老年人失业，其问题就更严重了，企业通常不愿意聘用年老的员工，因为怕他们多病和比较难适应新的工作，因此，对于中老年人来说，失业对于他们是更严重的打击。

美国心理学家研究表明，被解雇所造成的心理冲击相当于死去一个最亲密的朋友或在学校留级给人带来的影响。此外，失业还会造成失业者的失望和不满，会提高社会犯罪率、离婚率，并有可能引起社会骚乱。

(2) 对政府而言，失业将加大政府运行的成本。

为了维持失业者最基本的生活，政府要为失业者提供失业救济和最低生活保障，这些转移支付必将增加政府的运行成本。如果失业率过高，社会经济将不堪重负，一些国家为此出现巨额财政赤字。

由于过高的失业率会给社会带来极其严重的经济后果，所以几乎所有国家都把失业问题作为社会发展的头号敌人，把降低过高的失业率作为政府工作的重要内容，政府在制定宏观经济政策时必须考虑其对失业的影响。

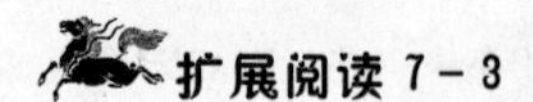

扩展阅读 7-3

奥肯定律

奥肯定律是由美国经济学家奥肯在20世纪60年代提出来的，它是说明失业率与实际国民收入增长率之间关系的经验统计规律。这一规律表明，周期性失业率每增加1%，实际国民收入就会减少充分就业国民收入的2.5%；反之，失业率每减少1%，实际国民收入就会增加充分就业国民收入的2.5%。奥肯估计，在美国，若实际国民收入高于充分就业的国民收入1个百分点，则实际失业率大约要比自然失业率低0.3个百分点。奥肯定律表明失业率的变动与实际国民收入增长率的变动之间呈反方向变化，即失业率增加，实际国民收入增长率减少；失业率减少，实际国民收入率增加。

由此可见，失业除了给整个社会造成直接经济损失外，失业还会对一国的经济增长造成影响，进而对财政状况产生重大的影响。

第二节 通货膨胀

一、通货膨胀的含义

通货膨胀是指一般物价水平普遍而且持续上涨的经济现象。

需要注意的是，通货膨胀所造成的物价上涨是物价总水平的普遍持续上涨。通货膨胀所引起的物价上涨是全局性的、普遍的、持续的，不仅大中城市，而且就连小城镇、农村物价也全面上涨。若个别商品由于短期的供不应求等原因所造成的价格上涨，不能称其为通货膨胀；若个别地区由于某种原因而形成的物价上涨，也不能理解为是通货膨胀。

二、通货膨胀的衡量

经济学上常用物价指数来衡量一个国家是否发生了通货膨胀。我们在报刊上看到的物价指数主要有两个：消费价格指数与生产者价格指数。

1. 消费价格指数（Consumption Price Index，CPI）

又称为零售物价指数或生活费用指数，它是最常用的衡量通货膨胀水平的指标。消费

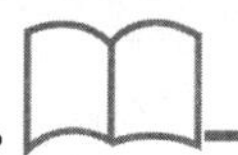

价格指数说明消费者在一段时间之内购买产品和劳务所付出的总费用的变化情况。使用这个指标时，有关统计机构首先要选择一组居民日常生活中不可缺少的商品和劳务，确定它们各自的权数，然后对不同时期居民对这些商品、劳务支出的变动情况进行调查，最后并据此计算出消费价格指数的数值。

想了解中国居民消费价格指数是如何编制的，请参见本章附录。

课堂讨论

（一）资料

2011年3月份CPI同比上涨5.4%，创出32个月来新高。统计显示，在这一季度，居民消费价格同比上涨5.0%。其中，城市上涨4.9%，农村上涨5.5%。分类别看，食品上涨11.0%，烟酒及用品上涨2.0%，衣着上涨0.3%，家庭设备用品及维修服务上涨1.6%，医疗保健和个人用品上涨3.1%，交通和通信下降0.1%，娱乐教育文化用品及服务上涨0.6%，居住上涨6.5%。

（资料来源：新华网，2011年4月16日）

（二）讨论

娜娜说，上个月我去购买化妆品、牙膏与饮料时，它们的价格涨幅都超过了20%，为何统计局公布的CPI数据只有5%呢？因此对统计局公布的CPI持怀疑态度。

你同意她的观点吗？为什么？

笔记：

扩展阅读7-4

遗憾指数

遗憾指数又称为痛苦指数，是指通货膨胀率与失业率之和。例如，假如通货膨胀率为4%，失业率为5%，则遗憾指数为9%。这一指数说明了人们对宏观经济状况的感觉，该指数越大，人们对宏观经济状况越不满。

2. 生产者价格指数（PPI）

生产者价格指数，它主要反映生产者在生产过程中购买产品与劳务的费用发生变动的情况。对生产者价格指数进行衡量，首先要在批发市场上选择一组与生产者关系密切的商品，然后对其在不同时期中价格的变化进行调查，最后计算出价格指数。需要注意的是，生产者价格指数并不仅仅反映产出的成品的价格变动情况，在选择被调查的产品时，还包括了生产必需的原材料和生产过程中产出的（经常作为下一阶段生产的原料）半成品。

扩展阅读 7-5

2011年2月份工业生产者价格继续上涨

2011年2月份，工业生产者出厂价格同比上涨7.2%，涨幅比1月份扩大0.6个百分点。分类别看，生产资料出厂价格上涨8.2%，其中采掘工业上涨14.3%，原料工业上涨10.6%，加工工业上涨6.6%；生活资料出厂价格上涨4.1%，其中食品类上涨7.3%，衣着类上涨3.9%，一般日用品类上涨4.3%，耐用消费品类下降0.8%。2月份，工业生产者出厂价格环比上涨0.8%。1～2月份，工业生产者出厂价格同比上涨6.9%。

2月份，工业生产者购进价格同比上涨10.4%。其中，有色金属材料类购进价格上涨14.8%，燃料动力类上涨8.9%，化工原料类上涨11.9%，黑色金属材料类上涨15.8%。1～2月份，工业生产者购进价格同比上涨10.0%。

三、通货膨胀的类型

根据通货膨胀的严重程度与特征，通常将其分为以下三种类型。

1. 温和的通货膨胀

温和的通货膨胀，也称爬行的通货膨胀，是指价格水平在相当长的时间内以较低的比率持续上涨。一般在两位数以下，上涨率不超过10%。在这种通货膨胀下，人们对价格的走势是完全可以预期的。因此，社会上不会出现明显的恐慌心理。目前许多国家都存在这种温和型的通货膨胀。

2. 加速的通货膨胀

加速的通货膨胀，也称为奔腾的通货膨胀、急剧的通货膨胀。其特点是：通货膨胀率较高，高达两位数到三位数，年通货膨胀率为10%～100%，在发生这种通货膨胀时，人们对货币的信心产生动摇，会寻找机会抢购商品，不愿意继续持有货币，经济社会产生动荡。因此，这是一种较危险的通货膨胀。

3. 超速的通货膨胀

超速的通货膨胀，又称为恶性的通货膨胀。其特点为：通货膨胀率非常高（一般达到三位数以上），而且完全失去控制。这种通货膨胀在经济发展史上是很少见的，通常发生于战争或社会大动乱之后。

例如，在国民党统治时期的旧中国，从1937年6月到1949年5月，伪法币的发行量增加了1445亿倍，同期物价指数上涨了36 807亿倍。从1937年到1949年，100元法币的购买力发生了惊人的变化：1937年可买黄牛2头；1938年可买黄牛1头；1939年可买猪1头；1941年可买面粉1袋；1943年可买鸡1只；1945年可买鸡蛋2个；1946年可买肥皂1/6块；1947年可买煤球1个；1948年8月19日可买大米3粒；1949年5月可买大米2.45/10 000 000粒（千万分之2.45粒）。

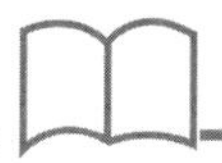

扩展阅读 7－6

津巴布韦通货膨胀失控　大妈怀抱3万亿买公交票

非洲南部的津巴布韦共和国是全世界恶性通胀最严重的国家。最近在首都哈雷拉，一位大妈抱着总值3万亿津巴布韦元的钞票搭公车，只为了支付约合3.5元人民币的车费。更有意思的是，司机大叔根本懒得清点，收下就是了。

据报道，津巴布韦去年7月的通胀率写下天文数字：2.31亿%。今年1月，央行发行100万亿津巴布韦元的大钞，1的后面有14个0，也算是一项世界纪录。为了抑制有如脱缰野马的通胀，津巴布韦政府在4月正式废掉国币，宣布以美元和南非币为流通货币，不过旧津巴布韦元还是在民间继续流通。

在津巴布韦，一旦出了大都市，强势货币一文难求。城市的巴士司机有小额美元或南非币可找零，乡下商店虽然没有，但山不转水转，店家会给顾客糖果、巧克力，或是在收据上注明下次消费可享折扣。

乡间商店的老板娘还说，现在许多乡亲拿羊肉、鸡和一桶桶的玉米来换东西，老祖宗时代的以物易物又回来了。有人甚至连搭车都拎着两只活鸡充当车费，苦中作乐的津巴布韦人开玩笑说，如果鸡在车上下蛋，那就当成司机找的零钱吧。

（资料来源：中国新闻网，2009年8月18日）

思考：

（1）津巴布韦发生的通货膨胀属于哪种类型的通货膨胀？

（2）查找前三个月我国CPI的数据，分析一下我国当前的通货膨胀属于哪种类型？

笔记：

四、通货膨胀对社会经济的影响

（1）通货膨胀有利于雇主而不利于雇员。由于通货膨胀难以准确预测，因此，在短期内雇员的名义工资不能迅速相应地调整，因而，物价上涨使得其实际工资下降。而对雇主来说，这就意味着实际支出（成本）下降，从而利润得到增加。

（2）通货膨胀有利于债务人而不利于债权人。这是因为，如果借、贷双方没有考虑到通货膨胀的影响，而以固定利率发生借贷关系，则通货膨胀一旦发生，实际利率就要下降。结果自然是债务人所付出的实际利息减少，因而得益。受损的就是债权人了。

（3）通货膨胀有利于实物资本持有者而不利于货币持有者。因为物价上升，使得实物（商品）资本的实际价值可以基本保持不变，持有者没有损失。而手中的货币却没有哪怕是名义上的升值，相反还要贬值，即使存在银行里，因其实际利率的下降，也要蒙受一定的损失。

（4）通货膨胀有利于政府而不利于公众。因为不能准确预期有通货膨胀，所以工资虽会有所增加（甚至是不增），但实际工资却难以保持原有水平（甚至是下降）。而名义收入的上升，却使得达到纳税起征点和更高税率者增多，从而使得政府的税收增加。

扩展阅读 7－7

通货紧缩

与通货膨胀（通胀）引起物价持续上涨、货币贬值，会影响人们的日常生活一样，通货紧缩也是一个与每个人都息息相关的经济问题。国务院发展研究中心市场经济研究所陈淮认为，职工下岗，物价负增长，企业负债率高涨，投资"套牢"，经济增速下滑，银行利率连续下调，资源消耗量萎缩，干什么都不赚钱了，这些都是通货紧缩的征兆。

与通胀相比，通货紧缩的危害在于：消费者预期价格将持续下跌，从而延后消费，打击当前需求；投资期资金实质成本上升，回收期延长，令回报率降低，从而遏止投资。此外，通货紧缩使物价下降，意味着个人和企业的负债增加了，因为持有资产实际价值缩水了，而对银行的抵押贷款却没有减少。比如人们按揭购房，通货紧缩可能使购房人拥有房产的价值，远远低于他们所承担的债务。与通胀相比，通货紧缩是一个各国经济政策制定者难以治理的问题。

通货紧缩对全球经济造成的损害远远大于通货膨胀，一旦通货紧缩和庞大的债务结合起来，必然会造成严重的财政问题。而严重的财政问题则又会使通货紧缩加剧，从而不利于世界经济的发展。

思考：

我国经济目前处于通货膨胀还是通货紧缩状态？为什么？

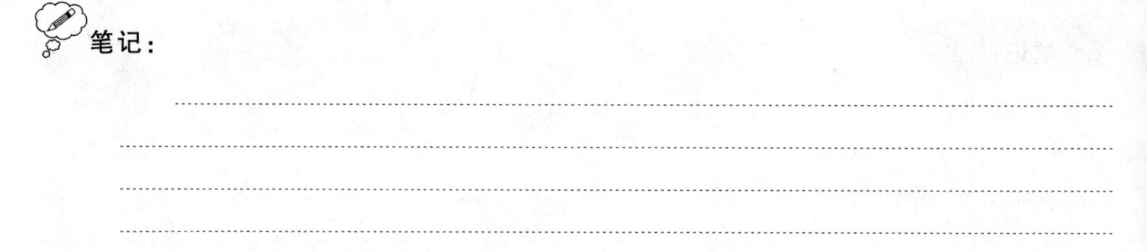

要点回顾

1．失业是指在一定劳动年龄范围内，有工作能力、愿意工作而没有工作，并正在寻找工作的人。

2．衡量一个国家失业状况的基本指标是失业率。失业率是失业人数占劳动力总人数的百分比，用公式表示为：$失业率=\frac{失业人数}{劳动力总人数}\times 100\%$。

3．失业主要包括自然失业与周期性失业两种情况。

4．通货膨胀是指一般物价水平普遍而且持续上涨的经济现象。

5．经济学上常用物价指数来衡量一个国家是否发生了通货膨胀。在新闻报刊中经常看到的物价指数主要有两个：消费价格指数（CPI）、生产者价格指数（PPI）。

6．根据通货膨胀的严重程度与特征，通常将其分为温和的通货膨胀、加速的通货膨胀、超速的通货膨胀三种类型。

学以致用

一、选择题

1. 充分就业意味着（　　）。

A. 人人都有工作，没有失业者

B. 消灭了自然失业时的就业状态

C. 消灭了周期性失业时的就业状态

D. 消灭了摩擦性失业时的就业状态

2. 当经济中只存在（　　）时，该经济状态被认为实现了充分就业。

A. 摩擦性失业　　B. 摩擦性失业和结构性失业

C. 结构性失业　　D. 周期性失业

3. 结构性失业是（　　）。

A. 有人不满意现有工作，离职去寻找更理想的工作所造成的失业

B. 由于劳动力技能不能适应劳动力需求的变动所引起的失业

C. 由于某些行业的季节性变动所引起的失业

D. 经济中由于劳动力的正常流动而引起的失业

4. 在以下情况下，可称为通货膨胀的是：（　　）。

A. 物价总水平的上升持续一个星期后又下降了

B. 物价总水平的上升而且持续一年

C. 一种物品或几种物品的价格水平上升且持续了一年

D. 物价总水平下降而且持续了一年

5. 居民消费价格指数是指（　　）。

A. 消费物价指数　　B. 效用指数

C. 遗憾指数　　D. 生产者价格指数

6. 通货膨胀会使债务人的利益（　　）。

A. 增加　　B. 减少　　C. 不变　　D. 无影响

二、简答题

1. 失业主要有哪些类型？

2. 什么是通货膨胀？衡量通货膨胀的指标是什么？

3. 根据通货膨胀的严重程度可将通货膨胀分为哪几类？

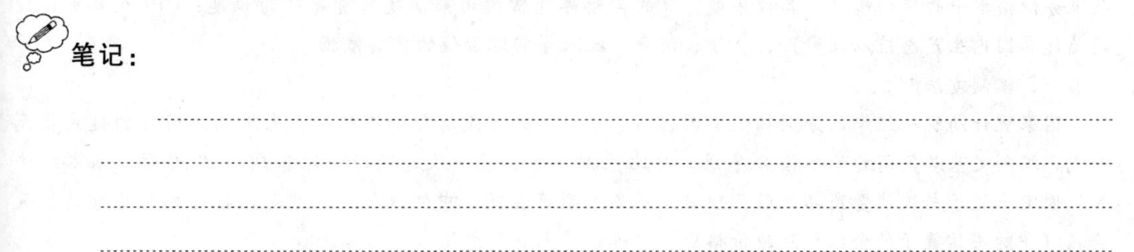

三、案例分析题

（一）资料

2011 年 2 月 22 日，全国就业工作座谈会在北京举行。

在近年高校毕业生数量急剧膨胀的形势下，就业的难题似乎变得更加严峻和突出。全国就业工作座谈会传来消息，2010 年应届毕业生规模是 21 世纪初的 6 倍，2011 年高校毕业生人数为 660 万人，“十二五”时期应届毕业生年平均规模将达到近 700 万人。“十二五”的就业形势依然“严峻”。

一方面，就业总量压力依然很大，劳动力供大于求的格局并未改变。今后五年，城镇劳动力的供求缺口每年将达到 1300 多万，比“十一五”期间压力更大。另一方面，就业的结构性矛盾将进一步加剧，其现实表现是部分企业“招工难”与部分劳动者“就业难”问题并存，且有常态化趋势，而随着经济结构战略性调整的推进，就业结构性矛盾将会更加复杂。不论是产业转型升级，还是节能减排、淘汰落后产能等，都将对就业结构产生深刻影响，技能人才短缺问题势必更加凸显，结构性失业问题也会进一步加剧。与此同时，复杂多变的世界经济也使就业形势增加了更多变数。

（二）要求

近年来，大学生就业难一直是个热点问题，这个问题还将持续下去。请你联系实际，分析高校毕业生就业形势严峻的原因，高职学生应如何定位？

笔记：

附录

我国居民消费价格指数（CPI）是如何编制的

CPI 是英文“Consumer Price Index”的缩写，直译为“消费者价格指数”，在我国通常被称为“居民消费价格指数”。CPI 是度量消费商品及服务项目价格水平随着时间变动的相对数，反映居民购买的商品及服务价格水平的变动情况。其按年度计算的变动率通常被用来反映通货膨胀的程度；CPI 及其类指数还是计算国内生产总值以及资产、负债、消费、收入等实际价值的重要依据。

一、编制方法

国家统计局统一组织，分别编制全国、省、市、县级居民消费价格指数。采用国际通行的链式拉氏公式，编制定基居民消费价格指数序列。对比基期 5 年调整一次，现行对比基期为 2010 年。基本方法为：固定一篮子居民消费商品及服务项目以及各个项目在篮子中的权数，通过对比报告期与基期的权数金额（即购买该篮子的金额）反映价格变动情况。基本流程包括以下内容。

确定一篮子居民消费商品及服务项目。中国居民消费价格调查对象包括食品、烟酒及用品、衣着、家庭设备用品及维修服务、医疗保健和个人用品、交通和通信、娱乐教育文化用品及服务、居住八大类的商品（服务），每个大类下分别依次划分中类、小类、基本分类，每个基本分类下设一定数量的代表规格品作为经常性调查项目。代表规格品按消费量大、价格变动趋势和变动程度代表性强的原则进行选择。目前共有262个基本分类，各调查市县选择至少600种代表规格品作为经常性调查项目。

确定篮子中各类商品及服务的权数。主要依据全国13.3万户城乡居民家庭收支抽样调查资料，并辅以典型调查数据作补充。一般每5年更换一次，5年期内各年度适当调整。

确定调查市、县和调查网点。按照大中小兼顾以及地区分布合理原则，采用划类选择法，抽选500个市、县作为全国CPI调查市、县。按照等距抽样方法，兼顾规模、分布、注册登记类型等因素，抽选各调查市、县的调查网点。目前，全国CPI调查网点（包括食杂店、百货店、超市、便利店、专业市场、专卖店、购物中心、农贸市场、服务消费单位等）共计6.3万个。

编制各类CPI。每月编制一次。基本步骤包括：一是计算市县级各基本分类月度环比指数，根据所属代表规格品价格变动相对数，采用几何平均法计算得出；二是计算市县级各基本分类当月权数金额，由上月基本分类权数金额乘本月基本分类月度环比指数；三是计算市县级各类（小类、中类、大类）当月权数金额，为下属所有基本分类当月权数金额之和；四是计算市县级各类（小类、中类、大类）月度环比指数，为下属所有基本分类当月权数金额之和与下属所有基本分类上月权数金额之和的比值；五是计算省级和全国月度环比指数，省级各类（含基本分类、小类、中类、大类）的月度环比指数等于下属所有市县该类当月权数金额之和与下属所有市县该类上月权数金额之和的比值，全国各类（含基本分类、小类、中类、大类）的月环比价格指数等于31个省（区、市）该类当月权数金额之和与31个省（区、市）该类上月权数金额之和的比值；六是由月度环比指数再分别计算各类定基、同比指数。

二、资料来源

国家调查队系统负责CPI基础数据收集工作。全国有4000余名现场调查员，按照“定人、定时、定点”原则直接收集CPI基础数据。对一般性规格品每月调查2～3次；与居民生活密切相关、价格变动比较频繁的规格品，每5天调查一次；价格变动不频繁的规格品每月调查1次。调查员收集的基础数据由县级调查队通过网络上报省级调查总队；省级调查总队审核后上报国家统计局。在50个地级市已实现由调查员通过手持数据采集器将基础数据向国家统计局、省级调查总队、县级调查队同时报送。到2011年实现全部调查员均采用该采集器采价。

全国CPI数据由国家统计局统一对外发布，每月一次。发布内容包括CPI总指数、城市CPI、农村CPI、八大类类别指数的环比、同比数据。

（资料来源：中华人民共和国统计局网站）

第八章 经济增长的源泉是什么

【知识目标】

- 了解经济增长的含义
- 理解经济增长的源泉
- 掌握经济周期四个阶段的特点

【技能目标】

- 能用本章所学知识，初步判断当前我国所处的经济周期阶段

案例导入

中国巨变

改革开放以来，我国经济增长取得了举世瞩目的成就，一幢幢大楼拔地而起，一条条公路纵横交错……，老百姓开始过起了小康的日子，我们周围的“新鲜事儿”也逐渐多了起来，娜娜75岁的奶奶看在眼里，喜在心中，把她几十年的感受写进了打油诗中。

改革开放真抢眼，经济增长看得见。

数数身边新变化，一二三四数不完。

住房装修像宾馆，三人两个卫生间。

一家两台大彩电，家中有了电影院。

出门跟着轮子转，电话装在兜里面。

衣着越来越大胆，奶奶也把婚纱穿。

退休大妈会操盘，买车买房敢贷款。

大学毕业自己干，休闲花钱买流汗。

高雅音乐露天演，走出国门看新鲜

正如娜娜奶奶打油诗中所描述的一样，我们的国家越来越富强了，从大事儿上看，香港澳门收回来了，奥运会、世博会也主办过了，神舟六号上天了……从细节上看，老百姓富裕了，消费观念也变化了……

中国能有今天的巨变，离不开改革开放以来中国持续高速的经济增长。

思考：

（1）什么是经济增长？

（2）一国的经济是否能一直保持稳定增长？

（3）你知道经济周期吗？

笔记：

第一节 经济增长

一、经济增长的含义

经济增长是一国或一个地区生产的产品（包括劳务）的不断增加，通常以GDP或人均GDP水平的持续增加来表示。

经济增长问题是世界各国都十分关注的问题，一个国家要发展，要强大，就必须要有

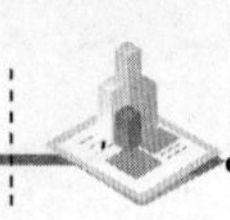

一定的经济实力做保证。在激烈的国际竞争下，如果一国经济增长缓慢，则其必定会被淘汰。只有保持良好的经济增长态势，国家才有可能实现真正的富强、文明和民主。自1978年以来，中国经济保持高速增长，把中国从一个贫穷落后的穷国、弱国改变成一个国富民强的准富国和准强国，打造成一个今天能够在世界民族之林扬眉吐气，在国际政治舞台和经济舞台上拥有较大话语权的大国。继亚洲“四小龙”于20世纪80年代创造的亚洲奇迹之后，中国创造了又一个更新、更大的世界奇迹。

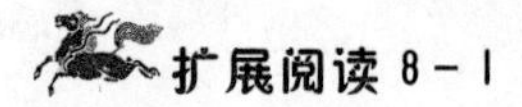

透过GDP数字看经济

从1978年到2010年，中国经济总量迅速增长，GDP总量从3 645亿元增长至397 983亿元，增长近110倍！在过去25年全球脱贫所得成就中，近70%的成就归功于中国！我国改革开放以来各时期的经济增长率及经济总量，如表8－1所示。

表8－1 1978－2010年我国经济增长率及经济总量 （单位：亿元人民币）

年份	GDP增长率	GDP总量	年份	GDP增长率	GDP总量
1978	0.00%	3 645.2	1995	10.90%	60 793.7
1979	7.60%	4 062.6	1996	10.00%	71 176.6
1980	7.80%	4 545.6	1997	9.30%	78 973
1981	5.30%	4 891.6	1998	7.80%	84 402.3
1982	9.00%	5 323.4	1999	7.60%	89 677.1
1983	10.90%	5 962.7	2000	8.40%	99 214.6
1984	15.20%	7 208.1	2001	8.30%	109 655.2
1985	13.50%	9 016.0	2002	9.10%	120 332.7
1986	8.90%	10 275.2	2003	10.00%	135 822.8
1987	11.60%	12 058.6	2004	10.10%	159 878.3
1988	11.30%	15 042.8	2005	10.20%	183 084.8
1989	4.10%	16 992.3	2006	11.60%	211 923.8
1990	3.80%	18 667.8	2007	11.90%	249 530.6
1991	9.20%	21 781.5	2008	9.00%	300 670
1992	14.20%	26 923.5	2009	8.70%	354 554
1993	14.00%	35 333.9	2010	10.30%	397 983
1994	13.10%	48 197.9			

（资料来源：国家统计局网站及相关网站材料整理）

根据表8－1，我们可以做出相应的走势图，如图8－1和图8－2所示。

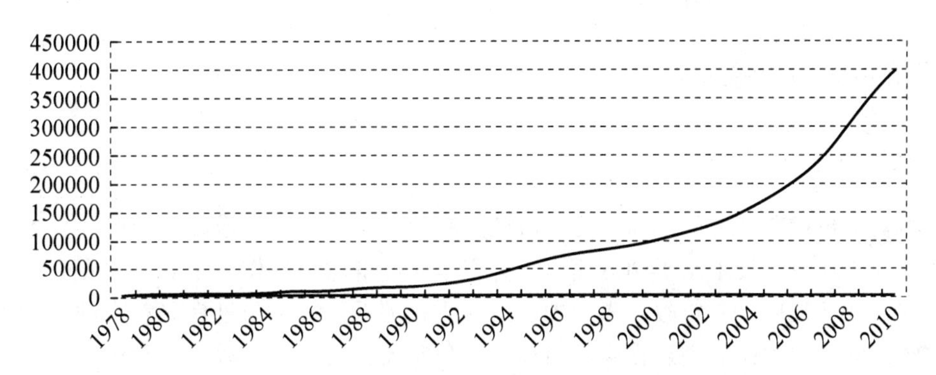

图 8－1　我国改革开放以来各时期经济总量走势图（表 8－1 整理而得）

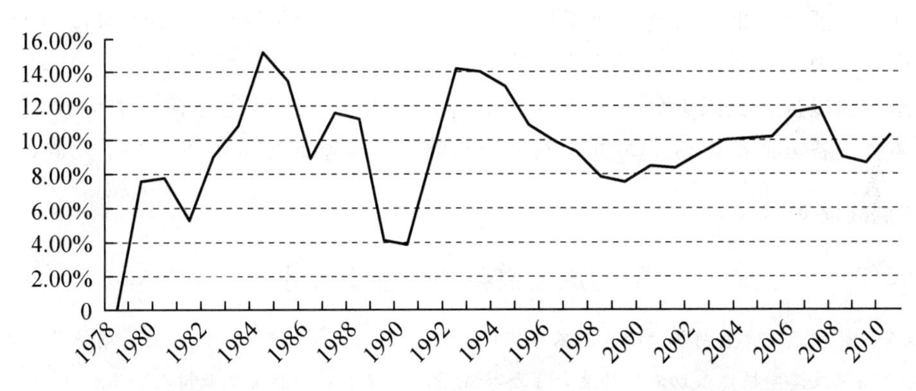

图 8－2　我国改革开放以来各时期经济增长率走势图（表 8－1 整理而得）

思考：

根据表 8－1 提供的数据及图 8－1、图 8－2，试判断我国在今后几年的经济增长的大致走势。

笔记：

二、经济增长与经济发展的区别

经济增长与经济发展是密切联系的两个不同概念。经济增长是指一国一定时期内产品和服务量的增加，一般用 GDP 指标或其人均值的持续增加来表示。经济发展除包含经济增长外，还包含经济结构的变化（如产业结构的合理化、高度化，消费结构的改善和升级），社会结构的变化（如人口文化教育程度的提高，寿命的延长，婴儿死亡率的下降），环境的治理和改善，收入分配的变化（如社会福利的增进，贫富差别的缩小）等。所以，经济增长是经济发展的基础，没有经济增长就不会有经济发展，当然也有可能出现有增长而无发展的情况。

三、经济增长的源泉

1. 人力资源

人力资源包括劳动力的供给，劳动者的受教育程度、纪律、激励等。劳动投入包括劳动力数量和劳动者的技术水平两方面。人力资本对经济增长的作用主要体现在它的外部效应上，这种外部效应主要与教育事业的发展有直接关系。一个受过良好教育的人除了可以利用他学到的知识和技能创造社会财富以外，更重要的是他在受教育过程中可以形成更先进的思想和意识形态，这些可以帮助他在获得劳动报酬之余得到更多的收益，并促进整个社会更好地发展。如果人力资源使用得当，还能够节约自然资源，甚至还可以成为增强自然资源再生能力、开发新自然资源的条件。

改革开放以来，我国十分注重培养和引进各类人才，使得我国在科学、教育、文化、卫生和体育等各方面都取得了为世人瞩目的成就，为国家的经济腾飞提供了先决条件。

扩展阅读 8-2

努力成为高素质技能型人才

技能型人才在推进自主创新方面具有不可替代的重要作用。2009 年 12 月 21 日，胡锦涛总书记专门前往珠海市高级技工学校，亲切看望师生，了解技能型人才培养和毕业生就业情况。

一间间实训室里，学生们正在教师指导下学原理、学操作。在多媒体技术实训室，胡锦涛同正在进行视频剪辑练习的学生交谈起来，询问他们学了多长时间、有没有掌握要领、对学习条件是不是满意。得知不少学生来自广东贫困山区，学校免除了他们的学习费用，总书记十分欣慰，叮嘱他们一定要珍惜机会、好好学习。在电子测试实训室，正在这里接受培训的几名退役士兵向总书记汇报了自己的学习情况，胡锦涛勉励他们发扬部队优良传统，不断提高就业本领，更好地适应社会需要。面对围拢在身边的技校学生，胡锦涛语重心长地说："没有一流的技工，就没有一流的产品。现在我国技术工人特别是高级技工非常匮乏。希望同学们刻苦学习文化科学知识，潜心钻研专业技能，努力成为高素质技能型人才。"

（资料来源：中国政府网，2009 年 12 月 22 日）

思考：

天生我才必有用，人才是多层次的。科学家是人才，高级技工学校培养的高级技工是人才，高职院校培养的具有高技能的毕业生也是人才。中国不仅需要像钱学森一样杰出的科学家，同时也需要能够把这些科学家的设想变成产品的高级技工与高技能型人才。请结合你的专业，谈谈你准备如何成为高素质的技能型人才。

笔记：

2. 自然资源

自然资源主要包括耕地、石油、天然气、森林、水资源和矿产资源等。一些高收入国家，如加拿大和挪威，就是凭借其丰富的自然资源在农业、渔业和林业等方面获得高产出而发展起来的。与它们类似，美国因拥有广阔的良田，所以才成为当今世界最大的谷物生产和出口国。

但是，当今世界上，自然资源的拥有量并不是经济发展取得成功的必要条件，南非的黄金与钻石储量在世界上都排名第一，但南非的经济发展状况仍然不容乐观；反之，日本作为一个自然资源极度匮乏的岛国，通过大力发展劳动密集型和资本密集型的产业，而获得经济的高速增长，成为世界经济强国。这也在一定程度上说明了自然资源与其他影响经济增长要素之间的辩证关系。

石油与经济

世界银行 1995—2007 年各国经济增长状况的数据显示，在经济增长前 20 强中，有 11 个与石油密切相关，分别是赤道几内亚、安哥拉、阿塞拜疆、卡塔尔、乍得、阿联酋、哈萨克斯坦、科威特、苏丹、特立尼达和多巴哥。其中，卡塔尔、阿联酋和科威特是中东老牌产油富国，另外 7 个是 1980 年之后新发现大油气田的国家。这说明自然资源对这些国家的经济增长起着重要作用。

思考：

结合你所在地区的实际，分析一下在影响当地经济增长的因素中，自然资源是否起到了很大的作用？

笔记：

3. 资本

资本可分为物质资本与人力资本。物质资本又称有形资本，是指设备、厂房、存货等的存量。人力资本又称无形资本，是指体现在劳动者身上的投资，如劳动者的文化技术水平、健康状况等。这里所指的是物质资本。

资本形成的规模、速度和结构是所有国家在发展经济时都必须考虑的问题，资本形成的结果是物质资本的产生，而物质资本规模与结构反映着一个国家的生产能力水平，对于我国这样的发展中国家来说，经济的腾飞就像发动一架起飞时要超过临界地面速度飞行的飞机一样，投资的作用就是这架飞机的推进力，如果没有资本，飞机是根本飞不起来的。

资本对经济增长的重要程度在发达国家和发展中国家看来是不一样的。对于发展中国家而言，资本属于相对的稀缺资源，在这种情况下，经济增长受资本的影响就相对较大。而在发达国家中，由于资本已经达到饱和的程度，经济增长不再主要依赖资本的供给。

改革开放之初，我国的经济增长遇到资金缺乏的瓶颈，为了吸引到更多的外资，我国政府一直致力于改善我国的投资环境和市场运行环境。在相当长一段历史时期里，我国甚至以牺牲国内企业的利益为代价来保证外资的足量注入，保证了国外资本进入中国市场的安全，这使得国外资本纷纷涌入中国市场，为我国的经济腾飞做出了重要贡献。截至2010年7月，我国已累计吸引外资1.05万亿美元，连续18年稳居发展中国家首位，世界500强企业中已有470多家在中国落户。今天，我国在对外资的吸引上也已抛弃了以前只注重数量不注重质量的模式，废弃了以损失公平为代价的盲目外资引入模式，国内外企业将在同一起跑线上展开公平竞争。

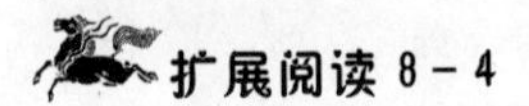

港澳同胞为中国引进外资屡开历史先河

1978年，中国内地第一家来料加工厂由一位港商在广东东莞开办；1979年，香港企业家伍淑清注册北京航空食品公司，成为中国第一家合资企业；1983年，由港商霍英东与内地合资的白天鹅宾馆在广州正式开业，这是内地首批五星级宾馆之一……

中国改革开放以来，港澳同胞凭借同文同种和地理上的优势，满怀爱国爱乡，率先投资内地，屡开历史先河。

毗邻港澳的广东省被中央赋予特殊政策和灵活措施，也在改革开放中先行先试，启动了粤港澳合作，自此以后，港澳投资源源不断涌入。到2007年底，港澳在广东直接投资项目超过10万个，实际投入1 200多亿美元，占广东实际吸收外来资金的2/3，其中绝大部分投资来自香港。

30多年来，尤其是港澳回归祖国以来，广东充分利用粤港澳合作，“杀出了一条血路”，为内地打开了“南风窗”，创造了“三来一补”、“筑巢引凤”、“外引内联”、“借船出海”等新鲜词汇，催发中国经济飞速发展。

（资料来源：中国新闻网，2008年11月24日）

思考：

外资到中国来的目的是为了追逐利润，为什么我们还要引入外资？

笔记：

4. 技术进步

技术进步被誉为经济增长的关键发动机。其作用主要体现在生产率的提高上，即同样的生产要素投入量能提供更多的产品。

随着现代社会科学技术水平的不断发展，技术进步由于其巨大的发展潜力已经成为影响经济增长速度和质量的最重要的因素。技术进步不仅包括新的生产技术，还包括新的管理方法和新的企业组织形式等。

一般情况下，技术进步与新知识的发现紧密相联，这些新知识使得企业能够利用新的方法来组合使用稀缺的资源，以实现更大规模的产出。世界各国，尤其是发达国家技术进步在国民经济增长中所占比重越来越大。美、日、德等发达国家技术进步对经济增长的贡献远远超过我国。改革开放之初，我国从国外引进大量资本，促成了中国经济的腾飞。今天，我国不仅重视引进国外的资本，更加注意引进国外的技术，同时也在自主创新上下足了工夫，目的就是提高我国的技术对经济增长的贡献，因为技术进步水平在很大程度上决定了经济增长的速度和质量。

扩展阅读 8－5

我国离创新型大国还有多远

我国政府在科研投入上一向非常重视，因为要提高一国的技术进步关键在于增加研发的投入。在这方面政府还应该对研发提供更多的财力支持。

中国研发费用于2007年跃居世界第二，首次超过日本，在一定程度上自然体现了中国的科技创新进步，但我们也应该看到，从目前的研发现状和技术“含金量”来说，中国离创新大国还有很长一段路要走。最显而易见的是，从人口比例看，中日两国研发投入基本相当，都是1 300亿美元左右，然而中国13亿人，而日本1.28亿人，按人均研发经费计算，日本人均研发经费1000美元，而中国人均研发经费支出只有140美元。中国只是日本的14%。

加强研发工作是我国目前的工作重点，我们要做的是让世界深刻接受“中国创造”而不是“中国制造”。

思考：

(1) 有人说，中国企业从总体上看，依然缺乏技术创新意识，你赞同这种说法吗？

(2) 中国如何才能实现从“中国制造”向“中国创造”的转变？

笔记：

第二节 经 济 周 期

一、经济周期的含义

自1825年英国爆发了世界上第一次生产过剩的经济危机以来，资本主义经济中繁荣与萧条的交替出现已成为引人注目的经济现象。迄今为止，没有任何一种经济能够始终维持繁荣，每种经济都是在衰退与复苏的周期性波动中不断发展的。这种经济从繁荣走向衰退、再从衰退中复苏而反复出现的现象带有一定的规律性。我们把经济运行中周期性出现的经济扩张与经济紧缩交替更迭、循环往复的一种现象，称为经济周期。经济周期有以下几个特点：

(1) 经济周期是现代经济中不可避免的波动；

(2) 经济周期是总体经济活动的波动，如 GDP、失业率、物价水平、利率、对外贸易等活动的波动；

(3) 虽然每次经济周期并不完全相同，但它们却有共同点，即每个周期都是繁荣与萧条的交替。

二、经济周期的四个阶段

经济周期可以划分成四个阶段：繁荣、衰退、萧条和复苏，其中每个阶段又具有各自不同的特点。图 8-3 所示的是经济周期变动的曲线图，从图中我们可以看到经济周期的运行带有明显的阶段性特征。

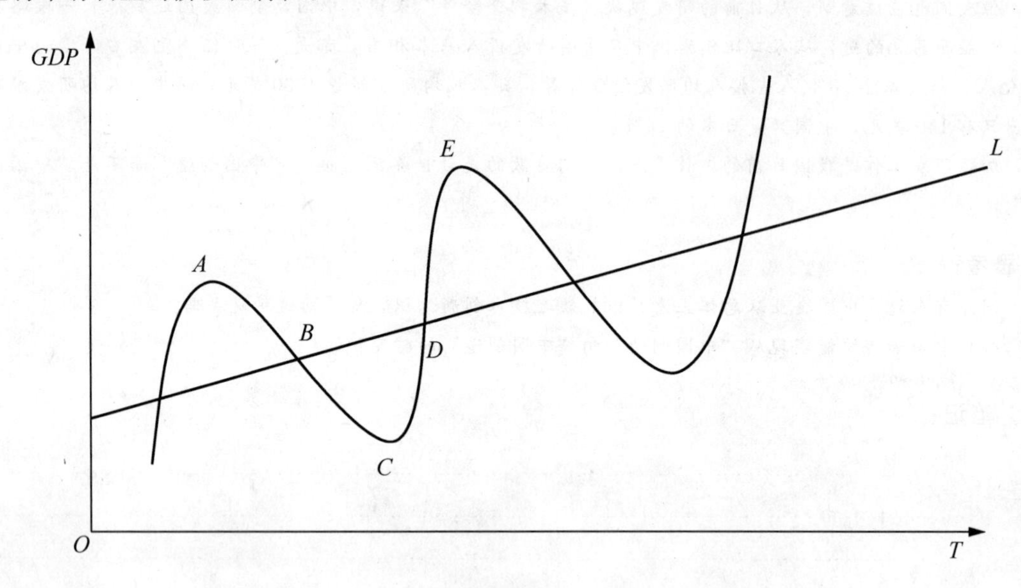

图 8-3　经济周期的四个阶段

在图 8-3 中，纵轴代表 GDP，横轴代表时间 T，向右上方倾斜的直线 L 代表正常的经济活动水平。A 为顶峰，$A-B$ 为衰退期，$B-C$ 为萧条期，C 为谷底，$C-D$ 为复苏期，$D-E$为繁荣期，E 为顶峰。从 A 至 E 为一个周期。

这四个阶段的特点如下。

(1) 繁荣阶段

繁荣阶段是经济扩张和持续增长达到高峰的阶段。在这一阶段，经济总量与经济活动高于正常水平，生产迅速增加，投资增加，信用扩张，价格水平上升，就业增加，公众对未来乐观。繁荣的最高点为顶峰，这时就业与产量水平达到最高。

（2）衰退阶段

衰退是指经济由繁荣的高峰向下跌落，是经济由繁荣转为萧条的过渡阶段。在这一阶段，生产急剧减少，投资减少，信用紧缩，价格水平下降，企业破产倒闭，失业急剧增加，公众对未来悲观。萧条的最低点称为谷底，这时就业与产量跌至最低。

（3）萧条阶段

萧条是经济不景气的低谷阶段，是衰退的继续和结果。在这一阶段，生产、投资、价格水平等不再继续下降，失业人数也不再增加。GDP 总量与经济活动低于正常水平的一个阶段，即在低水平上徘徊向前。但这时由于存货减少，商品价格、股票价格开始回升，公众的情绪由悲观逐渐转为乐观。

（4）复苏阶段

复苏是指经济由极度不景气转入回升。在这一阶段，经济开始从低谷全面回升，投资不断增加，商品价格水平、股票价格、利息率等逐渐上升，信用逐渐活跃，就业人数也在逐渐增加，公众的情绪逐渐高涨。需要指出的是，这时的经济仍未达到正常水平。当经济指标恢复到衰退前的最高水平时，就进入了新一轮的繁荣高涨阶段。

扩展阅读 8－6

中国经济有望进入新一轮上升周期

到 2009 年，新中国走过了 60 年历程。60 年来，中国经济发展取得了举世瞩目的辉煌成就；从年度经济增长率的角度来考察，也经历了一轮轮高低起伏的波动。60 年来经济增长率的波动曲线（其中，1950—1952 年，为社会总产值增长率；1953—2009 年，为国内生产总值增长率；2009 年为预估数 8%）反映了 60 年中国经济的基本情况。

1949 年 10 月 1 日，新中国成立。1950—1952 年，经过三年努力，国民经济迅速恢复。这三年，社会总产值增长率分别为 22.6%、20.1%和 23.8%。这是新中国成立初期的恢复性增长。从 1953 年起，开始了大规模的经济建设，进入工业化历程，到 2009 年，国内生产总值增长率（GDP 增长率）的波动共经历了 10 个周期。

第一个经济周期：1953—1957 年。1953 年开始第一个五年计划建设时，当年，固定资产投资规模很大，经济增长率高达 15.6%。经济增长过快，打破了经济正常运行的平衡关系，高增长难以持续。1954 年和 1955 年经济增速分别回落至 4%和 6%左右。经济运行略作调整后，1956 年再次加速，经济增长率又上升到 15%，难以为继，1957 年又回落到 5%左右。

第二个经济周期：1958—1962 年。1958 年，在当时的“大跃进”中，经济增长率一下子冲高到 21.3%，紧接着，1960 年、1961 年和 1962 年的三年，经济增长率大幅回落，均为负增长。

第三个经济周期：1964—1968 年。经济运行调整之后，1964 年又上升到 18.3%，这是国防建设的前期高潮。接着，1966 年发动了“文化大革命”。1967 年、1968 年经济增长率回落，出现负增长，形成第三个周期。

第四个经济周期：1970—1972 年。1970 年，经济增长率又冲高到 19.4%，这是国防建设的后期高潮。1972 年又回落到 3%左右。

第五个经济周期：1973—1976 年。1973 年，经济增速略有回升；1974 年又掉下来。1975 年略有回升；1976 年又掉下来，为负增长。这段时期，经济增长很微弱。1976 年 10 月，粉碎“四人帮”，结束了“文化大革命”。这两个小波动组成第五个周期。

从新中国成立到 1976 年，我国社会主义建设虽然经历过一定曲折，但总的来说，仍然取得了很大成就。基本建立了独立的、比较完整的工业体系和国民经济体系，从根本上解决了工业化过程中“从无到有”的问题。

第六个经济周期：1977—1981年。结束“文化大革命”之后，1977年、1978年，全国上下“大干快上”的热情很高。1978年经济增长率上升到11.7%，1981年回落到5%左右。

第七个经济周期：1984—1986年。在农村改革、城市改革推动下，1984年经济增长率上升到15.2%，1986年回落到9%左右，形成第七个周期。

第八个经济周期：1987—1990年。1987年、1988年，经济增长率分别上升到11.6%和11.3%。1988年，居民消费价格上涨到18.8%。在调整中，经济增长率在1989年、1990年分别下降到4.1%和3.8%。

第九个经济周期：1991—1999年。1991年，经济增长率回升到9.2%。1992年，邓小平南方谈话和随后召开的党的十四大，为中国改革开放和社会主义现代化建设打开了一个新局面。然而，由于当时改革开放才十来年，原有的计划经济体制还没有根本转型，原有体制下的投资饥渴、片面追求速度的弊端还没有被克服。在这种情况下，经济增长很快冲到14.2%的高峰，出现经济过热现象。1994年，居民消费价格滞后上涨到24.1%。在治理经济过热中，1993年下半年至1996年，国民经济运行成功地实现了“软着陆”，既大幅度地降低了物价涨幅，又保持了经济的适度快速增长。随后，又成功地抵御了亚洲金融危机的冲击和克服国内有效需求的不足。1999年，经济增长率平稳回落到7.6%，结束了第九个周期。

第十个经济周期：2000—2009年。从2000年起到2007年，经济增长率连续8年处于8%以上至13%的上升通道内。2008年和2009年，中国经济面临着国际国内四重调整的叠加，即改革开放30年来国内经济长期快速增长后的调整与国内经济周期性的调整相叠加，与美国次贷危机导致的美国经济周期性衰退和调整相叠加，与美国次贷危机迅猛演变为国际金融危机而带来的世界范围大调整相叠加。2008年，经济增长率回落到9%。2009年，预计回落至8%左右，完成第十个周期。2010年，中国经济有望进入新一轮，即第十一轮周期的上升阶段。

总的来看，改革开放30年来，中国经济增长与波动呈现出一种“高位平稳型”的新态势。

（资料来源：经济参考报，2009年10月14日）

三、经济周期的分类

按照经济周期的时间长短将经济周期划分成长期、中期和短期三种类型。

1. 长周期

1925年，俄国经济学家康德拉季耶夫在《经济生活中的长期波动》中研究了美国、英国、法国和其他一些国家经济波动的资料，发现经济中存在着为期54年的周期性波动。这就是长周期，又称康德拉季耶夫周期。他把18世纪80年代末到1920年的这一时期划分为三个长周期。第一个长周期从1789年到1849年，上升部分25年，下降部分35年，共60年。第二个长周期从1849到1896年，上升部分24年，下降部分23年，共47年。第三个周期从1896年起，上升部分24年，到1920年以后进入下降时期。

2. 中周期

1860年，法国经济学家克里门特·朱格拉在《论法国、英国和美国的商业危机以及发生周期》一书中提到，市场经济存在着9～10年的周期波动。朱格拉把社会经济运动划分成繁荣、危机与萧条三个阶段，三个阶段的反复出现就形成了所谓的经济周期现象。他指出在某种程度内这种周期波动是可以被预见或采取某种措施缓和的，但不可能完全抑制。

3. 短周期

1923 年，英国经济学家基钦在《经济因素中的周期与倾向》中指出经济周期实际上有主要周期与次要周期两种。主要周期即中周期，次要周期为 3～4 年的短周期。

四、经济周期的成因

对于经济周期的原因，经济学家从不同的角度进行研究，主要理论如下。

1. 创新理论

创新理论由奥地利经济学家熊彼特提出。该理论把周期性的原因归之为科学技术的创新，而科学技术的创新不可能持续不断地出现，从而就会出现经济的周期性波动。按照熊彼特的观点，创新是指对生产要素的重新组合，例如，采用新技术、新工艺、新材料、新产品、新市场等。而生产要素新组合出现会刺激经济的发展。当生产要素的新老组合在市场上共存时，就必然给新组合的创新者提供获利条件。随着创新的普及，赢利机会的消失，经济的增长就会基本处于停滞阶段，从而引起经济衰退。直到另一次创新出现，经济再次繁荣。

2. 投资过度理论

投资过度理论认为，衰退不在于投资太少，而在于投资过多。不管是什么原因引起的投资增加都会引起经济繁荣。这种繁荣首先表现在对投资品（即生产资料）需求的增加以及投资品价格的上升上，这就更进一步地刺激了投资。由于投资过多，与消费品生产相对比，投资品生产发展过快。投资品生产的过度发展促使经济进入繁荣阶段，但投资品过度生产从而导致投资品过剩，又会促进经济进入萧条阶段。投资过度理论把经济的周期性循环归因于投资过度。

3. 消费不足理论

消费不足理论认为，衰退的原因在于收入中用于储蓄的部分过多，用于消费的部分不足，从而消费品的需求赶不上社会对消费品生产的增长，而消费品不足又引起对投资品需求不足，进而使整个经济出现过剩性危机。这种消费不足的根源在于社会收入分配不均，导致穷人购买力不足，而富人储蓄过度。

4. 心理预期理论

心理预期理论的主要代表人物是英国经济学家庇古和凯恩斯。该理论强调心理预期对经济周期各个阶段有决定性作用，乐观与悲观预期的交替引起了经济周期中繁荣与萧条的交替。当任何一种原因刺激了投资活动，引起高涨后，人们对未来的预期的乐观程度一般总超过合理的经济考虑下应有的程度。这就导致过多的投资，引发经济过度繁荣。而当这种过度乐观的情绪所造成的错误被觉察以后，又会导致过分悲观的预期。由此过度减少投资，引起经济萧条。于是乐观预期和悲观预期的交替便引起了经济周期中的繁荣与萧条，经济也就周期性地发生波动。

5. 政治性周期理论

政治性周期理论把经济周期的根源归于政府对通货膨胀采取的周期性制止政策。该理论认为，经济周期与政策的稳定和经济政策的行为紧密相关。政府为了维持较高的经济增长速度，往往扩大总需求，从而导致通货膨胀。政府制止通货膨胀的唯一方法是人为地制造一次衰退。当经济出现衰退后，政府在人民的压力下又不得不再次执行充分就业政策，结果又推动了新的高涨，也就不可避免地会出现第二次人为衰退。

6. 货币周期理论

该理论认为，经济周期是一种纯货币现象。经济中周期性的波动完全是由于银行体系交替地扩大和紧缩信用所造成的。当银行体系降低利率、信用扩大、贷款增加时，生产扩张，供给增加，收入和需求进一步上升，物价上涨，经济进入繁荣阶段。经济过度繁荣引发通货膨胀，银行体系收缩银根，贷款减少，订货下降，供过于求，经济进入萧条阶段。萧条时期资金逐渐向银行集中，银行采取措施扩大信用，促进经济复苏。所以银行体系交替地扩张和紧缩导致了经济周期。

要点回顾

1. 经济增长是一国或一个地区生产的产品（包括劳务）的不断增加，通常以 GDP 或人均 GDP 水平的持续增加来表示。

2. 经济发展除包含经济增长外，还包含经济结构的变化（如产业结构的合理化、高度化，消费结构的改善和升级），社会结构的变化（如人口文化教育程度的提高，寿命的延长，婴儿死亡率的下降）环境的治理和改善，收入分配的变化（如社会福利的增进，贫富差距的缩小）等。

3. 经济增长的源泉包括人力资源、自然资源、资本、技术等。

4. 经济周期是指经济运行中周期性出现的经济扩张与经济紧缩交替更迭、循环往复的一种现象。

5. 经济周期可以划分成繁荣、衰退、萧条和复苏四个阶段，每个阶段又具有各自不同的特点。

6. 按照经济周期的时间长短将经济周期划分成长期、中期和短期三种类型。

学以致用

一、选择题

1. 经济增长的源泉包括（　　）。

A. 资本　　B. 技术　　C. 自然资源　　D. 人力资源

2. 经济发展包括（　　）。

A. 人均收入水平提高

B. 贫富差距进一步加大

C. 人口的受教育年限增加

D. 人们的生活更加美好

3. 经济周期的四个阶段依次是（　　）。

A. 繁荣、衰退、萧条、复苏

B. 繁荣、萧条、衰退、复苏

C. 复苏、萧条、衰退、繁荣

D. 萧条、衰退、复苏、繁荣

4. 经济周期中的两个主要阶段是（　　）。

A. 繁荣与复苏　　B. 繁荣与萧条

C. 繁荣与衰退　　D. 衰退与复苏

5. 中周期的每一个周期为（　　）。

A. 5～6 年　　B. 8～10 年

C. 25 年左右　　D. 50 年左右

6. 50～60 年一次的经济周期称为（　　）。

A. 基钦周期　　B. 朱格拉周期

C. 康德拉季耶夫周期　　D. 库兹涅茨周期

二、思考题

1. 经济增长的源泉有哪些？

2. 职业教育已经成就了中国教育的半壁江山，请你结合自己的专业与本章所学的知识，对自己的职业生涯有何规划？

3. 你认为我国目前正处于经济周期中的哪个阶段，为什么？

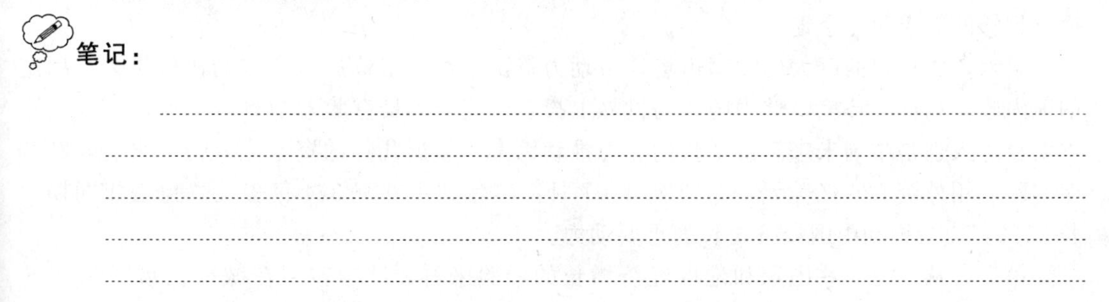

三、案例分析题

（一）资料

中国未来经济增长的潜力和前景

自 1979 年到 2004 年，中国经济已经连续高速增长了 24 年。现在到 2020 年的十几年中，中国的经济还会高速增长吗？这是国内外学者、政府和投资者所研究和关注的问题。笔者研究和测算的结果是：未来十几年中，中国的经济还将会在 7%～8%的速度间增长，2020 年时，按不变价格计算，GDP 总量将达到 38 万亿，人均 GDP 将达到 26 000 元。

中国未来经济增长潜力和前景有以下几点。

第一，中国目前人均 GDP 的水平还很低，增长的人均基数还较小。从世界各国经济增长的经验来看，基数小、增长快、基数大、增长慢，这是一个较为普遍的现象。美国人均GDP达到35 000美元，年增长1%，绝对额增加350美元；中国人均GDP目前只有1 000美元，年增长10%，GDP才增加100美元。因此，中国未来低基数基础上的高增长是国民经济成长的重要趋势。

第二，中国居民生活水平提高的主要内容还是物质消费的满足，因此，物质产品的大规模生产和建设，将强劲推动国民经济的持续增长。从城镇居民的消费来看，住房需求和汽车需求将是经济增长强劲的拉动力；从农村转向城市人口的需求来看，住房、日用消费品数量和质量的提高，以及其他耐用消费品消费的增加，也是经济增长强劲的拉动力。

第三，中国有着丰富的人力资源，工资成本目前为一些工业化国家的1/50～1/30，即使2020年实现较为富裕的小康社会，工资成本也还为这些工业化国家的1/20～1/15。而且随着教育的发展，适龄青年高等学校入学率在2020年将达到35%左右，中国将会成为人力资本规模最大的国家。劳动力便宜的成本比较优势和人力资本的增加，将成为国民经济的强有力的推动因素。

第四，从农村社会和农业向城市社会和非农业的结构转型及其带来的人口迁移，形成的劳动力得以利用。中国到2020年如果城市化水平每年提升1%，累计将有21 000万农业人口向城镇转移，由此带来的城市和交通建设，城市人口增加和消费增加等，也是一个强劲的经济增长推动因素。

第五，到2020年，中国人口规模将达14.5亿以上，其中城市人口将达到9亿左右，以不变价计算，2020年时，消费总规模将达23.5万亿人民币，投资性购买规模达到14.4万亿元。中国因人口众多，随着人民收入水平的提高，几乎任何产业都有可观的市场需求规模，这对产业的投资和发展创造了规模化的市场条件，中国产业在世界市场波动时，国内有足够的需求回旋余地。

第六，成长着的巨大的中国市场，劳动力资源丰富和工资成本便宜的比较优势，稳定的国内政治和社会环境，使中国成为世界上投资最安全和最有收益前景的地区，而外国资本大量进入也是中国未来经济增长的有力推动因素。从近几年的资本流入情况来看，2002年实际利用外资520亿美元，2003年1～7月，实际利用外资324亿美元，比去年同期增长25%，成为推动中国经济增长的重要动力。

第七，从东亚一些国家和地区经济增长的经验来看，结构转型在城市化水平35%～55%，人均GDP在1000～3000美元阶段，仍然是高速增长阶段。例如，韩国在1953－1962年间GDP增长速度平均为3.84%，1962－1991年间平均增长8.48%，1991－2000年间平均增长5.76%，高速增长长达38年；新加坡1960－1965年间平均增长5.74%，1965－1984年间平均增长9.86%，1984－2000年间平均增长7.18%，高速增长了35年；中国台湾地区1951－1962年平均增长7.92%，1962－1987年平均增长9.48%，1987－2000年平均增长6.59%，高速增长长达49年。而中国内地未来结构转型特征和人均GDP水平变动，正是处于这样一个经济高速增长的时期。因此，对中国内地未来经济的高速增长持否定和怀疑态度是没有道理的。

（资料来源：光明日报，2004年2月11日）

（二）要求

在这篇2004年写的文章中，经济学家周天勇分析了未来我国经济增长的的潜力，如

GDP 增长率等，许多分析至今仍是准确的。那么：

（1）除了文中列出的影响我国经济增长的因素外，还有哪些因素也会影响我国经济的增长？

（2）文中没有预测到的金融危机（指 2008 年发生的金融危机）对我国经济产生了什么样的影响？试举例说明。

**笔记：**

附录

经济周期对企业的影响

正如哲学中讲到的，世界是曲折地发展的，发展的过程当中经常因受到各种阻力而产生暂时的停滞甚至倒退，但总的趋势是向前发展的。经济的发展亦是如此，从美国 1929 年发生第一次经济危机以来，世界经济局势常在繁荣发展与经济衰退中往复交替，这种往复交替的过程，我们通常称为"经济周期"。"经济周期"决定了企业生存的社会经济环境，对企业的发展有着非常大的影响。

经济周期是指总体经济活动的扩张和收缩交替反复出现的过程，也称为经济波动。我们以图 8-3 为例进行说明。每一个经济周期都可以分为上升和下降两个阶段。上升阶段也称为繁荣（包括复苏与扩张两个子阶段），最高点称为顶峰。然而，顶峰也是经济由盛转衰的转折点，此后经济就进入下降阶段，即衰退（包括紧缩与萧条两个子阶段）。衰退严重则经济进入萧条，衰退的最低点称为波谷或谷底。当然，波谷也是经济由衰转盛的一个转折点，此后经济进入上升阶段。经济从一个顶峰到另一个顶峰，或者从一个波谷到另一个波谷，就是一次完整的经济周期。现代经济学关于经济周期的定义，建立在经济增长率变化的基础上，指的是增长率上升和下降的交替往复的过程。

在市场经济条件下，企业家们越来越多地关心经济形势，也就是"经济大气候"的变化。一个企业生产经营状况的好坏，既受其内部条件的影响，又受其外部宏观经济环境和市场环境的影响。一个企业，无力决定它的外部环境，但可以通过内部条件的改善，来积极适应外部环境的变化，充分利用外部环境，并在一定范围内，改变自己的小环境，以增强自身活力，扩大市场占有率。因此，作为企业家对经济周期波动必须了解、把握，并能制订相应的对策来适应周期的波动，否则将在波动中丧失生机。

经济周期波动的扩张阶段，是宏观经济环境和市场环境日益活跃的季节。这时，市场需求旺盛，订货饱满，商品畅销，生产趋升，资金周转灵便。企业的供、产、销和人、财、物都比较好安排。企业处于较为宽松有利的外部环境中。

经济周期波动的衰退阶段，是宏观经济环境和市场环境日趋紧缩的季节。这时，市场需求疲软，订货不足，商品滞销，生产下降，资金周转不畅。企业在供、产、销和人、财、物方面都会遇到很多困难。企业处于较恶劣的外部环境中。经济的衰退既有破坏作用，又有"自动调节"作用。在经济衰退中，一些企业破产，退出商海；一些企业亏损，陷入困境，寻求新的出路；一些企业顶住恶劣的气候，在逆境中站稳了脚跟，并求得新的生存和发展。这就是市场经济下"优胜劣汰"的企业生存法则。

第九章

你希望人民币升值吗

【知识目标】

- 了解国际贸易及对外贸易依存度的含义
- 了解国际贸易政策的类型及内容
- 了解 WTO 的基本原则和主要内容
- 理解外汇与汇率的概念
- 掌握汇率标价的方法

【技能目标】

- 能判断一国货币的升值与贬值
- 能用所学理论简单分析人民币升值对我国进出口的影响

案例导入

中国离不开世界，世界需要中国

2004年的圣诞节过后，美国人萨拉在清理圣诞礼品时，忽然发现，“中国制造”的货物正在源源不断的侵入普通美国人的家庭：中国的玩具、中国的袜子、中国的DVD等。萨拉是一位记者，她产生了一个好奇的想法：如果过一年没有“中国制造”的日子会怎么样？在接下来的一年中，由于不购买“中国制造”产品，4岁的儿子不得不去购买标价68美元的“意大利”鞋；厨房的抽屉坏了，可找不到工具修理；购买生日蜡烛竟成了折磨人的头痛事，杂货店除了中国蜡烛，啥也没有；好不容易买到“美国”的灯，也用了中国制造的关键零件，是一盏混血台灯；丈夫去法国旅行买的纪念品艾菲尔铁塔钥匙链也是中国制造……作者经过一年的艰辛尝试，证明中国制造在美国普通人的生活中占据了重要地位。

中国制造的产品已经行销全球，全世界70%的电风扇来自中国，55%的电热水壶来自中国，服装、玩具、家用电器等更是充满世界各地，有两百多类中国产品销售量位居第一。

据统计，2010年中国国际贸易进出口总值为29 727.6亿美元，其中出口15 779.3亿美元，增长31.3%；进口13 948.3亿美元，增长38.7%。

目前欧盟、美国、日本仍为中国的前三大贸易伙伴。同期，与东盟、印度、澳大利亚、巴西、俄罗斯等新兴市场双边贸易快速增长，进出口额分别增长37.5%、42.4%、46.5%、47.5%和43.1%。

统计显示，中国已成为日本、韩国、东盟、澳大利亚、南非等国家和地区第一大贸易伙伴和第一大出口目的地，是欧盟的第二大贸易伙伴和第二大出口目的地，是美国的第二大贸易伙伴和第三大出口目的地。

随着全球经济一体化进程的加快，现在世界上几乎所有的国家都与其他国家不同程度地发生着贸易关系，消费别国的产品和出口本国产品给他国的现象极其普遍。就像外国人大量消费中国产品一样，中国人也大量消费来自其他国家的产品。中国离不开世界，世界需要中国。

思考：

(1) 娜娜准备去美国旅游，她应如何把人民币兑换成美元？

(2) 娜娜认为如果1美元兑6.6人民币变成1美元兑6.0人民币时，说明人民币更值钱了，她去美国旅游可以少花钱了，我国进口美国产品也更便宜了。因此，她认为人民币升值对中国更有利。你同意她的看法吗？

(3) 你知道国际贸易吗？

(4) 汇率变动会对一国进出口产生什么影响？

笔记：

第一节 国际贸易

随着全球经济一体化进程的加快，现在世界上几乎所有的国家都与其他国家不同程度地发生着贸易关系，出口本国产品和购买外国产品的现象极为普遍。我国改革开放后，加大了与世界各国或地区的贸易往来，国际贸易额逐年增加。中国进出口总额已跃居世界第一，使我国经济与世界经济更加紧密地联结在一起。中国离不开世界，世界需要中国。

一、国际贸易的概念

1. 国际贸易

国际贸易（International Trade）是指不同国家（或地区）之间的商品和劳务的交换活动。国际贸易是商品和劳务的国际转移。所以，国际贸易也可以称为世界贸易。国际贸易由进口贸易（Import Trade）和出口贸易（Export Trade）两部分组成，所以有时也称为进出口贸易。

2. 贸易差额

贸易差额（Balance of Trade）是指一个国家在一定时期内（通常为一年）出口总额与进口总额之间的差额。

（1）贸易顺差（Favorable Balance of Trade），我国也称它为出超，表示一定时期的出口额大于进口额。

（2）贸易逆差（Unfavorable Balance of Trade），我国也称它为入超、赤字，表示一定时期的出口额小于进口额。

（3）贸易平衡，就是一定时期的出口额等于进口额。

一般认为贸易顺差可以推进经济增长、增加就业，所以各国无不追求贸易顺差。但是，大量的顺差往往会导致贸易纠纷。

3. 对外贸易依存度

对外贸易依存度是衡量一个国家（或地区）国民经济外向程度大小的一个基本指标，是指一国对外贸易总额在该国国内生产总值中所占的比重。对外贸易依存度的计算公式为：

$$对外贸易依存系数=\frac{(出口额+进口额)}{国内生产总值}\times 100\%$$

随着国际分工的发展，各国对外贸易依存度不断提高。20世纪80年代以来，随着中国经济融入世界经济一体化的进程，对外贸易快速增长。伴随着外贸的增长，我国的对外贸易依存度也不断提高。1980年我国对外贸易依存度为13%；1985年为23.1%；1990年我国对外贸易依存度首次达到30%；1994年突破40%；虽然1996—1999年四年内我国的对外贸易依存度有所滑落，但是在35%左右徘徊，2000年再次达到43.9%；2002年突破50%，2005年已经高达63%；2007年为67.05%。

二、国际贸易政策

国际贸易政策作为国家干预对外经济关系的工具，不仅是经济政策的重要内容之一，也是对外政策的重要组成部分。国际贸易政策有两种基本类型：贸易保护政策和自由贸易政策。

（一）贸易保护政策

贸易保护政策是国家采取种种措施，干预进出口贸易，限制商品和服务的进口或出口，以保护本国的市场和生产不受或少受外国商品的竞争，并鼓励出口，其实质是“奖出限入”。贸易保护政策的主要措施包括关税壁垒、非关税壁垒和鼓励出口的措施等。

1. 关税壁垒

关税壁垒是指一国通过对外国商品征收较高的进口税，来达到限制进口、保护本国生产和本国市场的目的。高额进口税的设置可减少货物的进口量，但进口国并不是对所有的进口商品一律征收高关税。一般来说，大多数国家对所有工业制成品的进口征收较高关税，对半成品的进口税率次之，对原料的进口税率最低甚至免税。因此，进口关税税率是随着产品加工程度的逐渐深化而不断提高。

2. 非关税壁垒

非关税壁垒是指关税以外的各种限制进口的措施。这类措施主要有进口配额制、“自动”出口限制、进口许可证制度、技术性贸易壁垒与反倾销等。

（1）进口配额制

进口配额制是一国政府对一定时期内某种商品的进口数量或金额所规定的限额。在规定的限额以内商品可以进口，超过限额就不准进口，或征收较高的关税或罚款。进口配额主要有绝对配额和关税配额两种。绝对配额是指在一定的时期内，对某种商品的进口数量或金额规定一个最高额，达到这个数额后，不准进口。而关税配额是指进口国对进口货物数量制定一数量限制，对于凡在某一限额内进口的货物可以适用较低的税率或免税，但关税配额对于超过限额后所进口的货物则适用较高或一般的税率。

（2）“自动”出口配额制

“自动”出口配额制是出口国在进口国的要求或压力下，“自动”规定在某一时期内某种商品对该国的出口配额，在限定的配额内自行控制出口，超过配额即禁止出口。

（3）进口许可证制度

进口许可证制度是一国海关规定某些商品的进口必须申领许可证，没有许可证海关不予进口的制度。从进口许可证与进口配额的关系上看，进口许可证可以分为两种：一种是有定额的进口许可证；一种是无定额的进口许可证，即国家在个别考虑的基础上，决定对某种商品的进口是否发给许可证。由于这种个别考虑没有公开标准，所以能起到更大的限制进口作用。

（4）技术性贸易壁垒

技术性贸易壁垒是指进口国通过颁布法律、法令和条例，对进口商品建立各种严格、繁杂、苛刻的技术标准、技术法规和认证制度等方式，对进口商品实施技术、卫生检疫、商品包装和标签等标准，从而提高产品技术要求，增加进口难度，最终达到限制外国商品进口的目的。由于这类壁垒大量的以技术面目出现，因此常常会披上合法外衣，成为当前国际贸易中最为隐蔽、最难对付的非关税壁垒。它越来越成为发达国家限制发展中国家产品进口的重要手段。

扩展阅读 9-1

我国三成出口企业遇技术壁垒

2009年有逾三成出口企业受到国外技术性贸易措施影响；全年出口贸易直接损失570多亿美元；美国、欧盟、俄罗斯等国家和地区对中国企业出口影响较大。

根据调查结果推算，2009年有34.3%的出口企业受到国外技术性贸易措施不同程度的影响；全年出口贸易直接损失574.32亿美元，比2008年增加68.9亿美元，占同期出口额的4.78%，比2008年上升1.24个百分点；企业新增成本246.25亿美元，比2008年上升5.53亿美元。

调查结果显示，主要贸易伙伴影响我国工业品出口的技术性贸易措施类型，集中在认证要求、技术标准要求、有毒有害物质限量要求、标签和标志要求、包装及材料要求5个方面；影响农产品出口的技术性贸易措施类型，集中在食品中农兽药残留要求、食品添加剂要求、重金属等有害物质限量要求、细菌等卫生指标要求，以及加工厂、仓库注册要求5个方面。

对中国企业出口影响较大的国家和地区排在前5位的是美国、欧盟、俄罗斯、日本和澳大利亚，分别占直接损失总额的34.10%、31.18%、16.95%、5.01%和2.85%。

受国外技术性贸易措施影响较大的行业排在前5位的是机电仪器、玩具家具、木材纸张非金属、农食产品和化矿金属，分别占直接损失总额的38.81%、22.23%、13.38%、10.51%和6.02%。

受国外技术性贸易措施影响较大的省份排在前5位的是山东省、广东省、河南省、江苏省和安徽省，分别占直接损失总额的28.57%、18.40%、17.84%、13.19%和4.15%。

（资料来源：法制日报，2010年6月22日）

(5) 反倾销

倾销是指一国（地区）的生产商或出口商以低于其国内市场价格或低于成本的价格将其商品挤进另一国（地区）市场的行为。受到倾销商品损害的进口国为此采取的措施称为反倾销。反倾销的最终补救措施是对倾销产品征收反倾销税。征收反倾销税的数额可以等于倾销幅度，也可以低于倾销幅度。

倾销经常被企业用来作为争夺国外市场的手段之一。为了占领外国市场，企业不惜降低价格甚至低于成本向国外出口。在这种情况下，倾销变成一种不公平、不正常竞争行为而必须加以制止。反倾销旨在抵制国际贸易中的不公平行为，维护公平竞争的国际经济秩序，促进国际贸易的健康发展。但随着国际贸易竞争日益激烈，贸易保护主义越演越烈，反倾销原则及规定在实践中已被一些国家歪曲和滥用，成为各国实行贸易保护主义的重要手段。

扩展阅读 9-2

美裁定对华金属丝网托盘征最高437%惩罚性关税

2010年6月4日，美国商务部做出最终裁决，对中国产金属丝网托盘实施反倾销和反补贴（即“双反”）制裁。

根据裁决，中国输美金属丝网托盘将面临14.24%至143%不等的反倾销惩罚性关税，除5家中国厂商适用14.24%至17.75%的较低税率外，其他中国厂商的税率都为143%。同时，中国此类产品还将面临1.52%至437.11%不等的反补贴惩罚性关税。美国商务部称，437.11%的高税率针对的是对相关调查不予回应的中国厂商。

受美国国内经济下滑、保护主义抬头及政客操弄等多种因素影响，美国最近频繁针对中国产品实施贸易救济措施，“中国制造”正成为美国贸易保护抬头的最大受害者。对于美方的贸易保护举动，中方多次进行严正交涉，并要求美方恪守双方达成的共识，反对贸易保护主义。

（资料来源：新华网，2010年6月5日）

3. 鼓励出口的措施

各国为推行“奖出限入”的政策，一方面构筑关税壁垒和非关税壁垒，限制外国商品的进口，另一方面又采取各种经济和行政措施奖励出口。其中主要奖励措施有以下几种。

（1）出口信贷，是出口国为了支持和扩大本国大型设备出口，加强国际竞争力，以对本国的出口给予利息补贴并提供信贷担保的方式，鼓励本国银行对本国的出口商或外国的进口商（或其银行）提供的一种优惠性贷款。

（2）出口信贷国家担保制，又称为官方担保制度，是对提供出口信贷的出口国银行或提供延（分）期付款条件资金融通的本国出口商，由国家设立的专门机构出面担保。当外国债务人拒绝付款时，该担保机构承担担保的风险。

（3）出口补贴，是政府为了刺激出口而给予出口产品的补贴。根据补贴实施方式，可分为直接补贴和间接补贴。直接补贴是政府给予现金补贴，间接补贴是政府给予财政上的优惠。

（4）商品倾销，是出口企业在政府的支持下，以低于国内市场的价格，甚至低于生产成本的价格出口商品。

（二）自由贸易政策

自由贸易政策就是国家对进出口贸易不加干预和限制，使商品和服务能自由的输入和输出，在世界市场上自由竞争，其实质是“不干预政策”。自由贸易政策是资本主义早期奉行的政策，进入20世纪后，贸易保护主义政策抬头，严重制约着国际贸易和国际资本流动的发展。由于各国的贸易政策总是倾向于本国利益，这必然会引起国际间的贸易纠纷，阻碍世界贸易和世界经济的健康发展，因此要真正实现互惠互利，就必须加强贸易政策的国际协调，制定各国都能遵守的国际贸易准则。1995年成立的世界贸易组织（WTO）及其前身关税和贸易总协定（GATT）就是适应这种需要而产生的。

三、世界贸易组织

（一）世界贸易组织的成立

世界贸易组织（World Trade Organization，WTO）成立于1995年1月1日，是一个独立于联合国的永久性国际组织。1995年1月1日正式开始运作，负责管理世界经济和贸易秩序。总部设在瑞士日内瓦莱蒙湖畔。

世贸组织是具有法人地位的国际组织，在调解成员争端方面具有更高的权威性。它的前身是1947年订立的关税与贸易总协定。与关贸总协定相比，世贸组织涵盖货物贸易、服务贸易以及知识产权贸易，而关贸总协定只适用于商品货物贸易。

世贸组织与世界银行、国际货币基金组织一起，并称为当今世界经济体制的“三大支柱”。目前，世贸组织的贸易量已占世界贸易的95%以上。

（二）世界贸易组织的宗旨

世界贸易组织的宗旨是：促进经济和贸易发展，以提高生活水平、保证充分就业、保障实际收入和有效需求的增长；根据可持续发展的目标合理利用世界资源、扩大商品生产和服务；达成互惠互利的协议，大幅度削减和取消关税及其他贸易壁垒并消除国际贸易中的歧视待遇。

WTO的主要目标是推动世界贸易的自由化。

（三）世界贸易组织的原则

体现WTO宗旨的基本原则主要有非歧视原则、自由贸易原则和公平竞争原则。世贸组织的基本原则体现在它的各项协议、协定之中，主要有以下几点。

(1) 最惠国待遇原则。是指在货物、服务贸易等方面，一成员给予其他任一成员的优惠和好处，都须立即无条件地给予所有其他成员。

(2) 国民待遇原则。是指在征收国内税费和实施国内法规时，成员对进口产品、外国企业与服务和本国产品、企业、服务要一视同仁，不得歧视。严格地讲应是外国商品或服务与进口国国内商品或服务处于平等待遇的原则。

(3) 互惠互利原则（也称权利与义务的平衡原则）。WTO管理的协议是以权利与义务的综合平衡为原则，这种平衡是通过成员互惠互利地开放市场的承诺而获得的，也就是你给我多少利益，我也测算给你多少实惠。以相互提供优惠待遇的方式来保持贸易的平衡，谋求贸易自由化的实现。互惠包括双边互惠和多边互惠。

(4) 扩大市场准入原则。WTO倡导成员在权利与义务平衡的基础上，依其自身的经济状况，通过谈判不断降低关税和取消非关税壁垒，逐步开放市场，实行贸易自由化。

(5) 促进公平竞争与贸易原则。WTO禁止成员采用倾销或补贴等不公平贸易手段扰乱正常贸易的行为，并允许采取反倾销和反补贴的贸易补救措施，保证国际贸易在公平的基础上进行。

(6) 鼓励发展和经济改革原则。WTO认为，发达成员方有必要认识到促进发展中成员方的出口贸易和经济发展，从而带动整个世界贸易和经济的健康发展。因此，在各项协议中允许发展中成员方在相关的贸易领域，在非对等的基础上承担义务。

(7) 贸易政策法规透明度原则。要求各成员将实施的有关管理对外贸易的各项法律、法规、行政规章和司法判决等迅速加以公布，以使其他成员政府和贸易经营者加以熟悉；各成员政府之间或政府机构之间签署的影响国际贸易政策的现行协定和条约也应加以公布；各成员应在其境内统一、公正和合理地实施各项法律、法规、行政规章、司法判决等。

2001年12月11日，中国正式成为世贸组织成员。到2008年，WTO组织共有成员国153个。

扩展阅读 9-3

WTO胜诉坚定中国融入世界

2011年3月11日，世贸组织争端解决机构通过了中国诉美国反倾销和反补贴措施世贸争端案上诉机构报告，裁定美涉案的4起“双反”措施违反世贸规则。中国商务部官员表示，此案是中方运用世贸规则维护权益的重大胜利，也会极大增强中国作为世贸组织成员对多边规则的信心。2010 年 12 月 1 日，中国正式向世贸组织上诉机构提出上诉，要求就美国商务部针对来自中国的非公路用轮胎、标准钢管、矩形钢管和复合编织袋等 4 种产品采取的“双反”措施进行调查。2011 年 3 月 11 日，世界贸易组织上诉机构发布裁决报告，表示支持中方有关主张，认定美方对中国产非公路用轮胎等 4 种产品采取的反倾销、反补贴措施，以及“双重救济”的做法，与世贸组织规则不符。经此判决，今后不只是对美国，对其他国家也起到了震慑的作用。中国在 WTO 的胜诉至少给了我们三点启示。

一是，应该对融入国际社会有更大信心。加入 WTO 后，中国快速崛起为世界最大工业产品生产国、世界第二大经济体、第一大出口国和第二大进口国。数据显示，10 年间，中国的出口规模和进口规模分别增长了 4.9 倍和 4.7 倍；吸引外资 7 000 多亿美元，世界 500 强企业中有 480 余家已在华开展业务。毫无疑问，入世的 10 年，是中国发展最快最好的时期。中国也因此成为全球化最大的受益者之一。另外，加入 WTO 后，中国获得普惠制待遇，出口商品已不再遭遇配额限制等歧视性待遇。即使在与其他国家发生贸易纠纷时，也可以通过 WTO 贸易争端解决机制，维护我国国家和企业权益。

二是，中国的发展离不开世界，世界也离不开中国。2010 年，中国成为世界第二大进口国，货物贸易进口总量超过 1.4 万亿美元，占世界总贸易量的 10%。世界贸易组织总干事帕斯卡尔·拉米表示：“如果离开中国，世贸组织就不能称为‘世界’贸易组织。”

三是，反思、检讨自身的不足，适当放慢海外扩张的步伐。数据显示，2008 年全球新发起反倾销调查 208 起、反补贴调查 14 起，中国分别遭遇 73 起和 10 起，占总数的 35%和 71%。2009 年中国的出口占全球的 9.6%，而遭遇的反倾销案占到全球的 40%，反补贴案占 75%，遭遇的贸易调查数占同期全球案件总数的 43%。在看到其他国家贸易保护主义的同时，我们也应明白中国企业存在经验不足或没有按规矩办事的情况。中国的“双顺差”政策，即以高成本输入资本，以低收益输出资本，会让中国面对更多风险和压力。以低工资、高消耗所维持的竞争力，让发达国家失业问题严峻，这不仅导致海外排华情绪升级，而且让中国国内工人的辛苦付出，没有得到相应的回报。再考虑到体制不健全、监管不力、突发事件风险及海外经验不足等，可能导致的资金流失或转移，中国在坚定融入国际社会同时，应适当放慢出口或海外扩张的步伐。

（资料来源：新华网，2011 年 3 月 30 日）

第二节　外汇与汇率

现实中，国际贸易必须借助多种货币才能顺利进行，这就牵涉货币的流动。不同的国家使用不同的货币，不同的货币如何在国际间流动，就涉及外汇与汇率的问题。

一、外汇的含义

外汇就是指外国货币或以外国货币表示的能用于国际结算的支付手段。外汇主要包括以下几个方面。

（1）外国货币。它包括纸币、铸币。

（2）外币支付凭证。它包括票据、银行的付款凭证和邮政储蓄凭证等。

（3）外币有价证券。它包括政府债券、公司债券和股票等。

应当注意的是，外币与外汇既有联系，又有区别。外汇不仅包括外币，还包括外国支付凭证、外国有价证券等；并非所有外币都是外汇，只有可以自由兑换的外币才是外汇。

例如，美元、欧元对中国来说是外汇，因为它是以外国货币表示的，同时它又是可自由兑换的。朝鲜货币就不是外汇，因为朝鲜货币不能自由兑换。目前全世界约有 50 个国家和地区的货币是可自由兑换货币，但主要的国际结算货币是美元、英镑、欧元、日元、瑞士法郎、加拿大元、港元等。

课堂讨论

（一）资料

人民币何时可以完全自由兑换？2009 年 9 月 10 日，中国总理温家宝在大连出席世界经济论坛第三届领军者年会（夏季达沃斯）上，面对提问，温家宝的答复是，人民币真正成为国际性货币还需要相当长的时间。

温家宝说，“我现在说任何时间表都不算数。一个国家的货币是不是得到国际承认、成为主要货币，主要看这个国家的经济实力，这是由市场决定的。”

目前，人民币跨境流动的数额越来越大，在国际市场的地位有所提高。人民币贸易结算试点等新举措，也为人民币国际化奠定了基础。温家宝表示，“希望人民币能被越来越多国家尊重、接受和使用，但是在推进人民币国际化的道路上，中国需要正确估计自己的实力。中国是发展中国家，人民币国际化还需要相当长的时间过程。达不到一定实力，想快也快不了。”

（资料来源：中国新闻网，2009 年 9 月 10 日）

（二）讨论

人民币为何还不能自由兑换？

笔记：

二、汇率及其标价方式

汇率又称汇价，是指一个国家的货币兑换成另一个国家货币的价格。汇率的标价方法有直接标价法和间接标价法。

（1）直接标价法，又称为应付标价法，是以一定单位（1、100、1 000 或 10 000）的外国货币为标准来计算应付出多少单位本国货币。例如，2011 年 4 月 5 日，在北京外汇市场上以人民币表示的美元汇价为：1 美元＝6.538 元。

在直接标价法下，若一定单位的外币折合的本币数额增多，则说明外币币值上升或本币币值下跌，称为外汇汇率上升；反之，则说明外币币值下跌或本币币值上升，称为外汇汇率下跌。目前，除英国、美国、欧元区外，包括中国在内的绝大多数国家都采用直接标价法。

在我国报刊、电视、电台报告的通常是中间价：

$$汇率中间价=\frac{现汇买入价+现汇卖出价}{2}$$

它是衡量一国货币价值的重要指标。表 9-1 是人民币对主要货币的现汇买入价、现钞买入价、卖出价及中间价情况。

表 9-1 人民币对主要货币的汇率（2011 年 4 月 10 日）

货币名称	现汇买入价	现钞买入价	卖出价	中间价
美元	652.2300	647.0000	654.8500	653.5400
英镑	1 064.4600	1 031.6000	1 073.0100	1 068.7350
瑞士法郎	715.1500	693.0700	720.8900	718.0200
新加坡元	517.8000	501.8100	521.9600	519.8800
瑞典克朗	104.5700	101.3400	105.4100	104.9900
丹麦克朗	126.0100	122.1200	127.0200	126.5150
挪威克朗	120.4500	116.7300	121.4200	120.9350
日元	7.6683	7.4316	7.7299	7.6991
加拿大元	679.7800	658.8000	685.2400	682.5100
澳大利亚元	685.2300	664.0700	690.7300	687.9800
欧元	939.7700	910.7600	947.3200	943.5450
澳门元	81.4500	80.7600	81.7600	81.6050
菲律宾比索	15.1700	14.7000	15.2900	15.2300
泰国铢	21.6300	20.9600	21.8000	21.7150

（2）间接标价法，又称为应收标价法，是以一定单位（如 1 个单位）的本国货币为标准，来计算应收若干单位的外国货币。例如，2011 年 4 月 5 日，在伦敦外汇市场上以英镑表示美元汇价为：1 英镑=1.635 美元。

在间接标价法下，本币的数额固定不变，汇率的涨跌都是以相对应的外币数额的变化来表示的。如果一定单位的本币折算的外币增多，说明外币汇率下跌，本币汇率上涨；反之，则说明外币汇率上涨，本币汇率下跌。目前，美国、英国、欧元区采用间接标价法。

三、汇率变动对进出口的影响

一般来说，本币汇率下降，即本币对外币的币值贬低，能起促进出口、抑制进口的作用；若本币汇率上升，即本币对外币的币值上升，则有利于进口，不利于出口。

本币汇率下降意味着外币升值，使一定数额的外币能够兑换更多的本币，必然会使以外币表示的出口商品价格降低，增强本国商品在国际市场上的竞争力，从而有利于扩大出口。同样，本币汇率下降会使以本币表示的进口商品价格上升，这样提高了进口商品的成本，从而使得国内市场对进口商品需求的减少，在一定程度上对进口贸易起到抑制作用。因此，一般情况下，某国货币汇率下跌将对该国进出口贸易起到“抑制进口，扩大出口”的作用。反之，一国汇率上升则会起到“限制出口，鼓励进口”的作用。

扩展阅读 9-4

人民币升值的利与弊

一、人民币升值的好处

1. 增强了人民币的购买力，在购买进口产品时，国内消费者能得到更多实惠。人民币升值给国内消费者带来的最明显变化，就是手中的人民币“更值钱”了。不论你购买外国产品，还是出国留学或旅游，你会发现，它们的价格变得“便宜”了，从而让老百姓得到更多实惠。

2. 减轻进口能源和原料的成本负担。我国是一个资源匮乏的国家，像石油、铁矿石等许多重要原材料都要依赖进口，在国际能源和原料价格不断上涨的情况下，国内企业势必承受越来越重的成本负担。进口能源和原料价格上涨，不仅会抬高整个基础生产资料的价格，而且会吞噬产业链中下游企业的利润，使其赢利能力下降甚至亏损。如果人民币升值到合理的程度，便可减轻我国进口能源和原料的负担，从而使国内企业降低成本，增强竞争力。

3. 有利于促进我国产业结构调整，改善我国在国际分工中的地位。长期以来，我国依靠廉价劳动密集型产品的数量扩张实行出口导向战略，使出口结构长期得不到优化，使我国在国际分工中一直扮演“世界打工仔”的角色。人民币适当升值，有利于推动出口企业提高技术水平，改进产品档次，从而促进我国的产业结构调整，改善我国在国际分工中的地位。

4. 有助于缓和我国和美国等主要贸易伙伴的关系。鉴于我国出口贸易发展的迅猛势头和日益增多的贸易顺差，美国等主要贸易伙伴一再要求人民币升值。人民币适当升值，有助于缓和我国和主要贸易伙伴的关系，减少经贸纠纷。

二、人民币升值的弊端

1. 会对我国出口企业特别是劳动密集型企业造成冲击。在国际市场上，我国产品尤其是劳动密集型产品的出口价格远低于别国同类产品价格。人民币一旦升值，为维持同样的人民币价格底线，用外币表示的我国出口产品价格将有所提高，这会削弱其价格竞争力；而要使出口产品的外币价格不变，则势必挤压出口企业的利润空间，这将对出口企业特别是劳动密集型企业造成冲击。

2. 不利于我国引进境外直接投资。我国是世界上引进境外直接投资最多的国家，目前外资企业在我国工业、农业、服务业等各个领域发挥着日益明显的作用，对促进技术进步、增加劳动就业、扩大出口，从而对促进整个国民经济的发展产生着不可忽视的影响。人民币升值后，虽然对已在中国投资的外商不会产生实质性影响，但是对即将前来中国投资的外商会产生不利影响，因为这会使他们的投资成本上升。在这种情况下，他们可能会将投资转向其他发展中国家。

3. 影响金融市场的稳定。人民币如果升值，大量境外短期投机资金就会乘机而入，大肆炒作人民币汇率。在中国金融市场发育还很不健全的情况下，这很容易引发金融货币危机。

4. 巨额外汇储备将面临缩水的威胁。截止到 2011 年 3 月底，我国外汇储备已达到 30 447 亿美元，居世界第一位。一旦人民币升值，巨额外汇储备便面临缩水的威胁。

要点回顾

1. 国际贸易是指不同国家（或地区）之间的商品和劳务的交换活动。

2. 贸易差额是指一个国家在一定时期内（通常为一年）出口总额与进口总额之间的差额。贸易顺差是指一定时期的出口额大于进口额；贸易逆差也称贸易赤字，它表示一定时期的出口额小于进口额。

3. 对外贸易依存度是衡量一个国家（或地区）国民经济外向程度大小的一个基本指标，是指一国对外贸易总额在该国国内生产总值中所占的比重。

4. 自由贸易政策就是国家对进出口贸易不加干预和限制，使商品和服务能自由的输入和输出，在世界市场上自由竞争，其实质是“不干预政策”。

5. 保护贸易政策就是国家采取种种措施，干预进出口贸易，限制商品和服务的进口或出口，以保护本国的市场和生产不受或少受外国的竞争，并鼓励出口，其实质是“奖出限入”。

6. WTO是世界贸易组织的英文简称。是一个独立于联合国的永久性国际组织。世贸组织是具有法人地位的国际组织，在调解成员争端方面具有更高的权威性。世贸组织与世界银行、国际货币基金组织一起，并称为当今世界经济体制的“三大支柱”。

7. 外汇就是指外国货币或以外国货币表示的能用于国际结算的支付手段。

8. 汇率又称汇价，是指一个国家的货币兑换成另一个国家货币的价格。汇率的标价方法有直接标价法和间接标价法。

9. 一般来说，本币汇率下降，即本币对外币的币值贬低，能起促进出口、抑制进口的作用；若本币汇率上升，即本币对外币的币值上升，则有利于进口，不利于出口。

学以致用

一、选择题

1. 下列属于非关税壁垒措施的有（　　）。

A. 自愿出口限制　　B. 技术性壁垒
C. 技术和卫生检疫标准　　D. 进口许可证

2. 在我国，人民币汇率标价方法有（　　）。

A. 直接标价法　　B. 间接标价法
C. 美元标价法　　D. 应付标价法

3. 人民币升值是指（　　）。

A. 由100美元兑换671.22人民币变成100美元兑换649.12人民币
B. 由100美元兑换671.22人民币变成100美元兑换677.12人民币
C. 由100人民币兑换14.12美元变成100人民币兑换14.87美元
D. 由100人民币兑换14.12美元变成100人民币兑换13.12美元

4. 一般而言，本国货币贬值，可以使（　　）。

A. 本国的进口与出口都增加
B. 本国的进口增加、出口减少
C. 本国的进口减少、出口增加
D. 本国的进口和出口都减少

二、简答题

1. 什么是贸易顺差？什么是贸易逆差？
2. 什么是外汇与汇率？
3. 汇率标价有哪几种方法？
4. 汇率变动对一国进出口有何影响？

5. 用所学知识分析人民币升值对我国有何影响？

笔记：

三、案例分析题

第 1 题

（一）资料

参见本章附录中的绝对优势理论及比较优势理论，比较两者的异同。

（二）要求

分析在我国目前经济状况下，你认为哪一种理论更适合中国？

笔记：

第 2 题

（一）资料

各国都在追求适当的贸易顺差，据统计，中国贸易顺差从 2007 年起逐年下降，2008 年贸易顺差是 2 900 亿元，2009 年的贸易顺差是 1 900 亿元，2010 年的贸易顺差是 1 800 亿元，据预测，2011 年将是 1 200 亿元。我们会发现中国的贸易顺差逐年在减少。

（二）要求

在教师的指导下，上网查找资料，分析贸易顺差减少对我国经济有何影响？

笔记：

附录

国际贸易理论——国际贸易的好处

一、绝对优势理论

英国著名经济学家亚当·斯密在其代表作《国民财富的性质和原因的研究》中，提出了绝对优势理论。

亚当·斯密认为，每个国家由于自然资源赋予或后天的条件不同，都会在某一种商品的生产上有绝对优势，如果每一个国家都把自己拥有的全部生产要素集中到自己拥有绝对优势的产品的生产上来，然后通过国际贸易，用自己产品的一部分去换取其他国家生产上具有绝对优势的产品，则各国资源都能被最为有效地利用，每一个国家都能从中获利。

假设世界上只有两个国家：英国和法国，两国各自生产葡萄酒和呢绒两种产品，所耗费的劳动如表9-2所示。

表9-2 分工前各国劳动投入和产出

国家	葡萄酒		呢绒	
	劳动投入量	产出量（吨）	劳动投入量	产出量（匹）
英国	20	1	10	1
法国	10	1	20	1
合计	30	2	30	2

从表9-2可以看出，英国在呢绒的生产上有绝对优势，法国在葡萄酒的生产上有绝对优势。根据亚当·斯密的观点，英国应把全部生产要素都用于生产呢绒，而法国应把全部生产要素都用于生产葡萄酒。两个国家分别生产一种产品，然后进行交换。分工后葡萄酒和呢绒的产量如表9-2所示。

表9-3 分工后各国劳动投入和产出

国家	葡萄酒		呢绒	
	劳动投入量	产出量（吨）	劳动投入量	产出量（匹）
英国	0	0	30	3
法国	30	3	0	0
合计	30	3	30	3

从表9-3可以看出，进行国际分工之后，两国生产两种产品的产量都得到增加。如果它们以1∶1的比例拿呢绒与葡萄酒进行交换，交换的结果，英国和法国保持了原有消费品种和数量，而且英国比原来多了1匹的布，法国比原来多了1吨的葡萄酒。这说明两国都从国际贸易中得到了利益。

二、比较优势理论

亚当·斯密的理论建立在两国绝对成本比较的基础之上，但实际上，往往是一国无论生产什么其绝对成本都低于另一国。在这种情况下，国际贸易还有利于双方吗？英国经济学家大卫·李嘉图在《政治经济学及赋税原理》一书中提出了比较优势理论。大卫·李嘉图认为，在两国都生产同样产品的条件下，即使其中一国在两种产品的生产上都处于劣势，该国仍然可以专门生产一种劣势较轻的产品，双方仍然可以从贸易中获利。

假设英国和葡萄牙同时生产葡萄酒和呢绒，葡萄牙生产这种产品都处于劣势。但是，这两种产品与英国相比所处劣势不同，如表 9-4 所示。

表 9-4

国　　家	生产 1 吨葡萄酒的劳动投入	生产一匹呢绒的劳动投入
英国	100 小时	10 小时
葡萄牙	300 小时	20 小时
劳动比率葡萄牙/英国	3	2

从表 9-4 可以看出，葡萄牙在葡萄酒和呢绒的生产上与英国相比均处于绝对劣势，但葡萄牙在葡萄酒上的劳动生产率是英国的 1/3，而呢绒的劳动生产率是英国的 1/2，相比之下，葡萄牙在呢绒上的劣势要小一些，英国在葡萄酒和呢绒的生产上都具有优势，但由于葡萄酒的优势比呢绒的优势要大，在这种情况下，如果葡萄牙专门生产呢绒，英国专门生产葡萄酒，按照这种方式分工之后进行贸易，双方同样都会获利。

三、要素禀赋理论

相对成本理论强调的是各国劳动生产率的差异，而瑞典经济学家赫克歇尔和俄林提出的要素禀赋理论强调的是各国自然资源的差异。该理论认为，在生产活动中，除了劳动起作用外，还有资本、土地、技术等生产要素，各国产品成本的不同，必须同时考虑到各个生产要素。

要素禀赋理论分为狭义的要素禀赋理论和广义的要素禀赋理论。狭义的要素禀赋理论认为，在国际贸易中，一国的要素丰裕程度即要素禀赋决定了一国的比较优势，一国应该集中生产并出口其要素禀赋丰富的产品，进口其要素禀赋稀缺的产品。即如果 A 国劳动相对丰裕、资本相对稀缺，那么它就应该出口劳动密集型的产品，而进口资本密集型的产品。

广义要素禀赋理论认为，国际贸易不仅会导致商品价格的趋同，而且会使各国生产价格趋同。由于各国的要素禀赋是不同的，一国出口本国要素禀赋丰富的商品，随着该种商品的不断出口，该种要素会变得越来越稀少，从而导致该种要素价格的上升，在没有其他因素干扰的情况下，该种要素价格一直上升到与贸易国该种要素价格趋于均等。

第十章 政府如何调控经济

【知识目标】

- 了解宏观经济四大政策目标
- 理解财政政策和货币政策的基本原理
- 掌握政府调控经济的基本原理

【技能目标】

- 能利用所学知识初步理解我国在不同时期出台的财政与货币政策

案例导入

2011年我国宏观经济目标

2011年国民经济和社会发展的主要预期目标是：国内生产总值增长8%左右；经济结构进一步优化；居民消费价格总水平涨幅控制在4%左右；城镇新增就业900万人以上，城镇登记失业率控制在4.6%以内；国际收支状况继续改善。总的考虑是，为转变经济发展方式创造良好环境，引导各方面把工作着力点放在加快经济结构调整、提高发展质量和效益上，放在增加就业、改善民生、促进社会和谐上。

实现上述目标，要保持宏观经济政策的连续性、稳定性，提高针对性、灵活性、有效性，处理好保持经济平稳较快发展、调整经济结构、管理通胀预期的关系，更加注重稳定物价总水平，防止经济出现大的波动。

继续实施积极的财政政策。保持适当的财政赤字和国债规模。2011年拟安排财政赤字9000亿元，其中中央财政赤字7000亿元，继续代地方发债2000亿元并纳入地方预算，赤字规模比上年预算减少1500亿元，赤字率下降到2%左右。要着力优化财政支出结构，增加"三农"、欠发达地区、民生、社会事业、结构调整、科技创新等重点支出；压缩一般性支出，严格控制党政机关办公楼等楼堂馆所建设，出国（境）经费、车辆购置及运行费、公务接待费等支出原则上零增长，切实降低行政成本。继续实行结构性减税。依法加强税收征管。

实施稳健的货币政策。保持合理的社会融资规模，广义货币增长目标为16%。健全宏观审慎政策框架，综合运用价格和数量工具，提高货币政策有效性。进一步完善人民币汇率形成机制。密切监控跨境资本流动，防范"热钱"流入。加强储备资产的投资和风险管理，提高投资收益。

（资料来源：温家宝《2011年政府工作报告》）

思考：

温家宝总理在政府工作报告中提出了我国2011年在经济增长、就业、物价及国际收支四个方面的目标，为保证这些目标的实现，应采取积极的财政政策及稳健的货币政策。

（1）娜娜马上就要就业了，当前的通货膨胀比较严重，这对娜娜就业有什么影响，政府又会采取什么措施呢？

（2）宏观经济的目标是什么？

（3）什么是财政政策？

（4）什么是货币政策？

笔记：

....

....

....

....

....

第一节　宏观经济政策目标

宏观经济政策是指政府为了纠正市场失灵，而有意识、有计划地运用一定的财政与货币政策，调节宏观经济的运行。宏观经济政策的基本目标包含四个方面，即充分就业、物价稳定、经济增长、国际收支平衡。

一、宏观经济政策的四大目标

1. 充分就业

它是指所有资源得到充分利用，目前主要用人力资源作为充分就业的标准。充分就业不是百分之百的就业，而是要把失业率控制在社会允许的范围之内。一般地说，失业率在5%以下可以认为实现了充分就业。

我国正处在从二元经济向现代经济结构转换、社会主义市场经济体制还很不完善，再加上我国人口基数很大，所以就业问题比较严重。政府把扩大就业作为重要的调控目标。

2. 物价稳定

它是指把通胀率维持在低而稳定的水平上。物价稳定是指一般物价水平即总物价水平的稳定；物价稳定并不是指通货膨胀率为零的状态，而是维持一种低而稳定的通货膨胀率，这种通胀率能为社会所接受，对经济不会产生不利影响。一般认为，当经济中存在温和通货膨胀时，也就实现了物价稳定。

3. 经济增长

经济持续稳定增长是宏观经济政策的基本目标。经济增长是指一个国家在一定时期内创造的国内生产总值或人均收入的增加。由于各国国情、经济发展所处的阶段不同，对经济增长速度的期望值也不同。一般而言，发展中国家经济增长率可能高一些，而发达国家的增长率较低。

宏观经济政策目标就是要使经济增长速度保持在一个合理的水平上，既要努力提高速度，又要防止增长过快，更要避免大幅度波动。

4. 国际收支平衡

国际收支是指一国与其他国家或地区之间由于贸易、非贸易和资本往来而引起的一种国际间的资金收支行为。如果收入大于支出，国际收支就是顺差，反之则是逆差。国际收支的过度顺差和逆差对国内经济发展都是不利的。因此如何保持国际收支基本平衡，避免国际收支长期失衡是各国都面临的重要挑战。

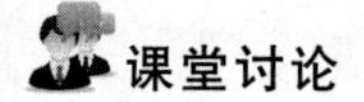

课堂讨论

我国目前的宏观经济政策目标是什么？

笔记：

....

....

....

....

....

二、宏观经济政策四大目标之间的矛盾及协调

上述四个目标的理想状态是：较低的失业率、较低的通货膨胀、较高的经济增长率和国际收支平衡。

然而这些目标之间既存在相容性，也存在着一定的矛盾。例如，充分就业和物价稳定之间存在着矛盾。因为要实现充分就业，必须运用扩张性的经济政策，而这些政策会增加财政赤字和货币供给量，从而引起物价上涨和通货膨胀。

充分就业与经济增长也有矛盾的一面。经济增长一方面会提供更多的就业机会，有利于充分就业；另一方面经济增长会导致资本特别是机器对劳动的替代，从而相对减少对劳动的需求，使部分工人，尤其是技术水平低的工人失业。

此外，充分就业与国际收支平衡之间，物价稳定与经济增长之间都存在矛盾。

为了解决这四个目标之间的矛盾，就要求政府或者确定重点政策目标，或者在这些目标之间进行协调。从第二次世界大战以后美国的实际情况来看，不同时期也有不同的政策目标偏重，例如，在20世纪50年代政策目标是兼顾充分就业与物价稳定，在20世纪60年代政策目标是充分就业与经济增长，在20世纪70年代后则强调物价稳定和四个目标的兼顾。从我国的实际情况看，1993－1996年，宏观调控目标主要为了降低通货膨胀率，实现过热经济的软着陆；在1997年以后，我国经济的主要调控目标转变为提高经济增长率和降低失业率；2008年受金融危机的影响，我国的重点目标是保增长与提高就业率；2010年后，我国物价上涨过快，宏观调控的首要目标又转变为控制通货膨胀。

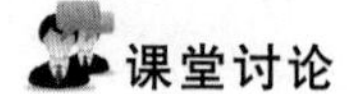

当前我国应如何调整各个宏观经济政策目标之间的矛盾？

笔记：

……………………………………………………

……………………………………………………

……………………………………………………

……………………………………………………

……………………………………………………

第二节　财政政策与货币政策

一、财政政策

财政政策是指政府为达到既定的经济目标，通过财政收入和财政支出的变动来影响宏观经济运行状况。财政政策包括财政收入政策和财政支出政策两部分。

（一）财政政策的内容

1. 财政收入政策

财政收入的主要来源是税收，因此财政收入政策就是税收政策。税收主要包括个人所得税、企业所得税以及其他税收等。其中最重要的是个人所得税与企业所得税。

在经济萧条时期，由于总需求不足，为了刺激总需求，政府往往采取减税的措施，使企业与个人可支配收入增加，这样居民更有能力进行消费，企业更有能力进行投资，社会的消费需求和投资需求增加，总需求也就随之增加。

而在经济繁荣时期，政府采取增加税收的办法，来限制企业的投资与居民的消费，从而减少社会总需求，抑制经济过热，使经济恢复到比较正常的状态。

2. 财政支出政策

财政支出政策包括一个国家各级政府的全部支出，主要包括政府公共工程支出、政府购买与转移性支出三大类。

（1）政府公共工程的支出，表现为政府对道路、水利设施、医院、学校等设施的建设。

（2）政府购买，表现为政府对商品和劳务的需求，如政府对国防物资、办公用品的购买，对各类人员的雇佣。

（3）政府的转移性支出，包括了失业救济金、养老金等各种社会福利保障支出以及政府对居民的其他各类补贴。

课堂讨论

我国目前的财政收入和财政支出是如何构成的？

笔记：

....

....

....

....

....

（二）财政政策运用的一般原则

在经济萧条时，总需求小于总供给，经济中存在失业，政府就要通过扩张性的财政政策来刺激总需求。政府可以增加财政支出，向企业进行大规模的采购，以刺激民间投资的增加；也可以兴建更多的公共工程，在创造出更多的就业机会和社会需求的同时，也为经济发展奠定基础；此外，政府还可以减少税收，增加转移支付，增加对居民的各种补贴，使他们有更大的能力进行消费，从而带动消费需求。这样有助于经济克服萧条，刺激经济向正常水平发展。

当经济过度繁荣时，总需求大于总供给，经济中存在通货膨胀，政府则要通过紧缩的财政政策来压抑总需求。通过减少财政支出，增加税收，来抑制总需求，以减少通货膨胀的压力，使经济恢复正常发展。

扩展阅读 10-1

近来年我国财政政策的变化

20 世纪 90 年代以来，我国财政政策经历多次调整。

1993 年到 1997 年间，为控制通货膨胀，我国政府采取包括财政政策在内的一系列适度从紧的宏观调控政策，促使国民经济成功地实现了“软着陆”，形成“高增长、低通胀”的良好局面。

1998 年，由于受到亚洲金融危机的影响，我国国内出现了有效需求不足的问题，经济增长乏力。在这种情况下，我国政府果断决定实施积极的财政政策，扩大内需，成功走出危机阴影。

2004 年以来，我国经济呈现出加速发展的态势，但也出现了部分行业和地区投资增长过快、通胀压力加大等问题，在这种情况下，政府又一次相机抉择，从 2005 年起将积极财政政策转向稳健财政政策。

2008 年以来，面对百年一遇的国际金融危机，我国在实施适度宽松的货币政策同时，重启积极财政政策，并出台了 4 万亿元的投资计划。投资规模和力度之大历史罕见，彰显中央力保经济平稳较快增长的信心和决心。

2011 年将继续实行积极的财政政策。

思考：

请查找资料了解本年度我国实行的是怎样的财政政策？

笔记：

二、货币政策

货币政策是指中央银行为实现其特定的经济目标，通过调节货币量和利率来影响整体经济的政策。货币政策主要包括公开市场业务、再贴现率和存款准备金率。

（一）公开市场业务

公开市场业务就是指中央银行在金融市场上买卖各种有价证券，从而扩大或缩小商业银行的准备金，进而扩大或缩小货币供应量的一种行为。

当经济萧条时，政府需采用扩张性措施刺激经济活动。中央银行在金融市场上买入政府债券，个人和团体卖出政府债券，获得的是货币，这些货币会被存入商业银行，势必会增加商业银行存款，从而促进商业银行增加放款，最终使得货币供应量增加。货币供给量增加，迫使利息率水平下降，减轻投资者借款的利息负担，从而促进企业投资增加，导致生产和收入的增长。

当经济过快增长和通货膨胀时，中央银行在金融市场上卖出政府债券，收回货币，使市场出现与上述情况完全相反的效果，随着货币供应量的减少，从而达到抑制社会总需求的目的。

（二）再贴现率

贴现政策是指中央银行通过变动贴现率以调节货币供应量与利息率的政策。再贴现是指商业银行将贴现收进的合格票据，如国库券，短期公债，短期商业票据，再向中央银行贴现。商业银行向中央银行再贴现时所支付的利率称为再贴现率。所谓再贷款是商业银行以政府债券作担保向中央银行取得贷款。

再贴现率或中央银行贷款利率的高低直接影响商业银行的资金成本，其作用是：一方面商业银行会随再贴现率的升降相应减少或扩大中央银行再贴现或再贷款的数量，收缩或增加信贷供给；另一方面再贴现率决定商业银行信贷利率水平，若中央银行再贴现率提高，商业银行的贷款利率也会相应提高，就能在一定程度上抑制贷款需求，反之，则能刺激信贷需求。

贴现政策是一种介乎信贷数量控制和利率调节之间的调节手段。

（三）存款准备金率

商业银行资金的主要来源是存款。为了应付储户随时取款的需要，确保银行的信誉与整个银行体系的稳定，银行不能把全部存款放出，必须保留一部分准备金。法定准备金率是中央银行以法律形式规定的商业银行在所吸收存款中必须保持的准备金的比例。商业银行在吸收存款后，必须按照法定准备金率保留准备金，其余部分才能作为贷款放出。例如，如果法定准备金率为20%，则商业银行在吸收100万元存款后，就要留出20万元准备金，其余80万元可作为贷款放出。

当中央银行提高法定存款准备金率时，商业银行可运用的资金减少，贷款能力下降，市场货币量便会相应减少，所以在通货膨胀时，中央银行可提高法定准备金率；反之，则降低。

扩展阅读 10－2

央行存款准备金率再次上调0.5个百分点

中国人民银行宣布，从2011年3月25日起，上调存款类金融机构人民币存款准备金率0.5个百分点。这是央行当年第3次上调存款准备金率，也是自上一年以来第9次对主要银行上调存款准备金率。

本次上调后，存款准备金率将创出历史最高水平。多数大型银行的存款准备金率将达到20%。20%的存款准备金率意味着银行每吸收100元存款，必须先在央行存放20元，余下的部分才能用于发放贷款等用途。截至2011年2月底，银行的人民币存款余额为72.59万亿元。这意味着，提高0.5个百分点的存款准备金率将一次性从金融体系冻结约3629.5亿元。

中央财经大学中国银行业研究中心主任郭田勇指出，上调存款准备金率已经成为央行常规化的操作手段。本次上调旨在对冲银行体系的流动性，保持我国经济运行的货币条件的稳定，促使银行信贷合理均衡投放，进而有效管理通货膨胀预期。他表示，通胀压力过大仍然是我国经济运行中的主要矛盾。目前银行体系的流动性相对充裕。今年春节前后，央行向金融体系投放了七八千亿元资金，同时上半年央行票据到期所释放的资金规模较大，本月的到期量就接近7000亿元，需要加以对冲。日本发生地震和海啸后，国际经济形势尚不明朗，这制约了央行加息的步伐，上调存款准备金率是另一种政策选择。

（资料来源：新华网，2011年3月19日）

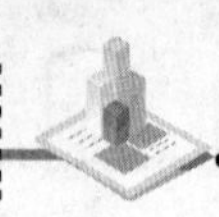

思考：

请查找资料了解我国目前采用了哪些货币政策来调控经济？

笔记：

三、财政政策与货币政策的协调

财政政策和货币政策是国家实行宏观调控的主要手段，然而，无论是财政政策还是货币政策，都具有一定的局限性，如果单纯运用其中某一项政策，很难全面实现宏观经济政策的目标。这就客观上要求两者应互相协调、密切配合，以充分发挥它们的综合调控能力。财政政策和货币政策有以下四种搭配方式。

1. “双松”搭配，即松的财政政策和松的货币政策的搭配

在经济萧条时期，一般可采用“双松”搭配的政策。松的财政政策是通过减税和扩大政府支出等手段来增加总需求；松的货币政策则是通过降低法定准备金率、贴现率和扩大再贷款等松动银根的措施，促使利率下降，进而增加货币供给量、刺激投资和增加总需求。

“双松”政策搭配，对经济增长有较强的刺激效应，但把握不当，易引发通货膨胀。

2. “双紧”搭配，即紧的财政政策和紧的货币政策的搭配

在通货膨胀时期，一般可采用“双紧”搭配的政策。紧的财政政策是通过增税、削减政府支出等手段，限制消费和投资，从而抑制总需求；紧的货币政策通过提高法定存款准备金率、贴现率和收回再贷款等措施，使利率上升，以减少货币供给量，抑制总需求的过速增长。“双紧”政策可以抑制通货膨胀，遏止经济过热。

由于“双紧”政策对社会经济运行的调节是一种“急刹车”式的调节，从而容易带来较大的经济震荡，若把握不当，容易引起经济较大幅度的衰退。

扩展阅读 10-3

“踩刹车”与“踩油门”

宏观经济既像一架在天空中飞行的飞机，又像一辆在高速公路上跑着的汽车。如果在高速公路上开车时速度太快的话，100 公里、150 公里甚至开到 200 公里，会发生什么？再好的汽车，速度太快了，这时如果急刹车会发生什么？一种情况是翻车；还有一种情况可能是车刹住了，但车里的人冲了出去。我们把这辆车比作一国的宏观经济。当经济发展太快的时候，就像在高速公路以最快的速度奔驰的汽车

那样，一直向前跑，如果来一个急刹车，就会车毁人亡，同样一国经济也会出问题。

但是，如果天寒地冻，想开车时发动机打不着火，油被冻住了怎么办？司机就会一遍遍地踩油门，给发动机加温，以便把车发动起来。但也会由于气温太低，这车就是开动不起来。

所谓车速太快了，是指一国经济太热了；所谓车开不起来了，是指一国经济太冷了。我们比喻，政府对于宏观经济的调控就像开车一样，当经济太热时，它一定要"踩刹车"；当经济太冷时，它一定要"踩油门"。

（资料来源：韩秀云，《宏观经济学教程》，中国发展出版社，2004 年 7 月第 1 版）

3. 松的财政政策与紧的货币政策的搭配

这种政策搭配，适用于对付生产停滞突出的经济滞胀，它起到防止经济衰退和萧条的作用。抑制经济增长，从而防止通货膨胀。这种政策搭配的效应是：在防止通货膨胀的同时保持适度的经济增长率，但如果长期运用这种政策搭配，则会使政府财政赤字不断扩大。

4. 紧的财政政策与松的货币政策的搭配

这种政策搭配，适用于对付通货膨胀突出的经济滞胀。紧的财政政策可以在一定程度上防止总需求膨胀和经济过热；松的货币政策则可以使经济保持一定的增长率。因此这种政策搭配的经济效应是：在保持一定经济增长率的同时尽可能地避免总需求膨胀和通货膨胀。但由于执行的是松的货币政策，货币供给量的总闸门处在相对松动的状态，所以难以防止通货膨胀。

扩展阅读 10－4

怎样看待当前宏观经济政策

2008 年以来，发端于美国的次贷危机已演变成国际金融危机，并对世界经济产生了重大影响。在这样的国际背景下，我国经济增长明显放缓，东南沿海的一些外向型企业因订单减少而经营困难。面对近几年最为严峻的形势，我国政府为了保持国民经济长期稳定发展，当机立断，果断决定实施积极的财政政策和适度宽松的货币政策，并明确提出了进一步扩大内需、促进经济增长的 10 项措施，总投资将达到 4 万亿元。

解读这些政策措施可以看出，它们对于克服当前的经济困难和保持经济长期稳定发展具有重大意义，也表明我国宏观经济政策发生了重要转变。第一，宏观经济政策的目标发生转变。去年以来，我国宏观调控的目标是"两防"，即防止经济增长由偏快转为过热、防止物价由结构性上涨演变为明显通货膨胀；今年中，根据经济形势变化，中央提出的宏观调控目标为"一保一控"，即保持经济平稳较快发展和控制物价过快上涨；而 11 月初中央新政策的出台，表明宏观经济政策的目标已转变为"保字当先"，即把保持经济平稳较快增长放在首要位置。第二，宏观经济政策的重点发生转变。此次政府投资不再着重于竞争性领域和产业领域，而是重点投资于城乡基础设施领域，注重医疗卫生、教育文化等社会事业发展，注重生态环境保护，这充分体现了科学发展观的要求和政府投资的公共性。第三，宏观经济政策的力度发生转变。这次政策的出台具有系统性、全局性和密集性，不仅出手快、出拳重、措施准、工作实，而且伴随有大量的配套性政策，着力于国民经济全局发展，政策力度超过以往。第四，宏观经济政策的推进方式发生转变。以往根据经济运行情况，政府政策的出台一般着重于市场环境的改善，在推进方式上大多是渐进式的。而此次政策的出台，突出了政府的强力推动，其目的就是要在短期内尽快显现出政策效果，而不贻误时机。这些变化表明，我国政府宏观调控的能力日臻成熟，我国宏观经济政策的灵活性和针对性不断增强。这是我国国民经济避免大起大落的基本保障。

把保持经济平稳较快增长放在首位，这是宏观经济政策的新变化，也是我国国民经济发展在当前形势下的正确选择。从宏观经济管理目标看，它包括经济增长、充分就业、稳定物价、国际收支平衡等方面，而其中经济增长是最基本的目标，因为保持经济持续平稳较快增长是实现充分就业、稳定物价、国际收支平衡的基本手段。从增强经济信心看，经济信心就是对未来经济前景的预期，这是经济发展的一个重要因素。如果公众对未来经济前景不看好，企业就会减少投资，银行就会减少贷款，居民就会减少消费，市场就会陷入萧条，最终会导致经济陷入停滞。因此，在经济困难时期，提振经济信心和经济预期尤为重要。中央关于进一步扩大内需、促进经济增长10项措施的推出，其重要意义之一就是提振公众经济信心。从保持国内外经济稳定看，目前欧美国家经济下滑严重，有的国家经济甚至已出现负增长。这对世界经济和国际市场产生了非常不利的影响。我国政府强力拉动经济增长，不仅对稳定国内经济而且对稳定世界经济都将起到积极作用。

（资料来源：怎样看待当前宏观经济政策，人民网，2008年11月28日）

思考：

请查找资料了解我国目前如何协调财政政策和货币政策的？

笔记：

要点回顾

1. 宏观经济政策的目标包含充分就业、物价稳定、经济增长、国际收支平衡等四个方面。

2. 财政政策是指政府为达到既定的经济目标，通过财政收入和财政支出的变动来影响宏观经济运行状况。

3. 货币政策是指中央银行为实现其特定的经济目标，通过调节货币量和利率来影响整体经济的政策。货币政策的工具主要包括公开市场业务、再贴现率和存款准备金率。

4. 在经济萧条时期，一般可采用“双松”搭配的政策，即松的财政政策和松的货币政策的搭配。

5. 在通货膨胀时期，一般可采用“双紧”搭配的政策，即紧的财政政策和紧的货币政策的搭配。

学以致用

一、选择题

1. 宏观经济政策目标是（　　）。

A. 充分就业　　B. 物价稳定

C. 国际收支平衡　　D. 经济增长

2. 当经济过热时，政府应该采取（　　）的财政政策。
A. 减少财政支出　　B. 增加财政支出
C. 扩大财政赤字　　D. 减少税收
3. 经济中存在失业时，应采取的财政政策是（　　）。
A. 增加政府支出　　B. 提高个人所得税
C. 提高企业所得税　　D. 增加货币发行量
4. 紧缩性货币政策的运用会导致（　　）。
A. 减少货币供给量，降低利率　　B. 增加货币供给量，提高利率
C. 增加货币供给量，降低利率　　D. 减少货币供给量，提高利率
5. 中央银行在公开市场上买进和卖出各种有价证券的目的之一是（　　）。
A. 调节债券价格　　B. 调节利息率
C. 调节货币供应量　　D. 调节货币需求量
6. 公开市场业务是指（　　）。
A. 商业银行的信贷活动
B. 中央银行增加或减少对商业银行的贷款
C. 商业银行卖出有价证券
D. 中央银行在金融市场上买进或卖出有价证券
7. 中央银行提高再贴现率会导致（　　）。
A. 货币供给量增加和利息率提高
B. 货币供给量增加和利息率降低
C. 货币供给量减少和利息率提高
D. 货币供给量减少和利息率降低
8. 当经济中存在失业时，一般所采取的货币政策是（　　）。
A. 在公开市场上买进有价证券　　B. 提高再贴现率
C. 提高准备金率　　D. 在公开市场上卖出有价证券

二、简答题

1. 宏观经济政策的主要目标是什么？
2. 常用的宏观经济政策有哪些？
3. 在经济衰退时，政府一般应实行什么样的经济政策？
4. 在通货膨胀时，政府一般应实行什么样的经济政策？

笔记：

三、案例分析题

（一）资料

由教师提供有关当前我国宏观经济形势的资料。

（二）要求

1. 把全班分成 4～6 小组。

2. 分组讨论说明应采用什么的宏观经济政策。

3. 各组派出一个代表汇报小组讨论的意见，最后由教师点评。

笔记：

附录

银行创造货币的机制

宏观货币政策是政府根据宏观经济调控目标，通过中央银行运用其政策工具，调节货币供给量和利息率，以影响宏观经济运行状况的经济政策。

货币政策涉及货币、银行、银行创造货币等有关的知识，要真正理解货币政策，需要先了解相关知识。

一、货币供应量

货币是充当商品交换的媒介物。货币政策的实施是通过货币供应量的变化来实现的。货币供应量是一国在一定时点上的货币总量。一个国家货币供应量如何计算，取决于该国把哪些东西定义为货币。

我国现阶段将货币供应量划分为三个层次，其含义分别如下。

M0：流通中现金，即在银行体系以外流通的现金。

M1：狭义货币供应量，即 M0＋企事业单位活期存款。

M2：广义货币供应量，即 M1＋企事业单位定期存款＋居民储蓄存款。

在这三个层次中，M0 与消费变动密切相关，是最活跃的货币；M1 反映居民和企业资金松紧变化，是经济周期波动的先行指标，流动性仅次于 M0；M2 流动性偏弱，但反映的是社会总需求的变化和未来通货膨胀的压力状况，通常新闻所说的货币供应量，主要指 M2。

二、中央银行与商业银行

1. 中央银行

中央银行是一国的最高金融当局，它统筹管理全国的金融活动，实施货币政策以影响经济。中央银行主要具有三个职能。

(1) 发行的银行。中央银行发行国家的货币。

(2) 银行的银行。中央银行为商业银行提供贷款，集中保管存款准备金，还为各商业银行集中办理全国的结算业务。

(3) 国家的银行。作为国家的银行，主要业务是代理国库；提供政府所需资金；代表政府与外国发生金融业务关系；执行货币政策；监督、管理全国金融市场活动。

2. 商业银行

商业银行是以赢利为目的的金融企业。它主要从事吸收存款、发放贷款与代客结算等业务，并从中获得利润。

三、银行创造货币的机制

在货币政策调节经济的过程中，商业银行体系创造存款货币的机制是十分重要的。这一机制与法定准备金制度、商业银行的活期存款，以及银行的贷款转化为客户的活期存款等制度是紧密相关的。

商业银行资金的主要来源是存款。为了应付存款客户随时取款的需要，确保银行的信誉与整个银行体系的稳定，银行不能把全部存款放出，而必须保留一部分准备金。法定准备金率指以法律形式规定的商业银行在吸收存款中必须保持的准备金的比例。商业银行在吸收存款后，必须按法定准备金率保留准备金，其余的部分才可以作为贷款放出。

例如，如果法定准备金率为20%，那么，商业银行在吸收100万元存款后，就要留20万元作为准备金，其余80万元方可作为贷款放出。

因为活期存款就是货币，它可以以支票的形式在市场上流通。所以，活期存款的增加，就是货币供给量的增加。因为支票可以作为货币在市场上流通，所以客户在得到商业银行的贷款以后，一般并不是取出现金，而是把所得到的贷款作为活期存款存入同自己有业务来往的商业银行，以便随时开支票使用。所以，银行贷款的增加又意味着活期存款的增加，意味着货币流通量的增加。这样，商业银行的存款与贷款活动就会创造货币，在中央银行货币发行量并未增加的情况下，使流通中的货币量增加，而商业银行所创造货币的多少，取决于法定准备金率。我们可用一个实例来说明这一点。

假定，法定准备金率为20%，最初某商业银行A所吸收的存款为100万元，那么，该银行可放款80万元，得到80万元的客户把这笔贷款存入另一个商业银行B，该商业银行又可放款64万元，得到这64万元的客户把这笔贷款存入另一个商业银行C，该商业银行又可放款51.2万元，这样继续下去，整个商业银行体系可以增加500万元存款，即100万元的存款创造出了500万元的货币。可用数学方法计算各银行的存款总和为：$100+100\times0.8+100\times0.8^2+100\times0.8^3+\cdots=500$（万元）

而贷款总和是：$100\times0.8+100\times0.8^2+100\times0.8^3+\cdots=400$（万元）

如果以R代表最初存款；D代表存款总额即创造出的货币；r代表法定准备金率（$0<r<1$），则商业银行体系所创造出的货币量的公式是：

$$D=\frac{R}{r}$$

由以上公式可以看出：银行体系所创造出的货币与法定准备金率成反比，与最初存款成正比。

上面例子中表明中央银行新增一笔原始货币供给将使存款总和（即货币供给量）扩大为原始货币量的$1/r$倍。上例中就是5倍，$1/r$被称为货币创造乘数。

如果用K表示货币乘数，则：

$$K=\frac{1}{r}=\frac{D}{R}$$

据此，我们将货币创造乘数简单地定义为商业银行派生存款创造过程中的存款总额与原始存款之比。它反映了商业银行通过贷款或投资业务创造派生存款的扩张或收缩倍数。

主要参考文献

[1] 格里高利·曼昆．经济学原理（第4版）［M］．梁小民译．北京：北京大学出版社，2007.

[2] 保罗·萨姆尔森，威廉·诺德豪斯．经济学（第17版）［M］．萧探译．北京：人民邮电出版社，2004.

[3] 梁小民．西方经济学教程（第3版）［M］．北京：中国统计出版社，1998.

[4] 高鸿业．西方经济学（第3版）［M］．北京：中国人民大学出版社，2005.

[5] 韩秀云．宏观经济学教程［M］．北京：中国发展出版社，2004.

[6] 吴汉洪．经济学基础（第3版）［M］．北京：中国人民大学出版社，2008.

[7] 缪代文．经济学基础［M］．上海：上海交通大学出版社，2008.

[8] 张晓华，王秀繁．经济学基础［M］．北京：机械工业出版社，2008.

[9] 吴冰．经济学基础教程［M］．北京：北京大学出版社，2006.

[10] 郑健壮，王培才．经济学基础（第2版）［M］．北京：清华大学出版社，2009.

[11] 徐教道．经济学基础［M］．上海：上海财经大学出版社，2006.

[12] 郑月玲．每周一堂经济课［M］．北京：人民邮电出版社，2009.

[13] 李海东．经济学基础［M］．北京：机械工业出版社，2009.

[14] 唐树伶，张启富，周培仁．经济学［M］．大连：东北财经大学出版社，2010.

[15] 李晓西．宏观经济学案例［M］．北京：中国人民大学出版社，2006.

[16] 徐美银．经济学原理［M］．北京：高等教育出版社，2008.

[17] 陆芳．经济学原理［M］．北京：北京大学出版社，2006.

[18] 陈玉清．经济学基础［M］．北京：中国人民大学出版社，2009.

[19] 李明泉．经济学基础（第3版）［M］．大连：东北财经大学出版社，2004．

[20] 刘源海．经济学基础［M］．北京：高等教育出版社，2006.

[21] 史 锋．西方经济学［M］．武汉：武汉理工大学出版社，2005.

[22] 刘 华．经济学基础（第3版）［M］．大连：大连理工大学出版社，2008.

[23] 李国政．经济学基础［M］．北京：机械工业出版社，2009.

[24] 茅以轼．大家的经济学［M］．南方日报出版社，2005.

[25] 王福重．人人都爱经济学［M］．北京：人民邮电出版社，2008.

[26] 王东京．与官员谈西方经济学［M］．广西：广西人民出版社，1998.